彩雲國祕抄

乞骸骨

下

作者●雪乃紗衣　插畫●由羅カイリ

Kadokawa Fantastic Novels

目次

內頁插畫／由羅カイリ

第三回

北風的面具

——晏樹——

燃燒的宅邸。夏天的月。降雪的夜晚。狐狸面具。宣告春來的白玉蘭。
關於蝴蝶載運魂魄的故事。關於雨後天空的故事。關於如果沒有人珍惜守護就會消失的花。

彈彈手指，狐狸面具發出聲音。
草庵外，雪仍不停啪答啪答地下。
「旺季大人。」

春天就快來了。
你的那句口頭禪。

序

那是個連孩子的目光都會受到她吸引，宛如滋潤甘美的蜜糖般蠱惑人心的女人。

女人的脖子纖細得即使是孩子都能用雙手一把握住，溫潤的肌膚吸附了掌心。光滑的皮膚像透光的泛白大理石，有著令人陶醉的膚色。

若用雙手折斷她的脖子，感覺一定就像掐死一隻美麗的白鴿。

呵呵。我笑了，刺激的快感沿著背脊爬升。

真可惜，明明一定會像做了好事一樣，心情好得不得了。

……我努力忍住衝動，空虛地嘆了一口氣。不管掐死什麼都是不好的事。

儘管還想一直把手放在那雪白的頸項上，終究不甘願地放開手。

摸摸女人肚子附近。昏昏沉睡的女人身上裹著一層半透明的薄紗，隱約看得見底下的裸身。

隔著薄紗撫摸她的身軀，手指探索隆起雙丘的下方，用右手壓住。

左手舉起纖細銳利的短劍，避開右手按住的肋骨，朝母親的心臟無聲刺入。

燃燒的宅邸

我第一次殺人是在六歲或七歲那時候。

原因有好幾個。比方說，因為那是第一次對我個人的「委託」。比方說，因為對方提出做為報酬的桃子看起來非常美味。事實上，「工作」結束後，一口咬下那熟透的白嫩果肉時，唇齒間瞬間滿溢的甜美滋味，甚至連舔掉手指上的果汁都令人心情愉悅到最高點，忍不住咂了嘴。那麼美味的桃子後來再也沒吃過了，或許因為是第一次工作獲得的報酬，所以才會那麼美味。

委託殺害的對象中包括自己的母親在內，對我而言並不是什麼大不了的事。

庭院裡的鈴蟲發出叫聲，草木縫隙有無數螢火蟲飛過。夏天的月亮散發一圈光暈，涼爽的夜風吹來，是個非常美麗的夜晚。

白皙的身體像一條白魚，只彈跳了一下，幾乎沒有流血。

用短劍刺殺後，我微微一笑，撫摸母親雪白的頸項。

「嗯，這樣直到最後都能保持美麗。要是掐死的話，死了之後就不美了。」

橫躺在床上的母親美得宛如公主。我將她蒼白的雙手放在胸口疊合，為她整理好略顯凌亂的衣衫。抬起她纖細的脖子，將一頭圍繞臉龐的漂亮捲髮聚攏在一側的肩頭，小心翼翼地梳整。重新化上淡妝，用食指在那豐盈肉感的嘴唇上點上一抹輕紅。

像完成一幅畫，我心滿意足……除了劍的位置和角度有點奇怪之外。為了盡可能降低出血量，劍插入的角度看起來有點滑稽。這也是沒辦法的事。外露的優美劍柄是我精心挑選過的，嗯，我很滿意。

那時，我才發現屋內角落有個陌生人。

「誰？」

剛才沒有其他人的昏暗室內，忽然出現一個男人站在那裡。

一身上等的漆黑衣裳，衣服上有金銀線刺繡的圖案。絲毫不親切，但卻充滿高雅氣質，男人彷彿支配黑夜的王。

男人不回答，只是站在那裡看我。

我產生奇怪的念頭，總覺得他似乎用同樣的眼神，從頭到尾觀察了我毒殺整座宅邸的人，直到剩下沉睡的母親一人後再刺殺她的過程。

過了一會兒，男人總算開口。

「看到女人的星星隕落才過來看的，沒想到……沒錯，是個妖星。」

聽他的口吻似乎認識母親，我試著問：

「難道你是我的父親？」

「…………………不是。」

「哼。不過，你有時會來找媽媽對吧？你和黑蝶有一樣的味道。」

男人挑起一邊的眉毛。

「……過去，我確實和你母親有過『交易』。」

「交易？和媽媽？拿到別人施捨的東西她也不會高興吧，她不是那種人。」

「有些東西是自己拿不到的。」

我稍微被勾起一點興趣了。母親想要的是什麼？

「……不過，做那種事得付出代價吧？比方說生命。」

「代價就是生下你。」

我瞠目結舌，望向宛如沉睡般死去的美貌母親。

代價就是生下我？我笑了起來。

我喜歡。我喜歡這個代價。這確實是個代價。被自己生下的我殺死，毫不留情的代價。

「太酷了。我喜歡這種事。雖然不明白為什麼會有人希望我被生下來。」

我打量他。彷彿不是人類。殘酷，冷淡，捉摸不定，憂鬱。眼神彷彿訴說著他對任何事都不覺有趣也不喜歡。可是卻又一直找尋著什麼。是這樣的眼神。

「你在找什麼？」

對方似乎很訝異。我嘻嘻一笑，有點想知道他在找尋的東西是什麼。

「等一下點一把火，把整個宅邸燒掉，湮滅證據後，我的『第一份工作』就結束了。之後如果你想『委託』我，我可以接受喔。當然，要視報酬而定。」

他露出傻眼的表情，看似原本要說的話被我搶先說出口了。

「……好久沒有……反過來對我這麼說的人了……」

男人朝躺在床上的蒼白母親望去。

「……你命中帶著很有意思的星象。你母親的星象雖然也罕見，但是你的更甚於她。今晚，你在這裡殺了母親，這件事稍微改變了星圖。如果沒有這件事，女人連生下你這件事都忘了……」

男人的眼神從母親身上轉回來看我，微微瞇起眼睛，彷彿看的是我的未來，也像在看陰沉天空另一端不易判讀的星宿。從小，路邊的算命師就常叫住我和母親，說他們「看不見」我們的命運。

「我對今晚之後的你……有點興趣。」

今晚之後？什麼意思。

我聳聳肩。從昨天到今天到明天，我還是一樣的我。

「你的嗜好也真特殊。不過，我不會跟你做什麼『交易』喔。想要的東西我會靠自己奪取。我的寶物也只會屬於我。只因與人交易就出讓，那種程度的東西，打從一開始我就不會想要。」

「你母親一開始也是這麼說的。」

撇了撇嘴，男人告訴我他的名字。

「改變主意的話，就叫我吧。不過，機會只有一次。」

「……你真的是個怪人。」

「你會為了什麼理由叫我呢？我感興趣的只有這件事。」

男人不動聲色而殘酷的冷笑，我很中意。他的臉很美。

一隻黑色蝴蝶翩翩飛過眼前，偶爾會出現在母親身邊的蝴蝶。

「這隻蝴蝶是什麼？你的使者還是什麼的嗎？」

「不，因為這蝴蝶會搬運魂魄，所以你聞到死亡氣味是對的。這麼說吧，這是你剛得到的『親人』。」

剛得到的親人。

我望向死去的母親。笑著說「是喔」。

眨眼之間，男人一陣輕煙般消失了。彷彿剛才那只是一瞬的白日夢。

不過，黑蝶依然在那裡，翩翩繞著我飛了飛，又朝裝放寶石的箱子飛去。

母親對寶石幾乎沒興趣，但也有例外。老實說，無論任何寶石戴在她身上，比起她的美貌都為之遜色。她那大理石般的裸身，長度及腰的一頭捲髮，以及迷惑男人的魅力，就是母親最美的寶石。母親自己也有自覺，所以通常不會在身上戴任何寶石。即使如此，不管到哪裡，男人們還是爭相饋贈，住的地方隨時都堆滿了寶石。當某天她用纖細柔美的手指從中挑出兩三顆喜歡的寶石時，就代表結束與毀滅即將來臨。她會奪走對方的身、心、姓氏與財產，令無數命運發狂，有時甚至摧毀對方整個家族，直到心滿意足之後，才帶上幾顆寶石做為戰利品，只留下一抹妖豔的微笑，然後不置一顧地離開。

不過，我不是母親，所以不會帶走寶石。

無視繞著寶石箱翩翩飛舞的蝴蝶，我的手指伸向床旁的桌子。

打從一開始我就決定好了戰利品。第一眼看到掛在宅邸深處的那個時，我就很中意它。他們說是有什麼由來，不能拿下那東西。

據說，家族世世代代享不完的榮華富貴，都是拜那東西所賜。

「……拿下這張狐狸面具，一族就會毀滅，太有趣了。」

當然，在來這裡之前我就取下它了。現在我拿起放在桌子上，只能遮住臉孔上半部的奇妙狐狸面具戴在臉上，雖然大了點，但我心滿意足。

隔著狐狸面具看母親，她依然是那麼美麗。我不忍離去，愛憐地吻了她的紅唇。

口紅與死亡的味道。這就是別離。

「無論是不是『交易』，謝謝妳生下我，媽媽。」

和其他家人不同，只有母親是我特地親手殺死的。我這麼做有我的原因。

因為我中意母親，無論是她的長相、性格還是生存方式。

所以，如果要終結她的生命，一定要用我的雙手親自破壞得漂漂亮亮。

這或許是遺傳自母親的毛病。因為我的長相和性格都和母親一模一樣。

唔。最後一次親吻母親後，我在宅邸內四處放火。

放完所有的火，我拿下光榮成為寶箱一份子的狐狸面具，確認煙與風的流動。濃煙竄上宅邸的牆壁與天花板，劈哩啪啦的火舌開始吞噬宅邸。外面的風變強了，看來會比預計的提早燒光。

「……大概就是這樣了吧。官府今晚正在舉行新任太守的歡迎會，我已事先擅自寄出這家主人的缺席通知，等眾人察覺火災時為時已晚。很好，我也差不多該走人了——」

嗯？我豎起耳朵。熊熊燃燒的大火，因四處延燒的火勢而崩落的牆壁和梁柱，在這些聲音裡雖然聽得不是很清楚，但仍能聽出外頭鬧哄哄的，仔細一聽，是馬蹄的聲音。

「……不會吧？為什麼？是誰來了？而且……多達十四馬。」

怒吼的聲音似乎來自官員。就算是察覺火災趕來滅火也未免太快了。除非有人事前動了手腳。

是「委託人」為了封我的口嗎……雖然對方看起來不像是這種人。

「……竟敢瞧不起小孩子，那就等著我的事後報復吧。啊……原本想配著燃燒的宅邸吃一顆桃子，學大人飯後來根菸那樣享受的，真可惜。」

得在被那些小官找到之前逃脫才行。我怒上心頭，匆匆走向經過計算後預留下來，不會被火燒到的房間。

正想打開房門時——眼前的門突然粉碎。

……不知為何，出現一匹失控的馬。

這是我人生中第一次嚇呆的時刻。

騎馬跑上走廊的那傢伙開始朝身後發號施令。

「很好，火還沒燒到這裡來。快滅火救人——」

和騎在馬上的年輕男人四目交接，我不由得倒抽了一口氣。

……血、死亡與黑暗的氣味。深沉靜謐的雙眼。在火光照耀下微微晃動的陰影。那震懾人心的美麗白皙臉龐上，光與影各占了一半。

不只眼神移不開，心也被他吸引。那缺乏光彩的樸實低調之中，卻有什麼深深吸引著我。

下個瞬間，男人朝我兜頭潑了一桶水。聽見丟掉空桶的聲音時，馬上那人的手臂已伸向我，不由分說地將我拉上馬鞍。

「我是剛赴任的新太守，別擔心，已經沒事了。」

這麼說著，這個把臭河川中泥水潑向我的男人匆匆策馬奔向士兵交錯奔跑的夏日庭院，「救出」了我。

我宛如一隻又濕又臭的老鼠，內心已無絲毫方才的感慨，反而萌生殺意。

——這個混帳。驚呆了的我用盡全力也只能在內心唾罵這麼一句。

……儘管士兵們竭盡所能地滅火，火勢已經無可救藥。

背對燒毀崩壞的宅邸，我一邊擦頭髮一邊低著頭說話。

即使不用刻意演戲，這副被煙灰燻得宛如黑炭（而且全身散發異臭）的模樣也已令我氣得全身發抖，再說，即使時值夏天，溼透的身體也冷得止不住顫抖。

「……老爺……不、是繼父他最近很奇怪。好像以為母親通姦，一直將母親與我監禁起來……然後今晚……他刺殺了母親……還放火……我趁隙逃脫，家裡的人卻全都倒在地上……」

是說，你這傢伙如今不是應該在官府舉行歡迎宴，喝得醉醺醺才對嗎？赴任第一天就特地來巡視是搞什麼？

「所以，只有我……」

在這之前一直默默聽我說話的新任太守——年僅二十左右的青年——忽然在我面前單膝著地，與我四目相對。

看到那雙眼睛，我第一次感覺心都涼了。那雙黑色的眼瞳如箭，貫穿了我。

……他不相信我。這一點最是令我難以置信。怎麼可能有這種事。

從那座滿是謊言，正在燃燒的宅邸中，青年淡然而精確地撿拾出唯一的真相。

「……你失去了母親與剛獲得的家人，這是事實。」

那聽起來就像在說，對於我的說明，他認同的只有這一點。

在他的凝視下，總覺得內心深處連我自己都不知道的東西也被翻攪出來了。

難以忍受那雙眼神，光是跟他待在一起，我的祕密似乎就要被陸續揭發，我有這種感覺。我想主動轉移視線，這是有生以來第一次。這個事實狠狠地傷了我的自尊。

只要對方有一點同情或哀憐，明明會是我的勝利。

「你有地方去嗎？」

如果我回答沒有，這男人又打算怎麼做呢。

「有。」

我將慎重拿在手上的狐狸面具戴上，遮掩自己的臉。

不想再被那雙眼睛盯著看，不只是表情——也包括心情。

手微微顫抖，我告訴自己那是因為濕冷的關係。

「這樣啊，不過，今晚我得確保你的安全。在這裡待著。」

一條乾毛毯蓋到我頭上，聽見士兵的呼喚，青年朝那邊走去。

……我在他回來之前消失。金蟬脫殼似的，只留下那條乾毛毯。

心臟不知為何跳得厲害，伴隨著快速的心跳，我快步趕往今晚與委託人相約的地方。到了之後，看到做為報酬的桃子與裝在束口袋中的酬勞。帶著那些，逃往看不見青年身影的高地，咀嚼桃子時，才終於緩過神來。

抬起頭，看見閃亮的夏月皎潔生輝。那帶著光暈，只有一半的月亮。

我忽然想起黑衣男人說的話。

『今晚，你在這裡殺了母親，這件事稍微改變了星圖。』

我舔了舔拇指上的桃子汁……想著那本不該遇見的年輕官員。

不會吧。

再說，又沒有什麼因此改變。只是我那原本該完美無瑕的初次任務多了一點瑕疵罷了。

遠遠地，仍看得見從宅邸冒出的火星。好像無數螢火蟲。

美麗的夜晚。

要是沒遇見那年輕官員，我原可心滿意足離去。

「第一次是無法像母親那般順利的吧……只能再努力提昇自己了。」

我決定忘了他。有朝一日找機會報復即可，但不是現在。

轉身回頭，背對燃燒的宅邸，背對被我殺死的母親，背對那青年官員的眼神。

還有……背對有生以來第一次被他人攪亂的心。

狐狸與飯糰

那之後，我行走各地，有時接受「委託」，有時則不，有時即使無人委託也擅自下手，就這樣過著隨心所欲的日子，輾轉生活於幾個領地與家族之間。

距離燒掉宅邸那天，又經過了半年。

「……怎麼，這委託似乎有點怪？」

我坐在炭爐旁，喝著人家泡的熱茶。

上好的茶杯，茶水的溫度和沖茶的手法都很完美。每喝一口，都能聞到茶香。

「委託人是誰……是個典型的下三濫惡官啊……貪污、收賄、違法徵稅……他是怎麼會知道我的？我才不幫這種人。」

我現在的工作等於繼承母親而來，找上門的委託人大多是熟客，少有新面孔。母親過去經常憑心情拒絕工作，老實說，我選擇工作時隨心所欲的程度更甚於她。

尤其是最近，不管做什麼都提不起勁。完成幾次工作後我終於察覺：

「……我這人不管到哪，馬上都能成為別人的『最愛』，卻怎麼也找不到『自己的最愛』呢……」

這真是萬萬料想不到。不管什麼，總是只有一開始能引起我的興趣，接著很快就膩了，像紙屑一樣被我拋到一邊。根本沒遇過像母親那時一樣，將最中意的東西愛憐地留到最後，握在手裡捏碎的情形。從來沒有遇過這種令我依戀又珍惜的對象。

「如果無聊的話，就自己把事情弄得有趣，這雖然是我的作風，但找不到對象也沒辦法……」

咕嘟一聲，我把嘆息與茶水一同吞下喉。很久沒工作了，其實很想大展身手，卻找不到一個像樣的對象。原本想在喝完這杯茶之前決定好的啊。

「那個狡猾宰相的委託倒是挺有趣……可惜這次沒有他的啊？」

我已將所有委託書看過一遍，一封不剩地全被我扔到地上了。嘴裡嘖了一聲。

過了一會兒，我重新打起精神，望向丟到地上的其中一封書簡……其實，有件事讓我頗感好奇。就是那個「有點怪的委託」。

我把那封「有點怪的委託」撿起來，重新坐回椅子上讀……唔嗯。

一般來說，委託的目標大都是億萬富翁、大貴族、大官、八家出身者等等，委託人要求的不只是讓目標破產那麼簡單，多半是要求一族上下包括情婦小孩在內全部死光毀滅，盡是些充滿恨意與嫉妒的委託內容……然而，這個下三濫惡官委託我下手的目標不但不是高官貴族，仔細一看，竟然比庶民更貧窮，族人也早死滅，官位又低，現在還正遭朝廷貶至偏鄉，更是個戰場敗將。聽說他在幾年前的貴陽完全攻防戰中明知毫無勝算，卻與朝廷作對，是個不知瞻前顧後的笨蛋。

「嗯？？？為什麼要特地對這種人下手？放著不管，他也已經跌到谷底了啊？」

要是平常時的我，對這種路人甲送來的委託絕對是不屑一顧。然而這次，除了委託內容確實與眾不同外，目標本身的罕見程度更引發了我的一點好奇心。不，老實說，這封委託書讓我愈看愈想去會會此人了。我說的當然不是那個下三濫惡官，而是這名委託目標。

令人想反過來為他喝采的敗犬人生，光明正大走在與所有人相反道路上的謎樣經歷。淪落到這個地步還能精神抖擻地在陰影處大步邁進，這樣的男人可不多見……他到底在想什麼？

「明明是敗將，還能獲得戩華王和狡猾宰相兩人封為紫門中的一家，這點也耐人尋味……」

已經淪落至此了，還有人專程來委託我擊垮他？這男人是個什麼樣的人物？

就算見到之後會令人失望，能奪取紫門一家的姓氏也不壞。委託的內容是殺了他，或者至少也要讓他失去官位。不過，我想做什麼全憑我自己開心。

「就去看看吧……畢竟待在這裡也太久了。雖然離開有點可惜。」

我一如往常地戴上狐狸面具。

基於容易生厭的個性，手邊的東西通常很快被我破壞，唯有這狐狸面具始終是我珍惜的寶貝。

我感慨地望著這棟宅邸，整個冬天，這戶富貴人家為我準備了溫暖的茶水食物與棉被。無微不至照顧我的天真無邪的小姐，清純貌美又溫柔的夫人，以及第一眼看到我就盛情接納的年輕優秀老爺。

這完美的一家人對我說，就算我想永遠待在這裡也可以。

「……這裡的老侍女泡的茶特別美味，害我忍不住停留了一整個冬天。可是，不走不行了。對我這麼好，真的是很感謝。」

沒有人回應我。因為，這杯茶已經是最後一杯。

老爺每天晚上寵召我的事被夫人和小姐發現，演變成三人之間一場劇烈爭吵，最後以三人持刀互砍身亡告終。親眼目睹這一切的老侍女露出有如世界毀滅的悲傷表情，我上前安慰她，請她為我泡一杯茶，然後親手殺了她。現在她還躺在我面前呢。人家照顧了我那麼久，做這點小事回報也是應該的。至於其他僕人，要等到天亮後才會來。

「再見了。」

天亮之前，我笑著與屍體橫陳的宅邸告別。

「是個還很年輕的男人嘛……二十出頭，有一個女兒。他的名字是……旺季。」

離開宅邸，跨出三步之後，我已將剛才那棟屋子裡的老爺、太太和小姐的名字忘得一乾二淨。

❖　❖　❖

這個叫旺季的男人是監察御史，一直被輾轉調派各地。

赴任的場所多半位於偏鄙之地，以他出身紫門的階級來看，事實上可說是遭到貶職。

御史的工作往往需要隱藏身分，這一點雖然棘手，正好可以展現我的實力。

我利用「工作」上的人脈收集關於他的情報，掌握他的行蹤，鎖定幾個可能遇得到他的場所。這時，距離我離開那戶富貴人家已經又過了一個月。

「話說回來，還真沒算到會下雪……太冷了……」

三月已進入尾聲，原本篤定不會下雪，不料山裡還是下了。

不過，我試著堆起一個小雪洞，躲在裡面挺暖和的，我很中意。凡事都有好壞兩面。

不是在村落或城鎮出手，這次之所以選擇在山路上守株待兔等「旺季」來，打的是等他出現就裝成迷途稚子的樣子，在雜樹林裡徘徊而不經意撞進他懷中的策略——不過，怎麼等都等不到他現身……

「真奇怪，沒料錯的話下午他應該會經過這條路才對……都已經天黑了……」

每次有人車從路旁經過，我就會鑽出雪洞查看，卻一直沒看到他，天色一轉眼就暗了下來。

「是料錯了嗎？現在天已經這麼黑，看來今天他是在山腳下的村莊過夜了……」

正當我想放棄時，忽然聽見山腳方向傳來馬蹄聲。

從聲音判斷，馬奔馳的速度很快。這雖是一座小山，此地卻是山路要衝，也不時有商隊經過，所以道路整修得還算不錯。即使如此，要在伸手不見五指的積雪山道上用這種驚人的速度策馬奔馳，顯見馬上之人騎術非比尋常。

「……是騎了什麼快馬嗎……不過，萬一是『旺季』大人該怎麼辦？」

儘管這麼說，我自己也不知道該怎麼辦。

天色這麼暗，別說確認對方的長相了，看這速度肯定如一陣風般從我身邊奔馳而過。正當這麼想時，馬蹄聲已經逼近雜樹林了。

不只如此，凝神細看更發現，前方完全看不到火把的火光。

「……不可能吧。光憑夜視力，竟能正確奔馳在如此黑暗的雪道上？這是不可能的事。」

就在我以為對方要從眼前奔馳而過時。

馬的速度放慢了。

耳邊傳來拉扯韁繩的聲音和馬嘶啼的聲音……蹄聲中止。

即使四下一片漆黑，我仍能察覺來自道路上的視線，如箭般貫穿了我。

「站在樹木後方看這裡的那邊那個傢伙，有什麼事就出來，沒事也給我出來。」

我既然不是什麼武術高手，氣息會被發現也是無可奈何的事。不過，事情不只這麼簡單。

那個靜謐的，深入並撼動內心的聲音。

我還以為自己早已忘記。

『你有地方去嗎？』

毫無疑問，這聲音來自那個在我第一次任務中留下小瑕疵的年輕官員。

——旺季。我幾乎可以確信。

那人就是旺季。

發不出聲音，心臟像被細小的釣鉤勾住拉扯。

「…………」

我伸手觸摸狐狸面具。哼。沒想到還能見到當時那個官員。

……這樣正好不是嗎？可以報復他了。

我在黑暗中摸索著點亮手燭，身邊發出微弱的亮光。其實我的夜視能力還算不錯，不過……我想看清他的臉。好好看清。沒什麼深意就是了。

一手舉著手燭，踩在雪地上走出雜樹林，踏上林子外的道路。臉上依然戴著狐狸面具。

頭頂正好是一輪滿月，和雪光相映成輝，照得整個世界散發一層淡淡白光。

上次見面時是夏月微暈的夜晚，這次則是明月雪夜，感覺不錯。

……但是為什麼，我卻無法像平時那樣笑得從容。

我一腳踏上林外道路時，「旺季」也正從樹蔭後方來到月光下。

血、死亡與黑暗的氣味。和過去一樣缺乏光彩，卻煥發著一股淒絕氣質的端正硬質美貌。他應該屬於即使上了年紀也看不膩的長相吧……我心跳加速。

從馬上俯瞰我的「旺季」慢慢跨下馬鞍，用力踩著粗糙的雪堆靠近。我刻意屏氣凝神等待。不只是因為眼前的氣氛不容我逃離，更因為我想靠近他，將那張臉看得更仔細。

一看之下，果然又被那雙黑眸──之中的什麼──深深吸引。

「旺季」就站在我面前。

眉頭皺得又深又緊，雙眼直瞪著我看。看到這張狐狸面具，他一定就會想起我了吧。然後，他一定會為了當時我的不告而別而生氣──

「手伸出來。」

我驚訝得睜大眼睛。什麼？……叫我伸出手？

「手伸出來，雙手。」

我愣愣地伸出雙手，於是，他將一個竹編的小籃子放在我手心。

「吃了這個填飽肚子就別再調皮了，快回窩裡去吧，小狐狸。天已經黑了。」

「…………啥？」

他說的明明是人話，我卻無法理解。為什麼。

我打開籃子。

……裡面裝著五顆飯糰……飯糰……

「旺季」一臉認真的樣子，雙手盤在胸前。

「你的窩在哪？要是事後得知你被野獸吃了，我會有罪惡感，所以讓我送你回家吧。還是說，你是隻迷了路的小狐狸？」

「…………………」

不會吧。我全身顫抖，盯著那五顆飯糰。

不會吧。他該不會、完全不記得我了吧。

「怎麼啦？傻站在那裡。對了，去年秋天我也撿過一隻狐狸，把牠送回窩裡去了。難道你是那隻狐狸來報恩的？明明是完全不同的兩座山，該不會千里迢迢追著我來，結果迷路了吧？」

不是。我的三魂七魄都差點從嘴裡飛出來。

「真是學不乖的小狐狸啊。算了，這次畢竟來到不熟悉的山裡，所以才迷路了吧。走投無路也是無可奈何的事，那種在敗戰中撤退時，回過神來才發現自己落單的感覺，我懂。」

原來這個人有和同伴走散落單的經驗啊……

我默默朝狐狸面具伸手，將面具的位置稍微挪動。連面對委託人時也絕不拿下面具明明是我向來的原則之一。就算立刻挪回原位，為的還是「不想被當成狐狸妖怪」這個聽起來很搞笑的原因。即使如此，這依然是我第一次讓他人看見我的廬山真面目。不管怎麼說，看到我的長相，他總該想起我了吧——

然而，男人即使看到我的真面目，也只是輕輕挑了挑眉。就只是如此而已。

「什麼啊，原來是個人類小孩？我都糊塗了。算了，小狐狸和人類小孩也差不多。所以你的窩……你家在哪呢？」

這次我真的要昏倒了。

不是我愛炫耀，之所以戴著這個面具不脫下，還不是因為每次拿下來都沒什麼好事！母親擁有只要看過一眼就絕對不會忘記的美貌，而我的長相完全繼承了她。我自己是挺喜歡的，雖然這也是我最大的缺點。當然啦，上次見面時我就像隻溼透的臭老鼠——更何況那也是這傢伙害的——但是遇到不記得我長相的人，也是有生以來第一次。

看到我愣在原地，男人嘆口氣，拍拍我的腦袋。好像我真的是隻小狐狸似的。

「沒辦法，等一下再陪你一起找窩吧。快要被追上了。」

「…………啥？」

「我本來想趕路的，沒想到會遇到迷路的小狐狸耽擱時間。不過這也沒辦法。」

他口中的「沒辦法」聽起來有種無可奈何的感覺，但完全沒有其他人說這句話時透露的負面情緒，卻也不是豁出去了。柔和的嘆息聽在耳朵裡莫名舒服。

「只要把他們從山腳下的村子引開就行了吧。喂，小狐狸。」

「我不是小狐狸！」

這時，從他來的方向傳來不祥的馬蹄巨響，也看得見火把發出的幾許紅光。

剛才那宛如一陣神風般疾馳而來的「旺季」大人……該不會是……

「……你被追殺了嗎？」

「是啊。對了，小狐狸，結果你該不會是山神或仙人的弟子之類的武術高手吧？」

「怎麼可能。」

最好是啦。

「既然如此，你該做的只有一件事，那就是躲起來。其實我很想這麼說啦，可是萬一你被當人質抓去反而麻煩。所以上馬吧。顧好你自己和飯糰，不要從馬上掉下去就好了。」

這是命令。而且我和飯糰地位差不多。在這短短時間內，我經歷的人生初體驗已經破紀錄了。

「……對方如果是騎兵的話，現在還來得及把繩子綁在樹上做成陷阱吧？天這麼黑，路都看不清，只要用雪掩蓋一下，對方一定不會發現。」

「我不要。」

「二話不說就拒絕嗎？」

「那麼一來馬的腿會跌斷，斷腿的馬只有被宰的下場。我不想這麼做。我會殺掉追兵，但是要放馬逃走。」

他說得一臉認真。這人怎麼回事？馬命還比人命大？我故意反問。

明明是個官員。

「你會殺掉人類，但是放馬逃走？」

「沒錯。人類會殺你，但是馬只要放牠們走，動物是不會加害於你的。」

他以淡然的語氣，斬釘截鐵解釋其中並無矛盾……這答案出乎預料。不會吧。

……難道這男人和我一樣，有他自己的原則嗎？或許原則的內容大不相同就是了。如果是我，根本不會在意別人的馬是死是活，自己的愛馬當然另當別論。

地鳴聲愈來愈近。面具下的我皺起眉頭……原本以為追殺他的是賊人野盜，看來不是。馬蹄聲整齊劃一，也沒聽到任何人怒吼。馬術固然比不上「旺季」——應該說「旺季」的馬術太過驚人——但也有一定的水準。追兵應該是哪裡的軍隊或訓練精良的殺手。

我朝「旺季」投以一瞥……委託我的人，也是朝廷官員。

血、死亡與黑暗的氣味。他態度淡定平靜，彷彿這一切稀鬆平常。

『人類會殺你，但是馬只要放牠們走，動物是不會加害於你的。』

……就這樣，他一個人解決了沿著山巔雪道追來的十幾個騎兵。

人類一個不留，全部殺光，也真的放走所有的馬。

雪光下，騎在同一匹馬上的我，隔著面具看到的那個人從「旺季」升格為「旺季大人」了。

當然，我也完美地守護了所有飯糰。

❖　❖　❖

「你為什麼要停下來？不是正被追殺嗎？打輸了不是嗎？」

憑旺季大人的實力，一定能直接把我帶到山腳下的村莊吧。

對我來說，能住在村中旅店當然比露宿野外舒服。可是，不知為何我卻輕聲對他說「我在雜樹林那一頭有個雪洞」。於是，旺季大人只回了句「這樣啊」，就騎著馬和我一起回來了。我一邊帶路，一邊懷著莫名的心情搔頭……真奇怪，原本的計畫又不是「兩人單獨身處雪山」。

旺季大人看到我的雪洞，喃喃嘀咕「好小」，開始在旁邊重新奮力做起一個新的雪洞。像雪國特有的那種正式雪洞。

我一點也不想幫忙，和馬一起待在火堆旁取暖，低聲提出疑問。

旺季大人一邊堆雪洞一邊回答：

「為什麼？因為雜樹林那一頭有東西啊。」

火堆燒出爆裂聲，我依然帶著狐狸面具，懷裡抱著裝飯糰的籃子。

……真奇怪。我為什麼不想去村子裡呢？按照預定不該是這樣的。

或許因為從小和母親相依為命的緣故，我不是很喜歡其他人。和委託人或下手目標見面的時候，或是找地方借宿過冬的時候，我會盡可能選擇熱鬧的地點。可是，在毫無目的的狀況下與另一個人獨處，對我來說是非常痛苦的事。到目前為止，能讓我這麼做的只有母親。

然而，我現在卻刻意做出與旺季大人獨處的選擇。

我將籃子放在腿上，嘴裡啜著飲料。那是旺季大人拿出類似固體乳酪的東西，用火堆的溫度加熱作成的，應該是羊奶吧。好久沒喝到這麼難喝的東西了。除了暖身之外沒有任何作用。雖然難喝，但卻令人溫暖……就像旺季大人。

我突然發現自己正在放鬆，覺得非常不可思議。

托著下巴，盯著旺季大人觀察，視線簡直要在他身上鑿出許多洞來似的。

「像你這麼強，一定一看就知道是一個人站在那裡吧？你以為我是追兵的同夥嗎？」

旺季大人堆完雪洞，回到火堆旁。

「看到我之後，還說了這麼久的話。」

「遇到迷路的小狐狸，沒辦法啊。」

沒辦法。

旺季大人又這麼說著，從我為了不讓飯糰結凍而抱在懷裡的籃子裡拿出一個飯糰吃掉。接著又拿起一個塞給我。我忽然有點想惡作劇。

把臉湊上前去咬飯糰。那是個三口就能吃光的小飯糰，吃最後一口時，我連旺季大人的手指一起叼住，伸出舌頭輕舔了指尖才放開。

旺季大人打量著我。

「……好像雛鳥啊。燕子育兒時就是這樣。燕子……讓我想起了飛燕。雖然拜託陵王照顧她……要是把她養成一個肌肉壯健的女童，我就要殺了陵王……」

……燕子餵食幼鳥時，幼鳥們因為生存競爭的緣故可是拚了命的推擠，那模樣不但噁心還一點也不可愛。看到這個不分男女，人人皆愛的小孩，他竟然這麼說？

話說回來，他對我的舉止絲毫不為所動。有意思，但也很無趣。

「為了一隻迷路的小狐狸停下腳步還差點戰死，你是笨蛋嗎？放著不管不就好了。」

「嗯，是啊。不過，沒辦法。」

我忽然懂了。這句話的前半段是站在別人的價值觀，後半段才是他的原則。

和放馬生路卻殺死人一樣，不管別人怎麼說，他只會遵循自己的原則而活。

……我討厭大部分的場面話與厚顏強迫別人接受的理想正義。一旦世界改變就跟著站不穩腳步，從旁看著就像暈船似的噁心想吐，忍不住就想出手破壞。那種感覺就像身邊多出多餘的油脂，很不舒服。油膩氣味撲鼻，令人作嘔。

可是，他的「沒辦法」不一樣。沒有絲毫多餘的東西。和他的生存之道很像，不帶多餘的金錢與裝備四處行走。建立起這個人的，只有重要的事物。

即使世界改變，他還是會為了迷路的小狐狸停下腳步吧？這就是他的原則。

……我只是輕哼了一聲。

「你終於笑了。喜歡吃飯糰嗎？很好吃對吧？包的材料很豐富，是這一帶的名產，我也很喜歡。」

我才沒有笑。只是天生長了一副笑臉。那樣也沒關係，但是我才沒有笑。

「……我才沒笑，你在說什麼啊。」

「是嗎？我看你就像吃飽的貓一樣眯著眼睛笑了啊……拿去。」

他從籃子裡再拿出一顆飯糰，自己吃了，然後往我嘴裡也丟一顆……完全當作自己是餵食幼鳥的燕子了吧。

「對了，小狐狸。你是將近一年前的夏天，在某人宅邸失火時唯一存活又失蹤了的那個小孩吧？剛才殺人途中忽然想起來了。」

嘴裡的飯糰差點噴出來。現在才想起來？

「——也太慢了吧！」

「當時你像隻溼透的老鼠，頭髮也貼在身上，臉又燻得全黑，我完全認不出來。」

那還不全部都是你害的！算了，總比忘了好。

「既然活著，那就好。」

旺季大人只說了這句話。沒有多餘油脂的一句話。

關於我說謊的真相和忽然失蹤的原因，他什麼都沒問。從他嘴裡說出口的，從來都只有最重要的事。

飯糰有五顆，只剩下一顆了。他把最後一顆拿給我。

「你有地方去嗎？」

問了和當時一樣的話。

如果是平常的我，人家給的東西絕對一個不留的拿走，但這時我做了不一樣的決定。

我把飯糰分成兩半，一半還給旺季大人。

凝視他因火光而閃爍的黑眸，我也做了一樣的回答。

「有喔。」

旺季大人收下那半顆飯糰。

「這樣啊。如果有自己的窩，明天天一亮我就帶你回去。」

狐狸面具下的我咧嘴笑了。

……這次，我還是無視他說的話，在天亮前離開。

不過，和上次不同的是，這次我在離開前，先去隔壁雪洞窺探了他。

旺季大人動也不動，背對著這邊睡著，但我想他應該有所察覺。

我原本想就這樣離開，現在改變主意了……畢竟，要是又被當成狐狸妖怪也很不爽。

我在洞口放了一個小雪人。肚子上黏了一片葉子，上面寫上名字。

「晏樹」。好了。

……主動告訴別人我的名字，這也是有生以來第一次。

算了，反正大概不會再見面了，沒關係。

天亮前，我就著雪光，以不必要的速度快步下山。

❖ ❖ ❖

那個惡官的「委託」已經被我拋到九霄雲外。不，打從一開始我就沒放在心上。

被我無情踐踏的雪堆下，結冰的枯枝發出聲音折斷。

就像只放走追兵的馬時一樣，就像為了迷途小狐狸而停下腳步一樣。即使後有追兵，即使一定一整天都沒吃東西餓著肚子，他仍毫不猶豫地將糧食全部送給素昧平生的我。如果我說自己沒有地方去，他肯定又會犧牲一些自己的什麼來分給我吧。

說著「沒辦法」而選擇這麼做。這就是他的原則。我並不討厭。

可是，我絕對不想被當成和馬或小狐狸一樣等級的東西。

想要什麼就自己搶來，或讓別人甘願親手奉上，這才是我的作風。接受別人的施捨？開什麼玩笑。再說，除了我之外——連馬都能得到的廉價東西——要我跟馬一起排隊等待，那更是不可能。

我想要什麼東西的時候，如果不能全部擁有，對我而言是難以忍受的事。

如果不是那樣，寧可全都不要。

「……我很少有這麼喜歡的東西啊。」

想起叼住旺季大人手指的事，用舌頭舔了舔自己的中指。

殺死所有追兵時的側臉。沒有一絲多餘油脂的話語。目光總是不可思議地受他吸引，那種想永遠待在他身邊的感覺。有自己的原則這一點。

……與工作無關，某種我想擁有的東西。

「有太多原因讓我想擁有了，可是……」

四目交接時，彷彿連心臟都在顫抖。那種感覺也難以割捨。非常難。

然而，總覺得只要一擁有他，從那一瞬間起，想要的一切都會消失。就算他像那戶富貴人家的年輕老爺那樣寵幸我，我不但不會開心，反而會不悅到了極點。

我想要的東西，似乎在自己永遠碰不到的地方。

我焦慮惱怒起來。忽然不想待在他身邊了。所以才會離開。

……但是。

昨晚，旺季大人因為堆雪洞而餓得頭昏腦脹時，伸手去拿已經給了我的飯糰，只有這點還不賴。我和他平分了最後一個，這也是一種對等。如此一來我和那些平凡的馬或迷路的狐狸就不一樣了。看來我也沒輸。

……咦？我在說什麼。沒輸？我不禁皺起眉頭。

「……講得好像差點輸了一樣。」

好吧，算了。

世上或許沒有太多會讓我想收入寶箱的人，但是除了他之外，一定還有別人。

光是知道這一點，今天也算有所收穫了。

我差點回頭去看雜樹林，嘆了一口氣……真不像我會做的事。雖說偶爾嘗嘗這種依依不捨的感覺也不錯，這時回頭就輸了。

……不，說什麼輸，什麼也沒有輸啊。

不管怎麼說，唯有這點是肯定的。

那就是，這次真的再見了，旺季大人。

因為他喊我小狐狸，所以偶爾看到這個狐狸面具時，我會想起旺季大人。

那沒有多餘油脂的聲音，令我內心躁動的黑眸，羊奶般令人放鬆的氛圍，這些我都還沒在別人身上找到過……很可惜。

「……果然是有點可惜啊。」

「難得聽你這麼說啊，晏樹。」

室內的黑暗驟然變濃，我顰起雙眉……來的人才真是難得的稀客。

「……戩華王。怎麼，今天來的不是宰相啊。」

戩華王一走動，房裡瞬間染成一片黑暗。

……我很不擅長應付這個國王。他不像旺季大人那樣符合我的喜好，我一點也不想接近他。或許是因為，就算待在他身旁，我的人生也不會變得有趣吧。心不甘情不願地承認好了，他是我絕對支配不了，也永遠無法理解的對象。宰相雖然也是，但至少我還覺得宰相有趣。儘管我討厭表面漂亮的事物，但也對戩華王這種充滿負面、虛無與陰暗，一股腦陷入黑暗的人毫無興趣。因為他不會再有任何變化了。不知道是自己不願改變，還是無法改變，唯一能確定的是，我熱愛「變化」。

「旺季好像也在附近。」

帶著一團黑暗走到窗邊，戩華王俯瞰街道。我挑起眉毛。

「你說旺季……是指那位旺季大人？」

「能讓你這麼在意的『旺季』只有一個了吧？」

「為什麼這名字會從你嘴裡說出來？」

「那傢伙十三歲時我就認識他了，他所做的一切都像是要來妨礙我似的。宰相寫在預定表上打算消滅的貴族，他也按照順序一個一個找上門，每次都被他追上來。這次輪到葵家了。」

「……啥？不會吧。他沒笨到會與你還有宰相正面衝突吧？」

「這種人不多，我也很中意他。你接下『第一份委託』時，那傢伙不是也找上門來了嗎？」

我睜大雙眼……他說什麼？

那戶人家確實是一族勢力龐大的名門貴族，也在宰相的消滅名單上沒錯。為什麼我會知道？因為把我和母親送進那戶人家的正是宰相。

我想起赴任太守的第一天就率兵趕來，對我說的話完全不相信的旺季大人。

「沒錯。那傢伙是為了保護你而去。他早就察覺宰相利用你母親毀滅那個家的事，還以為你只是個拖油瓶，什麼都不知情。直到現在他都還把你當作我和宰相手下的犧牲者吧。就像這次的葵家一樣。」

「…………」

「葵家這次，宰相已經做了萬全準備，很快就要滅掉他們了。葵氏一族上下不但守舊，自尊心又高，在我下手之前，恐怕就會一個也不剩地刎頸自殺了。所以，這次要委託你的任務不是去搞垮葵家，而是接近旺季。只要偶爾願意的時候提出報告就行了，期限也隨你高興。」

「……什麼嘛。沒有具體一點的指令嗎？像是殺了他，或是逼他辭官之類的。」

「這真有意思。你明明是個自己提不起勁的話就什麼都不做的人啊。所以，隨你高興吧。」

……他最討人厭的就是這種地方。我生起悶氣。要是我能殺得了他，現在就動手了。

「……欸，是喔，那如果我跟著旺季大人搞垮你們呢？」

「那就試試看啊。旺季身邊也差不多該有個你這種程度的參謀了。畢竟荀馨已死。」

光憑這句話，我已瞬間覺得要做也可以。如果能讓這個國王跌破眼鏡的話。不過，正如戩華王所說，我對不感興趣的事絕對提不起勁去做。雖然會覺得不爽，但我對戩華王的興趣還不至於讓我想花時間去搞垮他。即使他令我火大。

能讓我採取行動的條件只有一個。端看我自己願不願意接受。

「當然，你可以拒絕無妨。」

我沉默了。我不做自己討厭的事。當然也不打算跟隨戩華王。

所以，現在無論做出的回答是肯定還是否定，那就是我的答案。

我嘆了一口氣，同時撥開額前的頭髮。

「……旺季大人，是嗎。」

有自己的原則。只以重要的事物建立起的人。吸引我目光的某種特質。

舔舐手指時的甜味……即使不想這麼說，但現在要我承認也可以，當時我是為了想獨占他，才會絆住他的腳步，帶他回雪洞。雖然，到最後我還是離開了。

獨占。我嚥下口水……如果可以辦到的話，那一定是非常愉悅的事。

「……是啊，要我待在他身邊……也不是不行。」

可是我那時還是離開了。一定有什麼原因才是……我想起來了。

因為發現自己想要的東西在無論如何也觸碰不到的地方，所以心情變差了。

……這樣的我竟然也有無法得到的東西？愈困難的遊戲我不是該玩得愈開心嗎？

如果不再喜歡了，只要像過去那樣丟進垃圾桶就好。拖拖拉拉無法下定決心，一點也不像我的作風。我感到不高興，自己確實有點不對勁。

「那我待在他身邊，哪天覺得不對的話，也可以殺掉他囉……可以吧？」

「隨你高興。」

真掃興。他不說「沒關係」，只是說「隨你高興」。隨你高興。如果有誰一一紀錄下「現在的旺季大人」，那份紀錄一定也像是一份紀錄我心情變化的溫度計吧。只要旺季大人還活著，就證明我還喜歡他。他如果死了，就表示我對他生厭了。

就是這樣沒錯。

「那麼，我寫這份旺季大人觀察日記的報酬是什麼？應該說，這個委託到底是什麼意思？你打的是什麼主意？」

「什麼都不是，我心血來潮罷了。要是你討厭旺季了，從他那裡離開，只要跟我或宰相說一聲，就會給你一點什麼吧，比方說桃子。」

「又是這麼隨口說說……」

接受委託的證據，就是我伸手去拿狐狸面具的瞬間。

好久沒有這種從指尖到脊椎都為之震撼的快感。似曾相識的感覺。我想起來了。

殺死母親，親吻她的那一刻也是如此。總覺得只有在那一順間，我才能全面支配自己最愛的東西。奪走對方的一切，不交給任何人，永遠放進我的寶箱裡，蓋上蓋子。那種陶醉的感覺。

我都忘了。用我這雙手，擁有一切的這種感覺。

「是了。只要待在他身邊，我隨時都能親手殺死旺季大人。」

光是想到這一點，心臟就顫抖起來。強烈而甜美的誘惑，令我心醉神馳。

「這真不錯……呵呵。嗯，我提起幹勁了。」

殺死旺季大人。真的很久不曾有過如此令我中意的念頭。

我藏起眼底的表情，戴上狐狸面具。

……從那之後，很長一段時間，我一直在兩種心情之間來來去去，成為一個捉摸不定的人。

一方面非常憎恨，厭惡，暴躁焦慮，想立刻殺死旺季大人好讓自己落得輕鬆。一方面又萬分珍惜，萬分眷戀，想殺死他放進寶箱裡，帶著他一起逃逸。

又愛又恨，又想待在他身邊，又想將他丟進垃圾桶。

那是因為，明明想得到，卻又無論如何也無法得到的關係。

發現這一點，已經是很久很久之後的事。

❖ ❖ ❖

……戴著狐狸面具的我第三次和旺季大人見面，並非在那個從樓閣中也能聽見二胡琴聲的熱鬧城市——而是一個位於荒郊的便宜旅店，頹圮的馬廄門前。

正在餵馬吃紅蘿蔔的旺季大人察覺了我，微微挑眉。

「晏樹。」

聽見自己的名字，我不由得失語……自己都忘了曾留下名字的事。

很少人會用這名字喊我。不管和誰在一起，大多時候都在告知本名前就殺了對方，真需要用到名字時也會使用假名。戩華王和宰相是從以前就委託母親工作的人，所以他們知道我的名字，現在靠母親關係認識的熟客已經少了很多，早就沒人用這名字叫我，像是收在儲藏室內無用的東西。

「……………」

心情很奇妙。其實可以回應，但我只是默默站在原地。

我想起自己一直嚮往遇見「看第一眼時震懾得說不出話的命中注定對象」，此時不禁覺得傻氣。

不，這也不算吧，畢竟旁邊還有馬在吃紅蘿蔔。順帶一提，就算我想在熱鬧的城市裡與他相遇，貧窮的旺季大人也不可能進城。身為導演的我只好妥協，把時空背景的設定改成這間破爛小馬廄。

我站在離旺季大人稍遠的地方，然後就不動了。

不主動靠近。只有這點是早已決定的事。雖然沒什麼特殊原因。

旺季大人離開愛馬，朝我走來。

「又迷路了？」

才不是。

「如果沒地方去了的話……」

「旺季大人。」

一個不小心，我也喊了他的名字。照理說我不應該知道他的名字。

這下就連旺季大人也不免露出驚訝的表情。

不過，現在那種事怎樣都無所謂了。他第一次喊了我的名字，我也第一次喊了旺季大人的名字，這樣不是很好嗎。這是後來我為自己難得犯下的失敗找的藉口。

其實那時候，我只是不想聽他繼續往下說罷了。

「只在自己想做什麼事的時候才做，我就是這樣的人。想要的東西自己會去爭取，我不是來向你乞求什麼的。所以，請不要再多說什麼。」

連自己都覺得語氣太冷淡。平時笑臉迎人的我，明明不是演戲卻用這種語氣說話。真是太不對勁了。

旺季大人雙手抱胸，低頭看戴著狐狸面具的我，咧嘴一笑。

「我明白了，什麼都不會再說。」

那時說的話，後來旺季大人一直堅守到底。甚至連可以不用那麼做的時候還是一樣堅持。

後來我幾度離家出走，旺季大人連一次都沒有追出來，絕對是因為這個約定的緣故。他甚至跑到紅山去找那個小聰明的悠舜，卻直到最後都不來找離家出走的我。

不知從何時起，我也和皇毅及悠舜一樣變成是他「撿回來的孩子」，要讓我說的話，應該是「我賞臉來跟你在一起」吧。沒有誰欠誰，完全的自由獨立。拜託不要把我跟他們混為一談好嗎……也罷，既然不是撿來的也沒有扶養義務，旺季大人當然不需去找離家出走的我。

不管怎麼說，總之從那時起，我開始待在旺季大人身邊了。

沙沙——外頭飄著淡淡的毛毛雨。

打在屋簷上的雨滴聲逐漸充滿室內。

我在一個小官府的一間房內，托腮聆聽低微的雨聲。

一邊望著秋雨，一邊朝長椅上疲憊昏睡的旺季大人投以一瞥。

我嘆口氣，待在他身旁已經半年了。

「……不管到哪裡都能馬上成為別人『最愛』的我竟然落得這副德性。」

上次旺季大人撿回葵家的小孩，似乎連我也被周遭認為是「撿回來的孩子」，其實我在別的地方另有睡處，也沒賴在這個家裡。如果在旺季大人家吃了飯，一定從其他地方帶回禮來……這種事我從來沒做過。

與其說是新鮮，不如說是逞一口氣。

「……明明我最喜歡人家送東西討好我了。」

為什麼就是不願意從旺季大人身上拿取任何一樣多餘的東西呢。說起來旺季大人根本也沒送什麼討好我的東西，只是一想到被他當作與瘦馬、狐狸和皇毅同等級的東西，我就覺得很不高興。

「能把我三番兩次耍得團團轉的人，也只有旺季大人您了。」

我就算什麼都不做，只要在一起，對方通常都會變。

然而旺季大人卻一點也沒變。

從待在他身邊那天起，不，從宅邸失火那天第一次遇到他，他對我的態度一直是相同的。始終如一，從不過問。當然，我並不是旺季大人的手下，就算他問了，要不要回答是我的自由。旺季大人也知道這一點，所以從不多加追問。還有，另一個原因一定是我那句「只在自己想做什麼事的時候才做，我就是這樣的人」吧……就算這樣，說點什麼也沒關係啊。我自己也知道，這聽起來很矛盾。

「……至少可以叫我幫忙吧。」

旺季大人手邊的工作多到異常的地步，除此之外，別人寄來的請願書或訴狀，他也會全部看完，另外還會自己找該做的工作。

時間永遠不夠用，從未有一時半刻休息。雖然對陵王或部下頤指氣使發號施令，對我卻連簡單的小事也從未要求過。說「只在自己想做什麼事的時候才做，我就是這樣的人」的確實是我自己沒錯……總覺得，很沒意思。

直到現在我還是不會主動接近旺季大人，總在原地等他自己過來。老實說，彼此之間的距離從來沒有縮短過。

我走向旺季大人的書桌，挪開狐狸面具，翻看那堆得像小山的文件。

「啊…………又做這種事……小御史一上來就單挑這種大官，馬上就會被上頭盯住的。就是因為這樣，明年春天人事異動時鐵定又要被貶到哪個鄉下去了……」

旺季大人睡著時，我偶爾會擅自幫他整理工作。戩華王說過他需要一個軍師，因為他的工作實在太繁雜瑣碎了。需要處理的量太大，教人無法思考，我只能姑且把眼前看到的東西一一整理起來。因為旺季大人有異於常人的處理能力，才會造成這麼大的工作量，說來也是沒辦法的事，可是他每次都忙到身體撐不住睡著。

今天也幫他把未處理完的工作分門別類，再戴上狐狸面具，回到旺季大人睡覺的長椅邊。窗外傳來雨聲。

旺季大人曾說，雨像淚水一樣，能將塵埃洗得一乾二淨，他最喜歡雨後乾淨的天空。

我抓起他骨節粗大的手玩耍。這雙手也是我的最愛。骨節粗大、長滿厚繭，皮膚又粗又硬，是一雙日日操勞的可憐的手。旺季大人既然不懂珍惜，那就由我來擅自珍惜他吧。

任意玩弄他的指尖，心裡湧現一股想在他身旁多待一會兒的心情。

我已經討厭像個笨蛋一樣一味等待忙碌的旺季大人，經常等得心浮氣躁。不過現在，我的心情完全變好了。也只有在他睡著的時候，才能連他身邊的空氣都由我一人獨占。

嘰噫一聲，我把左手放在椅背上，從正上方窺看他的臉。我的捲髮滑落，落在旺季大人臉上。旺季大人睜開惺忪的睡眼。

「……晏樹……唔唔……讓我再……睡一下……」

最初的三次左右，只要一靠近睡著的他，他就會瞬間跳起來。是戰爭留下的條件反射吧。

不過，知道是我之後，從第四次起，他就只是微微睜開惺忪的睡眼，頭一歪又睡著了。我非常喜歡這種時候的旺季大人。

把手撐在旺季大人身旁，隔著狐狸面具湊近他的臉，距離近得鼻尖幾乎要相碰。

這張美麗的臉龐，也是我的最愛。

……他身上有那麼多我最愛的東西，到現在我連一個都還無法奪走。

一想到這個，我忽然不高興起來，發洩似地吐出嘲弄的話語。

「……旺季大人真是笨蛋，明明可以做得更好。」

嗯。睡夢中的旺季大人這麼回答。

「可是我有想去的地方……所以沒辦法啊……」

我睜大雙眼……想去的地方。我也正在找。

忽然聞見一股芬芳的香氣。和上次舔舐旺季大人手指時一樣甘甜的氣味。若是把臉埋進他的脖子，一定會聞得入迷。

蜜糖一般，令人心蕩神馳的香氣。

旺季大人想去的地方。那應該和我的不一樣。我沒興趣，可是，我想聽聽看。

「……去哪裡？」

瞬間，我倒抽了一口氣。旺季大人原本惺忪的睡眼睜得又大又清醒，從近得不能再近的距離盯著我瞧。出乎意料的主動令我慌亂失措，憑著一股硬脾氣才沒有從他身邊跳開。

「原來是你啊。」

「……什麼？」

旺季大人微微一笑。

「偶爾會覺得工作做起來莫名順手，原來是你替我分門別類的啊？還以為這裡住著不可思議的小精靈，原來不是小精靈，是小狐狸。」

「吆咻。」像個上了年紀的老人似的吆喝一聲，旺季大人把我從長椅上抱起來，拍拍我的頭。

「幫了我很大的忙。」

我很驚訝，髮梢搖曳。想確認是不是自己聽錯了。

「……幫了你的忙？」

「是啊，被你笑笨蛋也是沒辦法的事……」

這時，旺季大人的部下鐵青著臉衝進來。「旺季大人！」

旺季大人從長椅上站起來，抹一抹還殘留一絲睡意的臉，立刻奔了出去。

被單獨留下的我，搔了搔太陽穴。

「……還是不說要我幫忙啊。」

難得心情變好了，害我再次陷入不愉快的情緒，撩起額前的髮絲。

旺季大人只是把我當成一隻心血來潮來來去去的狐狸。

是啦，確實是這樣沒錯。但是我不喜歡，心情跟著某個人團團轉。立場對調也就算了，這樣實在太不像我。我決定收回剛才「再待一下」的念頭。

是時候離開他了嗎。我捧著涼了的半顆心思考。然而，要是這時退讓，我漂亮的資歷又要多了一個瑕疵……竟然連續輸給同一個男人。

「不，又不是真的輸了什麼。」

『幫了我很大的忙。』

好不容易讓他說出這句話，還是多待一會兒吧。反正，如果真的不爽了，再殺了他離開就好。

再待一會兒吧。我望著屋外的雨，歪著頭想。

有太多地方讓我愛不釋手的旺季大人。

「……可是，總覺得不是這樣的吧。我到底想要旺季大人的什麼？」

我問了自己這個此後幾十年不斷思考的問題。

❖ ❖ ❖

「……不行了，我要離開了，這次真的要離開了。」

我下定決心，這次是真的說真的，絕不動搖——

不管我幫了他多少忙，旺季大人依然不變，不道謝也絕對不主動要我幫忙。我有時閒得發怒，有時又恢復心情，就這樣不斷反覆，最後終於下定決心離開。就在此時——

「晏樹，陪我一下。」

旺季大人難得帶著我騎馬外出。

季節已從秋季來到冬天的尾聲。

這幾天很冷，城牆外的積雪有一根中指那麼高。

地處平原之故，即使只是這種程度的積雪，放眼望去已是一片銀白世界。

雪景令我想起與旺季大人初次見面的雪嶺。更別說，那天他也讓我乘在同一匹馬的馬鞍上。我的馬術並不差，只是沒什麼體力，無法騎乘太久。我對他說，如果是散步的話，我可以跟上去。於是，旺季大人讓我乘上馬背。

真難得，今天吹的是什麼風啊。正當我如此狐疑的時候。

旺季大人在我耳邊輕聲低語：

「抱歉、晏樹，陪我一段時間。」

用力抖動韁繩，馬向前飛奔。背後傳來飛箭破風而過的聲音。

和曾幾何時的那天一樣。類似地鳴的聲響從後方追來，是隆隆的馬蹄聲。

於是，我記起來了。那個雪嶺之夜的事——為什麼我會認為待在旺季大人身邊也無妨的原因。因為他和我一樣，都擁有千年不變的原則，只按照自己的原則而生。

旺季大人騎在馬上，滿不在乎地殺死最後一個殺手。

和上次不同的是，他先讓我下了馬，所以我站在稍遠處觀看這一幕。

雪原上零星散布著灌木叢，銀白的雪地被十幾個人的屍體流出的血染成鮮紅。

我看著他堅毅美麗，沒有多餘藉口的側臉。血、死亡與黑暗的氣味。

光與影的天平輕輕搖擺，我聽見天平的聲音，不往哪一邊傾斜的天平。

「……晏樹。」

旺季大人跳下愛馬，站在雪原上，將手中染血的劍用力一揮。

鮮血如雨落，血沫噴濺雪地。

「收到人事命令了，又是貶職。」

狐狸面具底下的我臉頰抽動……他指的是春天的人事異動。

早就知道會這樣了。按他做事的方式，不被貶職才奇怪。

「這次要去的地方很遠，是北方的白州。官位也不是御史，是比郡太守更低的官位。」

「……也降得太低了吧。」

「是啊，沒辦法。」

旺季大人一如往常地這麼說。沒辦法……沒辦法？

一股憤怒襲來，我氣得頭暈目眩。

什麼叫沒辦法啊。

反正……我都差不多想離開了，明明不關我的事。

旺季大人一手提著吸滿鮮血的劍，不經意地，忽然瞇起眼睛朝我背後望去。

「你看，晏樹。白玉蘭的花開了。那是春神所棲宿的花。」

我回頭，不懂他為什麼會看見那種東西。

那花有著白得帶點青色的花瓣，顏色就像雪一樣，與銀白世界同化，如果不凝神細看根本不可能發現的花。

被朝廷裡那些牛鬼蛇神官員嫉妒，不但遭到貶職，最後還派殺手來殺他，這種時候竟然還有閒情逸致看花？

「啊，春天已經到了呢。」

我想抱怨的話太多了，可是，胸口一陣激動，什麼都說不出來。

底層傳來竹葉擦動般的沙沙聲。旺季大人的聲音動搖了我的心。

「我會直接前往北方，皇毅和飛燕已經交給陵王照顧，走另一道門離開了。」

只有我被排除在外。當然囉，畢竟我不是旺季大人的部下，這也是天經地義的事。

他絕對不會命令我。因為他深知，我只在自己想要的時候自由做我想做的事。

旺季大人走過來，我背轉過身，不知道他什麼時候收起劍。官服映入眼簾時，劍已還鞘。

他站在我正前方，手指伸向覆蓋我上半張臉的狐狸面具。

……我從不讓人摸這個面具。連一次也不曾讓誰拿下它過。我的人生屬於我自己，做任何決定的都是我。不是別人。我的主人只有我。

然而這時，我卻站著不動。身體僵硬地看著地面。

旺季大人的指尖，搭在我最愛的狐狸面具上。

繩子鬆開了，面具被拿下來。

自從在雪嶺上讓他看過我的真面目後，我絕對不在他清醒時拿下狐狸面具。

……連一次也沒有出示過的真面目。

冷風拂上裸露的臉頰，我才像個傻瓜似的察覺一件事。

換句話說，我也從來不曾在未隔著一層面具的情況下，與旺季大人四目相對。

我將沒有面具遮掩的臉轉向他。

旺季大人凝視我，笑了。我的表情呢？究竟是什麼樣了？

「我心想，如果要和你分別，至少要先看看這張臉再走。就算你會生氣也沒關係。」

第一次見面時，那雙眼睛擅自撞開連我自己都不知道的心門。為了掩飾自己的內心，我戴上了狐狸面具。以為此後就這樣了，以為永遠不會讓他看見我的真面目。

「這次的離別好像會很久呢，晏樹。」

防禦終於缺了一角，彷彿聽見崩落的聲音。

我發出微弱的聲音抱怨。

「……說什麼春天來了。」

這人的人生明明就像永遠衝不破的冬天。

我曾喜歡他說的那句「沒辦法」。那是旺季大人的原則。可是，現在我為了這句話火大。

「你不是有想去的地方嗎？」

「是啊。」

「那怎麼還一直往後退啊？」

而且還是降格降到那麼遙遠的地方，被那些腐敗官員拖累而貶職？氣死人了。

「這次我死也不想聽你說什麼沒辦法。別說那種話。」

旺季大人露出為難的表情，摸摸鼻頭。

雖然對旺季大人想去的地方一點興趣也沒有。不過，我現在決定了。

「我只做自己喜歡做的事。」

「嗯。」

「這裡都已經這麼冷了，還要去更冷的北方，開什麼玩笑。而且官位比太守還不如！別胡鬧了。還是去溫暖的紅州吧……不過，官位太高的話一定又會太忙，沒空理我，所以差不多當到高位郡太守就行了吧？」

「你說什麼？」

「春天的人事異動。我會暗中動手腳，幫你換成別的職位，再等幾天就會收到新的人事命令了。啊，不過已經出發的陵王和皇毅就別管他們了。不要叫他們回來，就讓他們跟白熊一起去北方吧。回來也只是礙事。」

我對旺季大人伸出左手，帶點故意的壞心。

既然不管怎麼等待他也不改變——那就讓他選吧。

「噯，旺季大人。只要牽起這隻手，我就會幫助您。」

想要的東西就靠自己爭取，我怎麼忘了，這才是我的作風。

因為過去遇到的都是只要等待就會屈服的對手，害我腦袋都生鏽了。

尊重我的領域，甚至到了不知變通地步的旺季大人。

他好不容易往前踏出一步，主動拿下了我的面具。

……我對他還有一點興趣，就那麼一點點。

「討厭骯髒手段的話，就這樣去北方鄉下地方也可以喔。那我就不幫你了。」

旺季大人眨了眨眼之後，微微一笑，牽起我伸出的手。

第一次，由他主動。

「拜託你了。」

我的心情好到了極點。反手抓住他的手腕，我最愛的手。

用力一拉，將與旺季大人之間的距離縮短兩步。我嘻嘻一笑。

「那好。我會在您身旁幫助你……直到我改變主意為止。」

踮起腳尖，用舌頭舔去旺季大人臉頰上的血痕。右手拿回我的狐狸面具。鐵鏽般的血腥味，換成是旺季大人的血時，好像也變得美味。

旺季大人僵著一張臉，看到他的表情，過去的鬱悶都一掃而空。我也不是只有被耍著玩的份。

「這是應急療傷，之後還是要好好包紮喔。旺季大人的臉對我來說很重要，是我喜歡的東西，請不要留下奇怪的傷疤。」

旺季大人明顯鬆了一口氣。我在放手前，親吻了旺季大人的手。

有自己原則的旺季大人。總是做出錯誤選擇的他，這次牽起了我的手。

我知道這代表什麼意義。哪一個才是真正的旺季大人。是啊……如果他不願借助我的力量，寧可老實地前往北方，我就真的能夠拋下他了。

「晏樹，如果可以的話，希望是個能真正發揮實力的官位……最好是中央官職，侍御史……或是御史大夫！」

「才不要。事情已經夠多了，幹嘛還增加工作啊。還有，你要多陪陪我才行。真是的，像我這樣的超級美少年竟然有人不懂得疼愛，你也真是怪人。」

「不是啦，我從小看戩華習慣了……」

我理智斷線。又提這個名字！

「我絕對不讓旺季大人得到中央官職。你就好好在地方上累積資歷吧。」

我重新戴上面具，旺季大人沒要我拿下，只是顯得很疑惑。

……想到我原本不讓任何人碰這個面具，剛才卻乖乖站著任他擺布，內心不由得火大起來。

我終於退讓了。不過，不會再退讓更多。

從這時起，我開始有點喜歡旺季大人，不過還是討厭他。

一個不留地奪走所有想要的東西。全部收進自己的寶箱中。這才是屬於我的美學。

可是……為什麼從他身上一樣也奪不走。心反而一點一點被他奪走了呢。

這時，我隱約感覺到，總有一天我會殺了旺季大人。

我為旺季大人準備的官職是紅山附近的太守。地理位置雖然偏僻，但因是紅州神域地帶的太守，地位很高。不過，工作內容倒是沒什麼大不了，說起來跟避暑一樣，是最棒的工作。

話雖如此，事情可沒有這麼簡單。

「為什麼你看到什麼都要撿起來做！不要多管閒事好嗎！請不要再增加多餘的工作了！啊、又在那邊擅自調查事情！明知沒有勝算，不要去管戩華王了啦！不要？什麼不要？啊、幹嘛又做那件事啦！」

旺季大人是個就算沒事也會自己找事做的人。接二連三地發現問題，把我也拖下水去解決，過著與「無聊」相差十萬八千里的日子。我的不平與不滿也日漸擴大。

心情就像對丈夫說教的妻子。我也不想罵他，只是什麼事都讓我看不順眼……

他甚至還偷偷嫌我囉唆。

我過去那優雅的日常為之一變，人生完全走樣。然而，比起以前待在他身旁卻完全派不上用場，現在這樣還是嗯……好多了。我竟然會說這種話，一定是腦袋壞了吧。

「咦……是來自宰相的『委託』。好久沒收到了呢。」

我跟著旺季大人來到紅州後，還是安排了管道接收委託的書信，心血來潮就會接受「委託」。宰相睽違許久地送來委託，內容與紅家有關。

下次要解決的是紅門首席姬家，要我協助處理事前準備。

這裡是郡府中的某間房，我仰躺在長椅上看完那封委託書，閉上眼睛沉思。

「……紅州很近，接下這份委託是沒關係，只怕那裡又會有像皇毅那樣的傢伙。」

葵家的事正如戩華王的預測，一族上下幾乎全部自刎身亡。

長久以來身為紫門下的一家，葵家是地位崇高代代相傳的名門貴族。在遭到構陷誣告，蒙受不白之冤的狀況下，與其被比自家繼承順位低的戩華王與來歷不明的狡猾宰相逼上一族滅亡的絕路，倒不如選擇自盡來得痛快。聽說是這麼回事。

我那時已經待在旺季大人身邊，宰相也未對我提出委託，葵家的滅亡與我無關。不過，我還是去目睹了事件的始末，滅門過程真可說是相當慘烈。

葵家一族無論男女，接二連三舉刀自刎身亡。年紀還小的幼子則由家長以絹布絞殺。在宅邸上下數十人橫臥在地的屍首旁，葵家的當家看著自己年僅十歲左右的兒子，那就是最後存活的皇毅。

不肯接受死亡命運的只有皇毅一人。他一個人逃跑，即使被父親砍殺還是要逃。做父親的怒斥「不知羞恥」而自刎身亡之際，戩華王正好抵達葵家。

不過，瀕臨死亡的皇毅最後還是被同樣趕來的旺季大人所救。

旺季大人收留了皇毅，為他療傷，總算保全他的一條性命。

我和皇毅年紀相仿，所以旺季大人也讓我們見面，不過，我從沒見過如此不對盤的對象。我們從早到晚吵架，旺季大人和孫陵王經常必須出手揍我們，才能讓我們停止爭吵。之後為我們擦藥療傷則是飛燕的工作。我第一次遇到年紀相同而能與我對立爭執的傢伙。不過，我們到死都不會承認對方「有兩下」，彼此都一樣。

一逮到機會就要殺了對方。這就是我和皇毅的寫照。

傷癒之後，皇毅也開始幫旺季大人做事、學習，跟著一起來了紅州。

「這次要解決的是『鳳麟』啊……削弱紅家的手足對這邊也有好處。拜皇毅之賜，近來我要擔心的事和要忙的活都少了許多。」

即使我稍微離家，只要有那傢伙在，旺季大人的事他什麼都會幫。

我依然躺著，伸手拿起身旁小桌上的狐狸面具。

換句話說，我決定接受宰相的委託。

「……畢竟，紅家令人火大得要死，滿腦子金錢與權力又瞧不起人……這下正好可以一掃過去的悶氣，這次我就潛入紅家吧。如此一來，以後我們的工作也會輕鬆許多。」

接受宰相委託的事一直瞞著旺季大人，我只說了「要去紅本家玩玩」，不過，旺季大人也不是笨蛋，最近開始明白我口中的「玩玩」是什麼意思。即使如此，他從沒攔阻過我。當我啟程前往紅家時，他只說了「去吧」，臉上還帶著惡意的笑容。

……看來旺季大人也對紅家很火大嘛。

話說回來，要是他攔阻我，只要一次，我就會像隻貓一樣頭也不回地永遠離開。

在我少數的原則中，「束縛」是最大禁忌。然而，旺季大人雖然經常惹火我，卻直到最後都不曾觸犯這項禁忌，真是不可思議。

我戴上狐狸面具，很快地前往紅本家。

不費吹灰之力，紅家的當家就被我玩弄於股掌之間。我最擅長應付那種中年大叔了。再來就是年紀比我大的熟女。這是罪孽深重的美少年的絕對領域。

「等到旺季大人也變成中年大叔，會不會落入我的掌心啊。啊，不過那時的我也變成美青年了，歲月無情啊……話說回來……」

在紅本家走動一陣子之後，我開始厭煩。

為了陪侍紅家當家，我事前做了詳盡的準備。潛入紅家，選擇對象並接近對方，瞞騙籠絡，讓他心甘情願聽我「要求」。這是我的專長。即使已習慣這樣的工作，這次簡直輕鬆到了傻眼的地步。

和銅牆鐵壁，完全無法攻陷的旺季大人相比，實在太過簡單，使我當初意氣風發前來的幹勁完全消失。如果沒有隨時提醒自己任務在身，現在就想走人了。奇怪，紅家不是向來是謀略見長的一族嗎？

「……紅家不行了，準備滅亡吧。虛有其表，實際上根本是個空殼子，竟然還敢瞧不起旺季大人，真是叫人火大。紅家的未來就看還是幼子的三男如何成長了吧。次男另當別論……再來就是『讓葉』了。」

也有我搞不定的對手，她就是一個。

第一眼看到她，我就小心翼翼地迴避出現在她面前。繼承了母親紅玉環的深思熟慮與獨具慧眼，一人扮演兩個角色也做得很完美。如果說有人能看破我的真面目，那一定就是她了。幸好她忙著照顧三男，無暇分心。

「她就是那個不在家中的廢柴長男的未婚妻嗎……說是廢柴，其實也很可疑。」

長男紅邵可在紅本家的評價慘不堪言，不過，現任當家既然是這副德性，也就完全不可依靠了。如果紅邵可在的話，還真想見見他。

「唔唔……我竟然差點忘了，原本是接受宰相委託才會來這裡的……」

如果姬家的「鳳麟」來訪紅家，誘導紅家收拾他，就是我這次的「任務」。所以我才非得守在這裡不可，要不然活在這裡真是痛苦到了極點。

正當我再也忍受不了，差點想放棄任務時。

接到旺季大人的信，囑咐我如果姬家的「鳳麟」來紅本家就要向他報告。

我拿著信的手顫抖不已。無論是宰相的委託或害死「鳳麟」的任務，我都沒有告訴過旺季大人，他到底是從哪裡拿到宰相的謀殺計畫書啊——

「旺季大人又來了！這次難道想撿回『鳳麟』嗎？開什麼玩笑！事情只要一扯到戩華王，他就會燃起莫名的對抗心出手阻撓！如果明年想回中央當官，現在應該先把分內工作做好吧！現在你又不是御史，這種事放著不管就好啦！可別又跑過來插手啊！」

然而，如果我不做的話，旺季大人一定會跑來。

心不甘情不願的我，只好繼續留在紅家，「鳳麟」你絕對不准來！我發出詛咒，希望他最好趕快在紅山深處被戩華王解決掉。可是——

……悠舜那個傢伙，他還是來了。

我只看了一眼就決定丟下這傢伙不管。誰叫他是個比我還小的小孩，旺季大人不可能不撿他回家。再說他是個聰明伶俐，滿嘴謊言的壞蛋，臉又長得不差。我哪能放任這種臭小鬼在旺季大人身邊啊。太難了。有一個皇毅就已經夠礙事了。

丟著他不管自己回家之後，被旺季大人發現……狠狠教訓了我一頓。

他立刻抓著我的脖子回紅家，也不管自己只是個郡太守。

奄奄一息的悠舜說他想回紅山，旺季大人也照辦了。小心翼翼地，就怕他會死掉，給他無微不至的照顧。這雖然是一如往常的事，我就是不滿意。之所以沒有說話挖苦旺季大人，只因為我以為悠舜橫豎都會死。

所以，當悠舜把我們丟在那個奇怪的洞窟裡自己跑掉的時候，我真的很高興。

「那我們回去吧，旺季大人～看起來打不開了～他也消失了～」

「笨蛋！」

我知道旺季大人總是正面與戩華王為敵，因為不認同他的作法而四處奔走。可是，那時的旺季大人心中想的只有悠舜。

只想著怎麼追上悠舜，把他拉回來。

不是為了悠舜，而是為了旺季大人。總是這樣的。

撿起眼前所有方法與願望，往前走。全部都是認真的，沒有分別。

而我。

那時第一次打從心底發怒，憎恨旺季大人，傷心得都要哭了。

那時那種一點辦法也沒有的心情。

……為什麼我非打開黃泉之窟不可呢。我不懂。

有生以來第一次，我做了自己不想做的事。為了另一個人。

這或許是一件讓我很不舒服的事，連我自己都毛骨悚然。我一直只為自己而活，決不允許別人改變我。

這就是我的原則。

就算只是剎那，當我發現自己有哪裡改變了的時候。

……我覺得想吐。

從那之後，悠舜就對旺季大人為所欲為。我只忍耐了三個月。

為了悠舜，旺季大人甘願成為冗官，在家照顧他。

那天，一股猛烈的厭惡與憤怒，讓我感覺非常噁心。

中秋時節，我看著散發月暈的滿月，戴上狐狸面具，不說一聲地失蹤了。

……當然，這次旺季大人沒有來追我，也沒有來找我。

——就這樣，秋天結束，冬天離去，春天又來了。

❖ ❖ ❖

櫻花花瓣不斷飄落。

在櫻花雨中，旺季大人輕輕盤起雙手，靠在樹幹上。眼神悠悠望向遠方，我依然不知道他在想什麼。除了我之外的什麼。

不管到什麼時候，他總是不會發現我，這點也和從前一樣。我這樣想。

出乎意料的是，旺季大人發現我了。

「晏樹。」

彷彿沒有中間那半年的空白時光。

狐狸面具下的我面無表情，冷淡地說：

「我討厭櫻花。」

旺季大人只說「是嗎」。

「我也討厭你。」

旺季大人沉默了一會兒，為難地偏了偏頭，又說了一次「是嗎」。

就只有這樣。

旺季大人頂多就是這樣。他總是把自己的心均分成好幾份，到處分給別人，忙得不可開交。他給我的只是其中一份。

永遠是那麼「平等」、「公平」。沒有誰能得到特別多。

對。

我最討厭這樣的旺季大人了。

即使待在他身旁，也奪取不了一丁點什麼。還被迫改變了我的原則——令人非常不愉快。

我用力踩過地上的花毯，自己走近旺季大人。

旺季大人站在櫻樹下不動。

這天是我第一次主動走向他。這件事和這件事意味著什麼，他一定永遠不會發現。

「——」

留下一步的距離，我站定腳步，冷淡得不能更冷淡。

旺季大人露出看到野獸靠近的表情，目光不離開我。

我伸出手指，輕輕觸摸旺季大人的脖子。

他只是微微一縮，接著就紋風不動了。

只要他想，旺季大人輕易就能殺死我。儘管他的人生一路落敗，他還是很強的人，這是我親眼見過的。乘在馬上的他所向無敵，就算沒有馬，我也不是他的對手。不過，眼前的旺季大人只是盤著雙手，任由我擺布。

面對第一次完全順服我的旺季大人。我突然改變主意了。

好高興，我輕聲笑起來。很好、很好，我從耳下一直撫摸到他的頸項。心情就像即將吃掉獵物的野獸。

不經意地，一股濃稠甘甜的氣味瀰漫，我忍不住輕輕抓住他的衣領，把臉埋進他胸口。

旺季大人的下巴正好靠在我背上。我的右手撫摸他的脖子，左手輕輕插入他耳朵下方。旺季大人的下巴反射性地彈跳。

沒錯，我是個左撇子。撫摸他的指尖感受著頸動脈的溫度與脈動。我盡可能做出可愛的動作，像隻撒嬌的貓。不過，貓科動物可不只有貓而已。

即使如此，旺季大人還是安安靜靜地任憑我擺布。我第一次對旺季大人感到心滿意足。用雙手品味旺季大人的觸感，直到滿意為止。不管碰哪裡都好溫暖、好舒服，讓我不想放手。我的手指爬上他的喉頭，像蜘蛛絲一樣纏繞。

櫻花花瓣落在鼻尖，也落在旺季大人肩頭。

我的雙手握住旺季大人的全部。這麼一想，心情就像飄到雲端，好得不能再好。呵呵。我又笑了。

比殺死母親時更陶醉的感覺。我的獵物。

趁現在將他收進寶箱裡，就能獨占旺季大人，將他帶走。只要手指使力。

「…………」

忍不住嘆氣。唉，好想殺死他。令人頭暈目眩的陶然。

可是，我終究惋惜地放開手。

縮短最後的距離。像貓一樣用臉頰磨蹭他的肩膀。太可惜了。

覺得殺掉太可惜，這或許是有生以來第一次。原本想親手殺了他，像丟垃圾一樣將一切全部丟棄。

如果沒有身後的樹幹支撐，我好想推倒他盡情撒嬌。

雪片般飄落的無數櫻花瓣落在鼻尖。

我最討厭櫻花。也討厭旺季大人，討厭到想殺了他。

頭頂上方，感受到他鬆開屏住的氣息。從旺季大人的肩膀感覺得出他已放鬆緊張。

「……你撒嬌的方式還真像一隻老虎……差點以為要被你殺了。」

總有一天真的會變成那樣吧。因為即使發現這一點，旺季大人還是會任憑我擺布。所有惹我生氣的事，全都原諒也沒關係。這次我的心情真的變好了。

「晏樹。」

「是是是。」

「殺我的時候，至少要把狐狸面具拿下。」

……出乎意料的話。不過，他說得沒錯。

我仰起頭，旺季大人正低頭看我。

他原本想伸手觸碰我的面具，手伸到一半就放棄了。除非有很嚴重的事，否則旺季大人一定會尊重我的原則。除非必須長久分離，不然他不會蠻橫破壞我的原則。

「………」

我終於自己拿下了狐狸面具。伴隨著嘆息。

旺季大人瞇起眼睛看狐狸面具下的我。輕輕摸我的頭，就像我真的是隻小狐狸。

「你不要戴那奇怪的狐狸面具比較好。好多了。」

「……哼。你這麼喜歡我的臉啊。」

「因為你還在發育，現在面具底下的臉已經和以前完全不一樣了。要是一直戴著，哪天在路邊遇到卻認不出是你，豈不傷腦筋。」

內心浮現前所未有的殺意。殺了他一點也不可惜嘛，這個混蛋。

「再說，我們家什麼都有。」

「還不都是你愛亂撿！又不是小貓小狗，全部丟掉不就好了！」

「就因為不是貓狗才不能啊，我有責任。」

「囉唆啦！反正你一定會被悠舜騙得暈頭轉向，想也知道。」

「嗯？你在說什麼？別說這麼難聽的話。」

櫻花飄落。

旺季大人告訴了我混種櫻花的事。如果沒有誰悉心照料就會滅絕的櫻花。所以他告訴我，自己也討厭櫻花。

狂亂紛飛的櫻花下，我這麼回答旺季大人：

「……不過，你自己不就像這種櫻花嗎？旺季大人。」

用虛無、高潔與毀滅換來淒美，就像那櫻花一樣。

後來我幾乎很少再拿出那個狐狸面具。

不過，我還是和以前一樣，一對旺季大人生氣就離家出走，一而再再而三。

每次都堅決地告訴自己，這是最後一次。

即使想獨占他，能做到也只有那一段短暫的時光。明知如此而留在他身邊，無法從旺季大人身上得到任何一樣東西依然令我不悅。

我想要的東西，是旺季大人絕對無法實現的願望。

我和小狗小貓或皇毅悠舜不一樣，不受旺季大人豢養。所以皇毅和悠舜能得到的東西他不會給我，我也不要。旺季大人心血來潮時給我的小東西又無法滿足我。這一點也不像我。

想要什麼，我會自己去奪取。

只要奪得到手，用盡一切方法也要拿到手中。

可是，只有這點旺季大人絕不退讓。

我的獵物。

每次生氣，想殺死他時，都會聞到如蜜糖般甜美的氣味。

只要殺死他，一定就能伸出舌頭好好品嚐。然而，我總是強忍誘惑，控制自己。

像揣著最喜歡的桃子不捨得吃。即使時而沒來由地氣得不得了，我還是萬分珍惜旺季大人。以我自己的方式。

同時我也決定，要在最後去拿旺季大人的命。

……只要不要忍不住半途輸給自己的欲望，或是改變主意殺了他。

間章

我從十到二十歲這段歲月轉瞬即逝，從蠱惑人心的美少年長成為一個充滿誘惑力的美青年，不知不覺中，身高也超越了旺季大人。

旺季大人從二十幾歲的青年進入三十幾歲的中年，我很喜歡他增長年齡的方式。最初給人的印象完全沒有改變，長相依然低調而端正，不管看多少年都看不膩。

在這段時間裡，我和皇毅都在家族庇蔭下得到官位，成為官員。

皇毅就不用說了，我的姓氏也取自名門貴族，所以沒有問題。雖說我到處搞垮貴族家，累積了不少財產，即使如此，要特地花一筆大錢去考國試還是太愚蠢了。再說，為了幫旺季大人填補財務缺口，我有再多錢也不夠花。

……話說回來，沒想到我竟然會成為官員，人生會發生什麼事，還真是很難說。

旺季大人年年累積官歷，加上我暗中四處打樁，在我與皇毅開始在官場上成名時，旺季大人也終於擺脫連年貶職的命運，官運平步青雲，不到四十歲就當上了御史大夫。

……其實我原本希望他當個紅州或藍州的州牧就好，無奈旺季大人想回歸中央的意志太強烈，我只好不甘不願地退讓。

第六妾妃死去那天，我又生氣地離開了旺季大人。

即使我這麼珍惜他，他卻叫我走，還說我囉唆。連那個性格惡劣的小皇子都要包庇。我還不是跟他一樣殺了自己的母親，誰會像他那樣哭哭啼啼地說「不是我～」，裝出一副若無其事的樣子找藉口。以為只要哭著撒嬌就能順勢獲得原諒嗎，臭小鬼。

最重要的是，我受不了繼續待在旺季大人身邊看著他。

那陣子，旺季大人一點一點地轉變。就像受到戩華王影響一樣。他焦躁憤怒，停下腳步，有時像迷失方向的人一樣失控，有時又自暴自棄，逐漸失去原有的溫度，「放棄」的陰影開始籠罩著他。

……儘管如此，那個王還是站在旺季大人的反側。

和戩華王一樣，旺季大人的內心深處也受到侵蝕，重要的東西從他心中崩落，我彷彿能聽見他的心分崩離析，碎成一片一片的聲音。

雖然我在這裡說他變了，旺季大人的本質還是沒有改變。

我在認識旺季大人之後逐漸產生變化，旺季大人的本質卻依然如昔。

映在旺季大人眼中的東西、放棄的念頭、失去的力氣與熱情……難道連這一切都由戩華王決定嗎？一冒出這個念頭，我就想拋下所有。

就算待在他身旁，我也無法為旺季大人做什麼。

那時，我臉上帶著什麼樣的表情？

不想被旺季大人看見那樣的表情，所以我戴上狐狸面具，轉身離去。

打算再也不回來。

然而，那時的我沒有發現。

消失的其實是旺季大人。

當我知道旺季大人隻身遠離王都並且下落不明時。

……已經是我離開他身旁超過一年之後的事。

說到我這段期間是怎麼過的，其實沒什麼大不了。

只是回到遇見旺季大人之前的日常，自由自在地生活，隨心所欲享受。大多數的時候，都和某個值得喜愛的女人在一起。

和女人膩在一起的時間是最棒的享受之一，我也很喜歡。不過，只要她們表現出一點想束縛我的意思，一切就結束。符合我喜好的妖豔又有魅力的壞女人多半都很聰明，只消看一眼就能明白我是這種性格的人。我喜歡看她們努力不束縛我的樣子，真是非常可愛。

挑逗她們，疼愛她們，一旦膩了就離開。

這種事要是被皇毅知道了，一定會露出難看的表情說我自甘墮落吧，我倒是挺滿意這種自由的生活。

沒有不平與不滿，也沒有焦慮煩躁，不用處理堆積如山的麻煩事和問題。或許是因為把那些都丟下了吧，我感到獲得完全的解放。

「真不可思議……」

我在自己很喜歡的隱居處房間裡歪著頭想。這間房間舒適又溫暖，季節正值秋天，聽見落葉飄打在門上的聲音。炭爐才剛拿出來用。

「這麼說來，過去的我不自由嗎……明明我從未感到被束縛。」

旺季大人成為我的上司後，雖然也會指使我工作，不過，只要是不想做的事，我還是不會聽他命令。除此之外，旺季大人也不會干涉我的自由，向來尊重我的原則。

可是，離開之後我才發現，原本的自己像是被奇怪的枷鎖銬住。

儘管我可以自由走到世界任何一個角落，手腕上卻永遠銬著一個枷鎖，枷鎖與長長的鎖鏈相連。感覺就像這樣。枷鎖不會妨礙我的自由，卻會使我不愉快。

明明是自由的，卻受到某種限制。

那是什麼……我不知道。

我離開的期間已經刷新過去最高紀錄，但還是一點也不打算回去。

反正旺季大人不需要我。

察覺手上的枷鎖後，我的人生也不再需要旺季大人了。只要是意圖束縛我的東西，就算是旺季大人也不行。到最後只會讓我感到煩躁。

……可是。

閉上眼，裊裊花瓣飄落眼底。

櫻樹下，不管我如何接近也不逃，乖乖任我擺布的旺季大人。

我只喜歡那時的旺季大人。那樣的他可以立刻治好我所有的不愉快。

「這麼說起來，旺季大人從來沒有從我身邊逃開過。」

相較於我從他身邊逃離了無數次，旺季大人卻沒有逃離我過。儘管我好幾次差點殺了他，旺季大人依然沒有改變，總是靜靜站在那裡，任憑我為所欲為。

「…………」

心情難以言喻，我皺起眉頭，撥開額前太長的頭髮。

從什麼時候開始的呢？我不太想知道自己真正的心情了。

從什麼時候開始的呢？明明活得隨心所欲，想要的東西都能到手，玩膩了就破壞，什麼都不匱乏，盡情享受愛的自由，縱然如此，卻還覺得不夠滿足。

少了點什麼。

愛戀到捨不得殺掉的難受心情。令我想奪取一切的甘美誘惑。只要觸碰就覺得心要融化了的幸福感。這些在其他地方都找不到。一定是因為這樣，所以才難以忘懷。我忍不住嘆氣。

「能不能快點出現一個讓我產生那種心情的人啊……」

旺季大人。

「只要一下就好，真想見您……」

從什麼時候開始的呢？我沒有辦法去想自己最喜歡的東西。

我靠在椅子上，冷冷地嘲笑自己。

……這根本不是我。所以，再怎麼想見面，也不願見面。

就算那是在這世界上我最恨又最愛到想殺掉的人。

翩翩飛來一隻睽違已久的黑蝶。我眨了眨眼。

「……唷，真難得。有什麼事要發生了嗎？」

這隻黑蝶經常在人死之際出現。或者是即將發生什麼的時候。

「老爺。」

獲得我的允許後，一個少女走了進來，交給我一封信。我摸摸她的頭。

她是漂亮得驚人的美少女，在小巷裡被母親強迫賣春，所以我買下她帶走。一樣是賣春，與其讓她流落荒郊野外的破爛屋子，不如好好在妓樓裡將她培養成美麗的女人。我將她交給貴陽姮娥樓，再過幾天就會有人來接她了。希望他們能將她養成我喜歡的那種壞女人。對了，還沒幫她取名字。

「有一隻黑蝶在飛……天氣已經這麼冷了，是被同伴拋下了嗎……真可憐。」

少女看著黑蝶輕聲低喃。

她不會故意裝成「怕寂寞的小孩」，也不會黏人撒嬌，這點我很喜歡。

「對了，妳的名字裡有個蝶字應該不錯，像是胡蝶之類的……咦，這是什麼？原本以為是抓住子蘭做的壞事或小辮子了，結果是御史台快馬寄給他的書信……？」

子蘭是個有能的貴族，不過，他偶爾會背叛旺季大人，然後又厚顏無恥的跑回去。

……老實說，他的心情我不是不能明白……大概就像我突然想殺死旺季大人一樣吧。所以我才討厭他。聽說子蘭正巧被派到這附近任官，我在惡作劇的心情下攔截了他的書信。那傢伙現在是個地方官。

「為什麼御史台會快馬傳書給子蘭——」

我朝書信內容投以一瞥。

看到旺季大人的名字，以及「逃離王都」、「詳情未知」、「至今下落不明」等字眼。

我立刻走出房間。

就這樣從宅邸走上大街，丟下屋內的少女與一切。

❖ ❖ ❖

悠舜曾諷刺我，說我毫不掩飾本能而活，說他很羨慕。

做選擇的時候，我確實不太思考。

想殺掉旺季大人的念頭，往往都是忽然湧現的。改變主意決定不殺也是心血來潮。如果我是一隻豹，恐怕早就殺死旺季大人吃掉了。咀嚼甜美的肉，暢飲美味的血，珍惜地舔啃骨頭，心滿意足。

騎垮好幾匹快馬趕回貴陽的當下，我腦中也是一片空白。

首先找到子蘭，要他招出所有知道的消息。逼問他這種時候皇毅到底幹什麼去了，才知道旺季大人事先讓皇毅和飛燕一起逃離王都。

那傢伙竟然敢丟下旺季大人逃跑！

「……皇毅如果要先將飛燕交給誰照顧，地點應該是悠舜那間草庵……就我對那傢伙的了解，他一定是打算安置好飛燕後馬上回到旺季大人身邊。」

每到一個村落或城鎮換馬，我就順便收集情報，過濾出皇毅可能所在的地方。

「可惡，這種時候為什麼陵王不在他身邊，真是沒用。」

難纏的陵王早已被貶職，調離旺季大人身旁。這是妾妃與皇子們暗中設計的人事令。旺季大人其他部下與御史都是無能之人，也已一一被除掉了。不只如此，朝廷裡那些囂張的垃圾官員更不放過這個機會，企圖趁機謀殺旺季大人。

不過，為什麼在事情演變成這樣之前，沒有人先想盡辦法說服旺季大人離開王都呢？沒有半個人。

沒有人守護旺季大人。最重要的是，他自己最不懂得保護自己。

我明明知道的。

接近王都時，天上下起了不符季節的雪。

雪絆住馬的腳，半途開始減緩速度。我連一刻也不想浪費，心裡焦急得很，愈來愈火大。偏偏我又沒有旺季大人那麼好的騎術。

撲空了兩次後，在第三個城市的城門口找到皇毅。事態嚴重到了極點。

他的表情和我一樣。像個遍體鱗傷的鬼魂。

——這表示，還沒找到。

有生以來第一次，我發現自己在發抖。旺季大人離開王都已經半個月了。

「……晏樹？」

皇毅就連看到我也沒力氣吃驚。臉上瞬間露出「這一年多來你到底跑到哪裡去了」的表情，不過沒有說出口。這種時候他要是真敢這麼問，我一定當場殺了他。我將心臟的脈動用力吞入胃中。

「……皇毅，旺季大人他……」

「還沒找到人。只知道他在內朝斬殺了近百人後就失蹤了。情報錯綜複雜，連他是否真的離開王都都不確定。沒有人看到旺季大人，也沒有任何線索。或許人還在王都也不一定。」

「斬殺後、消失了……是嗎？」

這給了我僅存的一絲希望。旺季大人總是殺光所有敵人後自己活下來。還有希望。至少，他還留有生存的氣力。這一定是證據。

「我知道了，繼續找吧。」

我只這麼說。皇毅頂著蒼白的臉默默點頭。

我和皇毅都一樣，想問對方的事堆積如山。

可是，那些全部都是多餘的油脂。真正重要的只有一件事。

我和皇毅都只認同這件事。彼此都一樣。

……可是，怎麼也找不到旺季大人。

他在突破後宮的重圍後，彷彿一陣輕煙般從這世上消失。連御史台在紫州各郡府間設下的情報網也沒能掌握他的行蹤，更沒有發現任何他藏匿的情報或行跡。雖說沒有找到屍體，但也僅是如此而已，無法構成任何慰藉。

我進了王城一趟，詰問戩華王與宰相。不出所料，他們完全不提供任何消息，臉上掛著淡淡的微笑。我第一次打從心底想殺掉他們兩人。

陵王抵達時，我與皇毅兩人已找遍貴陽及附近的各村落、山巔旅店、無人道寺，就連盜賊的巢穴都搜過了，不眠不休地找尋，依然沒有旺季大人的下落。

「陵王大人。」看到陵王時，這句話是我說的還是皇毅說的，我也已經搞不清楚了。

大步走進我們停留的旅店，陵王一看到我和皇毅就嚴肅地說：

「……看看你們倆，那是什麼臉！皇毅，晏樹，聽好了，好好睡一覺。接下來換我去找。你們知道自己現在臉上是什麼表情嗎？」

我和皇毅像兩個傻瓜似的呆站在那裡。睡覺？怎麼睡？

我和皇毅都忘了如何才能入睡。這段時間一直睡不著。

按住恍惚的腦袋，我愣愣地低語：

「……陵王大人……我們找不到旺季大人……到處都找不到……」

「我知道。交給我吧。」

陵王叼起菸管。這種時候還有閒情逸致抽菸？我瞪著他，他卻笑了。

「讓我抽吧，這能討個好兆頭。每次只要這麼做，就能見到那傢伙。」

他們的交情從以前到現在。陵王知道更多我不認識的旺季大人，口中噴出一口輕煙。

我和皇毅絕望得眼前一片漆黑，只有陵王依然悠然不為所動。

「不可能找不到」。為什麼他能有這樣的自信。

難道陵王看得到我完全看不見的線索嗎？

「別擔心，尋找旺季是我的專長。從以前就是這樣，到處奔走找出潰逃的那傢伙，去把他撿回來。

一定會有辦法的。」

「……怎麼找。」

「怎麼樣都得找。我一定會找到他。這就是我的使命。不管瀕臨死地多少次，那傢伙都好好活下來了。這次一定也一樣。他答應過我，不會比我早死的。」

以風雅的姿態倒轉菸管，往菸灰盆裡撢落菸灰。

「聽好了，只是一下也好，吃飯，然後睡覺。人不睡覺是會死的喔。你們兩個那聰明的腦袋也會完全動不了。腦袋才是你們的武器吧？如果想救旺季的話，就別讓自己的腦袋生鏽！」

陵王就這麼轉身，還來不及拍掉外套上的雪，就又離開了。

剎那之間，眼前只殘留他那張甚少在人前展露的，有如百獸之王一般認真的側臉。

陵王有一件事說對了。那就是我們得好好動腦。

那天晚上，我一個人在房裡，托著下巴思考。

抓住繞著身邊打轉，令人煩躁的黑蝶，丟進燈火中。伴隨著滋滋聲，昆蟲發出燒焦的臭味。死去的黑蝶還沒掉在地板上，我就喊了那個名字。

睽違十幾年。

「——黑仙，你在那裡嗎？」

一眨眼，比黑更黑的黑夜之王已站在屋內陰暗的角落。

我朝那男人看了一眼，轉回目光。翹起腿望向掉在地上的死蝶。

我簡潔地說出一番話。十幾年來，幾乎已快忘記的那件事。

「我要和你簽訂契約交易。我的願望是要身體健全，活得好好的旺季大人回到我身邊。如果他已經死了，就讓他復活，維持原樣回來。」

「……你不先問他是生是死？如果他還活著，你做這個交易豈不虧大了？」

「什麼叫虧大了？我會吃什麼虧嗎？何必去問旺季大人是死是活。我的願望是在那之後的事。只有一次的機會，我可不想笨得甘冒失敗的危險。」

因為沒有去看，所以我當然不知道黑仙臉上的表情。不過，我忽然想起一件事。

『你會為了什麼理由叫我呢？我感興趣的只有這件事。』

……這個理由，你滿意了嗎？

「還有，實現我願望的條件是什麼？交易條件。」

「……不先問條件為的也是相同理由嗎？」

「是啊，你滿意了嗎？快說吧，要煩躁就乾脆煩躁到底。」

角落裡傳來嘻嘻的輕笑。

「我也思考過那時你說的話了，就請你幫我找東西吧。」

這麼說來，我確實說過。問他在找尋什麼，也說過願意接受他的委託。

第一次見到黑仙那天，我殺了母親，遇見旺季大人。

朝角落瞥了一眼……那時我曾有點瞧不起他，現在已經明白他的心情了。

「好。不過，你說的有點奇怪。不是叫我去找，而是『幫忙』？」

「我會自己找到，你只要協助我，讓我容易找到就可以了。」

似乎只有這點絕不退讓，我心情好了一點，感覺不錯。

「那麼，做為交易的契約證明，你要給我什麼？」他問。

我驚訝得瞠目結舌。

「……啥？給你什麼？不是已經用協助你找東西來等價交換了嗎？」

「簽訂交易契約的時候，我向來會要個東西當證明。是你自己沒問清楚的。」

「什麼嘛！可……算了，真沒辦法。要拿走我的什麼喔……那我用身體來償付吧。」

「不要。」

「拒絕得還真快。為了找尋失蹤的旺季大人，把自己獻給壞蛋仙人玩弄，我覺得這個點子很清純啊。之後說不定還可以順勢賣你個人情，讓你驚訝之餘只好負起責任呢。」

「……看你挺有精神的嘛。」

他說得沒錯，我確實恢復了一點精神。比起毫無任何希望可言的狀態，心情真的舒坦多了。我靠在椅子上思考。

「其他還有什麼啊……在我擁有的東西裡，最可有可無的是什麼呢……」

黑仙露出相當傻眼的表情。可能很少遇到在和他交易時討價還價到這種程度的人吧。我對他的反應視若無睹。我擁有的東西原本就不多，向來只收集對自己而言重要的事物。要不是旺季大人下落不明，才不和他做什麼交易。

「啊、對了，我有弟弟。把我的弟弟給你，如何？」

「弟弟。」

黑仙緩緩重複一次。閉上眼睛。

那時我已經知道父親是誰，也知道自己還有個異母兄弟的存在，早就決定總有一天要殺了他們兩人。為什麼？因為我絕對不想讓旺季大人知道我身上流著八家的血。在貴陽攻防戰中跟隨戩華皇子，背棄旺季大人的是八家。對悠舜見死不救的是紅家。滅了皇毅一家的是王家。最重要的一點是，靠搞垮貴族，憑一己之力爬上來的我最討厭的就是只會依靠家族勢力的彩八家。

「其實也可以把我父親給你，不過他已經是個老爺爺了，還是弟弟比較好吧。這傢伙是個非常沒用的人，連我小時候都懂得靠工作養活自己，他卻是個仰賴父母財產吃喝玩樂，在茶州那種鄉下地方以看盜賊團互相殘害打發時間的人。我這個做哥哥的都要哭了，還是死了重新投胎對他比較好。我打從心裡這麼想，這是哥哥對弟弟的愛。」

我原本想殺了他，不過，不如把他讓給黑仙吧。他若成為仙人的徒弟，或許還可以展開第二人生。能不能派上用場，哥哥我可無法保證就是了。

「你弟弟命中帶的確實也是有趣的星……不過，他似乎會早死。」

「啊、果然如此？」

大概是我的殺意感動上天，連從占星術中也看得出來了吧。不對。

「如果他太早死，對你來說就沒什麼用了是嗎？還是選個壽命長一點的比較好？」

「不……這樣或許也有好處。看來會出現與縹家交錯的星。」

「縹家？神祇？怎麼突然說起這個？」

「做為『協助』的一環，必須讓你前往縹家暗殺瑠花，四處破壞各神域的神器才行，可是你只是個凡人……若是多了這個血緣相通的弟弟，就可以好好利用了……不過，如果只是一具會走路的屍體，又會引起神域的結界反應……」

「……聽起來好誇張，你說得真輕鬆。」

黑仙喃喃自語後，橫了我一眼。眼神彷彿在說只要把一切麻煩事都推給我就好了。喂，事到如今想裝出嚴肅的表情也太遲囉。

「我明白了，那就收下你弟弟吧。等你弟弟死了之後我會再來。之後就交給你了。」

交給我什麼。

知道那究竟是什麼時，已經又是十多年之後。為了合理化事態，我還傷了不少腦筋。

「就這樣吧。雪也停了，我得繼續去找旺季大人，要出發了。」

黑仙似乎很意外。什麼嘛，那個怪表情是什麼意思。

隔壁房傳來聲響，皇毅一定仍無法好好睡上一覺，一看到雪停就和我一樣開始準備外出了吧。

「和你的交易不過是我選擇嘗試的方法之一。在找到旺季大人之前，我不會停止搜尋。」

「…………」

過了一會兒，黑仙才說：「……這樣啊。」淡然地，看起來也不像心滿意足，聲音聽來有些苦澀，心境複雜。

像是看到鏡中的自己。

「我對你的人生，果然非常好奇……祝你幸運。」

聽見烏鴉拍動翅膀的聲音，黑仙消失了。

留在房裡的，只有燒成碎屑的黑蝶。

感覺如夢初醒，又像看見展現願望的幻影，一點真實感也沒有。我抹了抹臉。

若這真的是一場白日夢，我跟黑仙的交易就更不可靠了。

披上外套，我走出房門，一次也沒有回頭。

……那之後，很快地又過了幾天。

季節從秋末進入冬季，依然找不到旺季大人。

我已經把與黑仙之間的交易當作腦中的幻想，丟進垃圾桶了。

陵王離開後就沒再回來，也不聯絡，轉眼下落不明。就算使用御史台的諜報網展開大範圍搜索，別說旺季大人，連長相特徵鮮明的陵王都沒發現。

其他門生找的已不是旺季大人本人，而是有可能存放旺季大人遺體的場所或道寺。依然堅持每天奔走各地找尋旺季大人的我和皇毅，漸漸地很少開口說話。

戶外從早到晚下著大雪，積雪愈來愈深。

那天，我們剛進入五丞原特別容易迷失方向的深山，碰著運氣四處徘徊。這樣的一座雪山，旺季大人就算走錯路也不可能來，可是我和皇毅卻寧可在冬天入山搜尋也不願找尋遺體放置處。認真這麼想的我們，腦袋可能已經壞掉了。

在山腳下發了一會兒呆，四面八方開始刮起大風雪。

雪片打在臉和脖子上，我才回過神來。

「晏樹……不行，天要黑了，這下不妙。雪下得這麼大，馬無法前進。」

「附近有間荒廢的寺廟……可是，我們有辦法拉著馬走到那裡嗎？」

風雪大得幾乎聽不到對方說話的聲音，我和皇毅下馬對彼此狂吼。剛才積到腳踝附近的雪，已經深及膝蓋。

「……要是拉不動，只好丟下馬兒了……可是，馬兒……」

「是啊，旺季大人把馬看得比人還重要呢。」

「笨蛋，不要說那種讓人誤會的話！你們當然比馬重要啊！」

暴風雪的另一端，傳來怒斥的聲音。

……我和皇毅面面相覷……幻聽嗎？

我們緩緩朝五丞原的另一端望去。

雪白的世界中，看得見燈火。而且有兩盞。

才剛這麼一想，火光就瞬間消失了。

「氣死我了！怎麼點都點不起來！冷死了！又不能抽菸！一片白茫茫的啥也看不到！走啦旺季，我們去那間荒廢的破廟！」

「笨蛋！剛才不是聽見晏樹和皇毅的聲音了嗎？那絕對不是幻聽，他們在這裡！」

「只要去了破廟就能見到他們了。要是他們也在這附近徘徊，能找到的休息場所只有那間荒廢的寺廟。」

「不，你沒聽見他們說要丟下馬兒嗎？我可沒聽錯。他們雖然比馬還重要，但馬也很重要。絕對要找到他們。」

……肯定沒錯。

那一瞬間，我和皇毅已經確信，眼前的不是幻影，剛才也不是幻聽。

「……不，你這說法有待商榷，聽起來簡直想要找的對象是馬不是人……嗚喔？旺季，那邊有東西！有阿飄有阿飄！阿飄出現了！好厲害，有兩個耶！希望是漂亮的雪女！快來騙我們，快來幫我們取暖！對方也是兩個人，正好，這樣就不用爭了。太好了、太好了。」

「……跟女鬼取暖，聽起來怎麼像早上就會凍死的怪談……再說，那身影看起來很大，比我還高喔。」

「真假？難道是雪男？開什麼玩笑，爛透了。超令人失望。要是敢出現在我面前就一刀斬斷他們。」

斜前方不遠處傳來踏雪的聲音，撥開白色雪霧，露出旺季大人的臉。接著，他身邊的陵王也探出頭來。

陵王看看我又看看皇毅，嘖了一聲。

「確實是比旺季高大的兩個男人。雖然比雪男好，但不是雪女還是讓我很失望。」

「——旺季大人！」

吶喊著跑上前去的人不是我。

皇毅衝向小個子的旺季大人，兩人一起滾倒在剛下的雪上。

旺季大人整個人都沒入雪堆裡，從我視野裡消失。

「旺季大人……您還活著……！您還活著……對不起，我不該離開您身邊……！」

這是我第一次看到皇毅哭。

❖
❖
❖

四人將馬從雪中救出後繼續前進，在四下一片黑暗中，終於抵達荒廢的寺廟。

外面已是劇烈暴風雪，今天除了在此留宿外別無他法。我們生起火堆，用木板擋住牆縫，一邊找尋能用的東西，旺季大人一邊簡短地說明這段日子的事。

據說，陵王在離開我們的兩三天後來到旺季大人迷途的山邊，找到四處徘徊的他。接著便因下起大雪，兩人無法對外聯絡，只好到處找尋破廟廢村棲身，直到今天。

我只有一半腦袋聽著他的話，另外一半腦袋思考著與黑仙的「交易」。

旺季大人確實平安無事回到我身邊了。

這究竟是我與黑仙交易的結果，還是黑仙根本什麼都沒做，完全靠陵王自身的力量迅速找到旺季大人並將他帶回呢？

「…………」

對我來說結果都一樣，過程無所謂。

刻意不分清到底哪個答案才是對的，現在的我想對當時的那個我道謝。

「你在這裡啊，晏樹。」

睜開眼，我望向旺季大人。

放下一顆心的皇毅，因為將近一個月來找尋旺季大人的疲憊使然，吃過充當晚餐的乾糧後就睡倒了。陵王也是，嚷嚷著「終於像個人了」，一躺下就發出鼾聲。我曾聽說陵王的特技就是在哪都能馬上入睡，相反地，只要他願意，連續幾天都能醒著。

旺季大人說要去外面看馬時，我一個人換到另外一間房。

說是廢寺，這間寺廟建築相當豪華，為了利用雪光照明，房間裡的牆費了很大工夫作成透光的樣式。如果是白天，落在上面的雪一定會描繪出皮影戲般的圖案吧。

我一點也不睏，在那裡聽下雪的聲音。

「你不睡嗎？」

我還連一句話都沒對旺季大人說。

「……這陣子不是幾乎都沒什麼睡嗎？就算不睏，最好躺下來閉一下眼。光是這樣身體就能得到休息。」

回答他的只有把窗戶吹得喀啦作響的夜風。

旺季大人走進這間空曠又沒有生火的寒冷房間。在與我保持一段距離的地方停住，把手上被牆縫灌進的風吹得火光搖曳的手燭直接放在地上。

黑暗的房間裡，手燭成了唯一的照明。風中殘燭的火光縮小得幾乎快要熄滅。

「兩年沒見了……你還好嗎……看起來不太好，那也是我害的吧。」

我靠著牆壁坐在地上，聽那睽違兩年的聲音。

「讓你擔心了……抱歉。還有，沒聽你忠告也很抱歉。」

「…………」

我不想回答。

旺季大人露出為難的表情，燭火晃動。

站著的旺季大人，朝我踏出一步。

「如果你打算繼續踏進來的話。」

我總算開口。語氣冷淡。我的眼珠在闇夜中或許發出了紅光。

「我可能會毀掉旺季大人的人生喔？或許。」

我的射程範圍。決不允許他人踏入的地方，我的原則。他一定明白。

旺季大人回答了我。一臉「我知道」的表情，輕輕一個微笑，腳步完全不停。

「沒辦法。」

沒辦法。他這麼說，彷彿這沒什麼。主動踏入我「禁止進入」的領域。

「因為想要的東西在那前方，只能去拿了。」

「——」

我還以為自己聽錯。

在我連一句話都還沒說時，旺季大人已踩著優雅的腳步，近距離站在我正前方。這兩年的空白，就這樣二話不說地填滿。他毫髮無傷地，抵達我內心最深處的「禁止進入」領域。

從他的表情看來，簡直就像這裡打從一開始就是為旺季大人準備的地方。

「你是因為喜歡那麼做才待在我身邊，我卻叫你走，是我不好。」

「…………」

「不知何時太習慣你在我身邊，變得依賴你了。你會生氣也是理所當然的事。」

旺季大人低頭看我，好像很開心的樣子。

「睽違兩年再次看到你，看到你活著回來，真好。」

旺季大人把全部的話說完後，一副放下心中大石的樣子，用雨過天晴的表情看我。

我撥下頭髮掩飾自己的表情。過了一會兒才低聲問：

「…………就這樣？」

「唔嗯……聽陵王說，看到你回來，臉色蒼白得像個鬼到處找我……我覺得有點高興。」

他抓了抓鼻頭。那反應，就像隻原本不睬人的貓終於撒嬌了。

至於我——我抱著單邊豎起的膝蓋，深深嘆了一口氣。

「旺季大人……請在那邊坐下來，天氣這麼冷，請把簑衣鋪在地上再坐。」

旺季大人按照我說的做了。先把夾在腋下的簑衣攤開鋪好。明明去探望馬匹時已經把全身包得像隻簑衣蟲，真不知他為何還要帶上一件簑衣。真是個謎，誰也搞不懂他。

……對我來說，眼前的也是兩年不見的旺季大人。

看到縮著身子坐在那裡，看起來小小的旺季大人，一股難以言喻的感傷在內心擴散。

「……你縮水了耶，旺季大人。」

「……才沒有縮水。跟兩年前一樣好嗎？你跟我早就都停止生長了吧。」

不過，以前一直待在他身邊，所以沒有發現。

我的身高超越旺季大人時，也不曾有過這種心情。

原本高大的旺季大人變小了，一年一年老去。

「……晏樹……我才三十幾歲耶。別用那種看老爺爺的眼光看我。」

「可是，總有一天你會變成老爺爺吧。差不多十五年後旺季大人就是五十幾歲的人了，那時我也才三十幾歲。」

我想像長出一點白髮，或許一年比一年縮水的旺季大人。

旺季大人板著一張臉，好像在說「別說那種討人厭的話」。

「這也是沒辦法的事啊。」

嗯。不過還是有點揪心……我很困惑，面對年年老去的旺季大人。我只從旺季大人身上感受過歲月流逝，年齡增長的感傷，因為能讓我待在身邊這麼久的人只有他。我經歷過許多人的人生，但那都只是擦身而過的關係。只是剎那間的邂逅。

燭火在風中忽大忽小地變化。

我站起來，走向坐著的旺季大人。

伸出右手，從他耳朵下方伸進去。

像撫摸重要的寶物般，讓他輕輕仰頭。旺季大人安分地順從我的擺布。我凝視那雙曾以為或許再也無法看見，從來沒有改變的黑色雙眸。

「……您的身體還好嗎？聽說您斬殺了一百人？」

「傷口都包紮了，也幾乎都快好了。只剩下一點凍傷，好癢。」

「回去之後我幫您準備良藥。您有好好進餐嗎？」

「有啊。這種事在戰爭中早已習慣，陵王來了之後，野營也輕鬆許多。」

陵王。

『我知道。交給我吧。』

不像我那麼絕望，沒有一絲焦躁不安，再也無法見面什麼的，陵王肯定連想都沒想過。他毫不動搖，彷彿堅信與旺季大人之間有一條線牽繫。而且，他也真的只花兩三天就找到旺季大人，輕易得令人咋舌。明明我和皇毅拚死拚活找了將盡一個月，幾乎快要發狂還是找不到人。

……就算有「第一」或「特別」這種詞彙，也一定不會用在我身上。

可是。

沒辦法。

我第一次說了這句話。沒辦法。

指尖沿著旺季大人的輪廓滑過，輕撫臉頰，再從下巴處輕輕放開。野獸般踮起腳，無聲地繞到旺季大人背後。

旺季大人似乎一驚，身體扭動了一下。

讓人近距離站在他正後方，這是旺季大人絕對不容許的事情之一。以旺季大人的實力，只要有人想這麼做，他立刻就會發現並轉身回頭，所以知道這件事的人並不多。即使陵王知道，皇毅也一定還沒察覺。這是旺季大人「禁止進入」的領域。我踏進那個半圓形的範圍中。

即使如此，旺季大人仍動也不動，為我站在那裡。

我從後方觸碰旺季大人溫暖的頸項，輕輕撫摸。旺季大人顯然緊繃到了極點，身上起了雞皮疙瘩。

儘管從正面撫摸過許多次，從背後撫摸脖子與頸動脈時，恐怕會引起他條件反射的動作，有被當場斬殺的可能。但我不在乎，繼續隨心所欲地做。右手玩弄臉頰與耳朵，輕輕拉扯他的頭髮，撥弄旺季大人心愛的耳環，發出叮鈴聲……懷念的聲音。

接著，我用慣用的左手從下往上，從喉嚨撫摸到下巴。故意放慢速度。

旺季大人今天也毫不反抗地任憑我採取行動。

我瞇起眼睛，拉近最後的空白距離。

從後方用力擁抱他。像隻大型犬，我的一頭長捲髮落在他身體前方。我的臉近在他的臉頰旁。

旺季大人的身體依然緊繃僵硬，這是長年來的習性，沒辦法。

「……旺季大人，為什麼您不從我身邊逃離呢？」

如果是我，遇到討厭的事立刻就會逃避。一次又一次，從你身邊逃離。

耳邊傳來低沉的聲音。

「總覺得如果我逃離，一切就結束了。」

我垂下睫毛，緊緊擁抱他。鼻尖傳來好甜好甜的香氣。

「你靠過來時，都是對你而言重要的時刻。那對我而言，也很重要。」

彷彿連我的心都要在那甜美的香氣中融化。

「所以，我早就決定，當你靠過來時決不逃避。你只在自己喜歡的時候做喜歡的事，我只要逃避你一次，一切就會在那時結束。」

沒辦法。

我再次在心裡這麼說，說給自己聽。

我無法改變旺季大人。旺季大人的人生也不一定需要我。

太多令人煩躁生氣、不平不滿的事。我的「問題」全部都跟旺季大人有關。身上套著莫名其妙的枷鎖，搞得心情糟糕到了極點。

然而，現在的我一點也不在乎那些事了。

指尖清楚感受旺季大人的溫暖。活著的溫度，活著的旺季大人。

我在身心都要融化般的滿足心情中，嘆了一口氣。甜美感傷又濃密的幸福感受。覺得欠缺的地方也一一獲得彌補。

——沒辦法。我終於承認。他是無可取代的存在。

我欠缺的東西就在這裡，不在其他任何地方……既然如此，我也做出選擇吧。

「那我也答應您，以後盡量不逃了。從今以後。」

像那若是無人悉心照料就會絕跡的花。

如果沒有人守護旺季大人，只能由我來守護了。否則。

……他真的會二話不說地死去，丟下我。

「………」

用力擁抱之後，我輕聲笑了。

「噯，請再說一次。」

「再說一次？說我努力不逃避的事嗎？」

「那裡倒是可有可無。我想聽的是您說需要我的地方。」

「嗯嗯嗯？……我不記得自己說過那種話。」

「您說了。不是為了前來拿自己想要的東西，所以到我身邊來的嗎？」

「……我是有說……不過說法聽起來好像不太一樣啊。」

「一樣啦，一樣。快，說一下嘛。」

我像隻好心情的貓，從背後用臉頰摩挲他，旺季大人終於「哇」地大叫。

「差不多是極限了。如果要這麼做，至少從正面來可以嗎？我怕自己會失手殺了你。」

「咦……現在我身材比你高大了，從正面看起來不可愛啊，視覺上。現在我喜歡這樣，請您習慣。這樣還可以取暖，不是一箭雙鵰嗎？」

「別說取暖，我根本冷汗直流，毛骨悚然，背脊發涼。都起雞皮疙瘩了。」

「……面對我竟然說得出這種話，哼。看來，因為我和皇毅不是雪女而失望的人不只有陵王大人一個喔。」

「………」

旺季大人先是一陣沉默，才低聲說「不是」。搞什麼，為什麼這麼小聲？

「比起看到我，你寧可看到鬼怪雪女是嗎？連看到那匹駑馬都比看到我高興！」

「不對，你誤會了。那匹馬可不是駑馬，牠很有勇氣，具備名馬的素質。」

「吵死了！要是讓你感冒了也很傷腦筋，快回火堆旁啦。旺季大人年紀也不小了啊！萬一腰部受寒，在寒冷的早晨不小心閃到腰就糟糕了呢。」

「我才三十幾歲！……還有幾年才滿四十。可惡，別以為你二十幾歲就……」

「旺季大人。」

我拾起旺季大人放在地上的手燭，頭也不回地說。

「不像旺季大人到處撿人回家，如果不是旺季大人，我是不會來的喔。」

聽見折疊簑衣的沙沙聲。

「嗯。」

除此之外，背後傳來的只有這個字。這樣就夠了。旺季大人明白。

未獲許可擅自闖進我的「禁止進入」領域，還能活著的人只有您。

……罪孽深重的旺季大人。

回到有火堆的房間，原本睡著的陵王已醒來，他看著我。

我現在的實力或許已經有可能打贏旺季大人，但我永遠不會是陵王的敵手。我有個感覺，如果那時我打算動手殺死旺季大人，一定會被陵王阻止。

如果我是野獸，陵王就是百獸之王。

百獸之王朝我咧嘴一笑，打個呵欠，又翻身睡去。

……真令人火大。

無人知曉，天明前的事

離開王都後，好一段時間旺季大人依然維持御史大夫的官位。

旺季大人好幾次想硬闖回朝廷。然而，即使我們沒有阻止，中央情勢也不斷惡化到他無法回去的程度。旺季大人不在朝廷，御史台逐漸喪失機能，貴族與皇子們的鬥爭開始浮上檯面。穩健派的官員及貴族接二連三遭謀殺，對此感到危機的官員們試圖將旺季大人請回中央，結果反而成為謀殺的對象。別說回歸中央了，旺季大人鎮日奔走，只能忙著搭救這些官員，幫助他們逃往各地。

直到飛燕嫁到縹家那陣子，他都還是名義上的御史大夫。

之後，旺季大人展開漫長的地方官工作，輾轉各地累積資歷。這段時間對他而言或許是臥薪嘗膽，對於待在他身邊的我們來說，卻是得來不易的休息時光。

不用從早到晚擔心旺季大人的事，這簡直教人難以置信。光是這樣，每天就過得像是在放假。最重要的是……旺季大人能夠遠離戩華王，這讓我鬆了一口氣。只要和那個王在一起，重要的東西就會不斷從旺季大人心中丟失。我不想再看到他那樣的側臉。

之後的我，對旺季大人時愛時恨，時而想殺了他，時而差點殺了他卻被誰阻止……就這樣，二十幾歲那幾年過得相當充實。

不可思議的是，一旦私生活像這樣安定下來，不但工作愈來愈上手，遊樂時也開始展現成人的從容，成為一個更有魅力的男人了。我一這麼向陵王炫耀，他竟然傻眼地說「你的私生活就等於旺季喔」？

「……聽起來怎麼像是嚷著自己對元配和情婦都是認真的混帳說的夢話啊？」

「啥？你開什麼玩笑？像是停泊過幾個港灣就有幾個愛人的水手一樣到處撿人回來的是旺季大人吧，我對他可是從一而終。你不認為被劈腿的人是我才對嗎？有時我都想殺掉他了。」

「我說你啊……這樣聽起來很像那種會講『我才是你的情人吧』，搞不清楚狀況，誤會自己才是正宮的小三。」

我不知道第幾次把爛桃子扔到陵王身上。他才以為自己是正宮吧。

我感到匪夷所思，自己竟然可以一直待在旺季大人身邊，始終不厭倦。

他就這樣逐漸穩固在地方上的基礎，悄悄增加和他站在同一陣線的人，中央官員也漸漸換為自己人。

就在我真的打從心底認為這樣就夠了時。

……一切終究還是會結束。

旺季大人再次回到御史大夫的位置，睽違十年地回到王都。回到貴陽，再度站在反對戩華王的那一方。

歸來的旺季大人，在後宮大刀闊斧展開肅清，把那些令王都陷入半毀狀態的皇子及妾妃、官吏貴族等人一個不留地剔除。

收拾完這些人後，旺季大人再次赴各州巡視。這只是表面上的名目，事實上為的是重新布局地方人事並振興綱紀。行程中順道去見了正在藍州當州牧的陵王，在那裡的監獄裡撿了一個叫司馬迅的男人回來……只要我一不看好他，馬上就會發生這種事。那個男人明事理又派得上用場，更教我內心不是滋味。

很快地，旺季大人成為門下省侍中，我成為他的副官黃門侍郎，孫陵王當上兵部尚書，皇毅繼旺季大人之後成為御史大夫，各自都升了官。然後……

秋天結束時……那個無人知曉的夜晚來臨。

有人殺了戩華王。

我知道是誰。

❖ ❖ ❖

「嗯……？」

那時，我正一個人在旺季大人宅邸裡的某間房內吃葡萄。

我在貴陽也有自己的宅邸，不過幾乎不回去。真要說的話，那時那裡是我暗中默默建立的殺手組織大本營。

過去一直是孤單一匹狐的我，在旺季大人逃離王都時，身邊幾乎沒有人能幫我展開搜索。基於這一點，雖然很不像我的作風，還是決定開始豢養自己的人馬。

當時各地貪污、弊端與誣告等情況嚴重，每天都有清白無辜的人遭判刑，冤案也一點都不稀奇。即使是旺季大人，想靠正規方式進行搭救幾乎是不可能的任務，只會無端多出許多繁瑣又麻煩的手續。

不過，這也是我欣賞旺季大人的地方，他選擇以自己的原則為重，暗中著手搭救行動，為了幫助人犯逃獄，不是將調查書偷偷調包，就是謀殺酷吏或將貪官貶職，換上清廉的官員，一掃腐敗的狀況。

這方面的做法，和從前的宰相很像。

我從成為「幽靈」的罪人中找出派得上用場的人，培育為自己的人馬。司馬迅就是其中之一……他大膽提出要求，說比起我的命令，他必須以旺季大人的命令為優先。應該說，那傢伙說不定是自願來監視我的吧，勇氣可佳。

我成為旺季大人的副官之後也忙得沒有空閒，於是將殺手們交給貘去帶領。他明明比我或陵王更早跟隨旺季大人，卻不像陵王那樣愛強出頭，總是靜靜地躲在暗處，比起陵王我更中意他。總覺得在眾多愛旺季大人愛得想殺死他的傢伙裡，只有貘重視的是和其他人有點不一樣的東西。到底是哪裡不一樣，我也說不上來。

總之，當貘和他率領的殺手停留貴陽時，我便把自己的宅邸提供給他們住宿，至於我自己，幾乎都住在旺季大人家。因為我是副官，當然可以這麼做。

因此，那天晚上，我也在旺季大人宅邸之中。

那是夜深人靜的丑三之時，宅裡的人都睡了，旺季大人也早已就寢。

我忽然感到一股詭異的氣息。

全身寒毛倒豎……不對，那種異樣的感覺，就像有一層黑膜籠罩了整棟宅邸。

我皺起眉頭，丟掉吃到一半的葡萄。

覆蓋宅邸的黑膜似乎被什麼給衝破了，那東西大剌剌地侵入。

「……有什麼『來到』宅邸了……」

從與黑仙「交易」之後——不，或許正是交易造成的結果，我的感官變得莫名敏感，那種東西也對我變得不容易起作用。正是在交易之後我發現，原來旺季大人其實比一般人加倍容易察覺妖怪或妖術之類的東西，即使他並非迷信之人，但就是經常看得見。最初誤以為我是狐狸妖怪，也因為對他來說，在路旁遇到妖怪根本是家常便飯。這現象或許與蒼家的血統有關。

回過神來，已聽不見昆蟲的叫聲。四下靜默到了不自然的程度。

不對。

聽得見腳步聲。只有一個。還有叮鈴叮鈴，清脆悅耳的耳環碰撞聲。

「是旺季大人的耳環……」

我心頭一驚，跳起來奔出迴廊，廊上只有搖曳的燈火，鴉雀無聲。感覺不到半個人的氣息，這不可能。

照理說正在睡覺的旺季大人穿戴整齊，正要彎過長廊角落。

「外出用的外套……腳步聲……可是……」

……黑色的外套，黑色的衣裳，黑色的鞋子。宛如一個黑影。

燈影之間窺見的靜謐側臉，看起來與平日無異。

我亦步亦趨地跟在不知要去哪的旺季大人身後。

整個世界都沒有人，只有在月光照映下落在地面的鐵青色影子。

旺季大人也像個黑影，朝這個影子世界裡的某處走去。遇到路口或轉角時雖會放慢腳步，但也並非漫無目的的行走。與其說是朝向某個目的地，不如說是正在追蹤什麼。可是無論我怎麼往旺季大人前方凝神細看，還是什麼也看不到。

有時他會一邊走一邊嘆氣，目光低垂，彷彿正在思索什麼。從這個模樣看來，這趟外出並非出自旺季大人的意願。

「…………」

我非常不安。那身宛如喪服的打扮，黑衣黑鞋，影子一般的世界，看不到的使者。

我甚至當真以為，是來自冥府的鬼差，要來把旺季大人帶走。

……我隱約聽說了戩華王病況惡化的事。在宰相的機密管理與嚴厲的封口令下，能傳到我耳中的也僅是謠言程度的內容，其他大官更無從得知。

旺季大人回朝廷後獲得戩華王單獨晉見，有時也會在上奏或用御印時與戩華王見面。然而每次回來的時候總是態度淡然，看起來和平常沒什麼不同。

和十年前不一樣，如今我從他身上感覺不到受到戩華王影響而使得內心崩壞，一點一滴失去重要事物的危險氣息，也就放心許多，認為國王終於衰弱至此，連兩人之間長久以來的糾葛、對抗及過去的猜疑都已獲得輕減。

負面的，虛無的，黑暗的霸王。即使是這樣的他，如今也到了還曆之年，身染疾患，虛弱到了極點，不過是個臥床不起的老人……連我都不想看到這樣的他。

其他無法獲得晉見的大官們全都鬆了一口氣，慶幸不用目睹這樣的戩華王。他們寧可在內心緬懷年輕時那個絕頂俊美，散發負面神性，充滿意志與力量的理想霸王。

在這樣的狀況下，只有旺季大人不為所動，只要有空就會去謁見戩華王。

有一天，我發現了。

他雖然會將去探望戩華王時決定的政務方針告訴我，卻堅決不會告訴我關於戩華王本身的事，連一句都沒有說過。與其說是小心謹慎，不如說他決心將在那裡見到的一切以及所有與戩華王之間的事埋藏自己心中，直到最後一刻。

——旺季大人什麼都沒有變。

「————」

那時，我感到一陣寒意。

一直以來支撐著旺季大人的那條緊繃的線如果斷了，會怎麼樣？

無論如何盡力挽救，戩華王總有一天會死。而那一天應該不遠了。

我毫無頭緒，不知自己該做什麼。無法阻止旺季大人，只能讓他繼續揣測國王的狀況，時間一天一天緩慢流逝。

可是，只要多探望幾次，他一定也會放棄吧。時間會慢慢侵蝕過去，讓他接受放棄的想法與眼前的現實，他的心也會一點一滴遠離戩華王。那些不變的執著與情感終將麻木。擋在旺季大人面前的是昔日的戩華王，不該是眼前這個臥床不起的王。這就是現實。

他一定也將接受國王的死，把那當作與自己無關的事。我開始這麼想。

然而。

躂、躂……發出宛如黑夜的腳步聲，拖著黑色的影子，身上墨染般的外衣飄揚，旺季大人走在影子世界，朝後宮走去，前往最深處的離宮。

臥床的戩華王所在之處，那座黑暗宮殿。

走到離宮前，旺季大人只停留了一次。

如果是過去的我，一定會拉住他吧。拉住他，把他帶回來。

從在那裡面呼喚旺季的東西手中把他帶回來。我只做自己想做的事，這才是我。

然而。

「…………」

在我眼前。

旺季大人被那座黑暗宮殿吸了進去。無聲地。

我連他的表情都沒能看見。

靠在附近的櫻花樹上，我靜靜閉上眼。

只要呼出一口氣，在這個晚秋的月下，黑暗也會染成全白。

啪沙！不知從何處飛來一隻黑色的大烏鴉，我聽見牠停在樹上的聲音。

❖ ❖ ❖

漫長如永遠的一段時間之後。

我聽見熟悉的腳步聲和耳環輕微碰撞的叮鈴聲。

我慢慢抬起低垂的睫毛。

朝安靜走出來的旺季大人看一眼。

他身穿宛如喪服一般的黑色外套、黑色鞋子，身後拖著長長的影子。

……我知道發生了什麼事。

彷彿變成一個影子的旺季大人邁開腳步，我跟隨在後。

天地間只有這兩個影子相連，無聲地走在影子的世界。

走在天明前，後宮裡悲涼冷清的一角。

旺季大人緩慢地停下腳步，像左右晃動的擺子最後歎一口氣停下來的樣子。
簡直像是再也無法前進一步。
站在原地，仰望天亮前的夜空。
在這個秋冬交接之際，夜空滿布星座的世界。

……我聽見旺季大人的心靜靜毀壞的聲音。

旺季大人無聲地哭泣。淚水從微暗的雙眸流下。背後拖著一個永遠不會消失的漆黑身影。
發出喪失了心的聲音，喪失了一直以來珍惜的寶物。過往支撐旺季大人的一切全部粉碎，連他也一起粉碎，從指尖不斷溜失。
自己親手破壞的寶物，再也不可能復原。
這種聲音，我聽過。
無人知曉的夜裡，一個世界不為人知地終結。旺季大人的世界。
結束了。
「——」
我……

我應該殺了戩華王才對。

由我來殺。

親手破壞旺季大人時，我的臉上也會出現這種表情，我也會聽見這種聲音嗎。

惡鬼官員，黑暗宮殿。想連孤單一人的旺季大人也一起破壞帶走。

我忍不住呼喊他的名字。

「旺季大人。」

旺季大人依然流著眼淚，我找到了一片他的碎片。

總是望向前方的那雙眼睛，現在彷彿從彼岸望向此岸。

不要走。

「……和我一起……回去吧？」

我低聲輕喃。聲音低微得或許連旺季大人都聽不見，有如祈禱一般。

落下一兩滴眼淚後，旺季大人擦拭眼角，脫離囚禁他的影子世界，回到我這邊。

什麼都沒說，旺季大人走在我前方，我也默默跟在他身後。

為了不讓旺季大人的影子離開，回來的時候，我每一步都踩在他的影子上。

……總覺得影子變得比以前小，我垂下睫毛，低下頭。

❖ ❖ ❖

我和旺季大人都有自己的原則，只遵從自己的原則而活。

旺季大人曾說過，覺得一旦從我身邊逃離一次，我們之間的一切就會結束。

……那時，我也有一樣的感覺。如果我跟著進了那座黑暗宮殿，一切就會結束。

那裡正是旺季大人內心「禁止進入」的領域。

縱然我想要的東西就在那裡，一旦踏進去了，一切將瞬間消失。

——是誰殺了戩華王。

對我來說，那一點也不重要。

和差點失去旺季大人這件事相比，一點也不重要。

……真的，為什麼我不先殺了戩華王。

那年秋天，戩華王駕崩。

死因是病死。記得是這麼說的。
新年來臨前，戩華王唯一存活的小皇子紫劉輝即位。
年號從武德轉變為上治。
上治元年只有一兩個月的時間，接著就過年了。不過，從這段時間已可得知紫劉輝是個什麼樣的國王。
十八歲的新國王即位後幾乎不上朝，對重臣的謁見要求視若無睹，偶爾用用玉璽，幾乎一整天沉浸在後宮閉門不出。是個徹底的昏君。

間章・紫闇王座

等三年吧。
那天，旺季大人這麼說。
戩華王死後，旺季大人沒怎麼改變，一如往常淡定地處理政務。
不過，我和皇毅都感覺到一點小小的變化。

我們與旺季大人之間多出一道小小的隔閡。一般人或許不會發現，敏感的我和皇毅卻不可能沒有察覺那道阻隔我們與旺季大人的屏風。

和障壁或代溝又不一樣，旺季大人只是待在屏風的另一頭，重要的事情都在那邊決定，絕對不讓我們看見他是如何決定的。就是這種感覺。

不管怎麼旁敲側擊，旺季大人就是不願移開那道小小的屏風。

我有一股不好的預感。相同地，即使沒有我這麼嚴重，皇毅一定也感覺到了。

「……要是對方還是戩華王就好了。」

有天晚上，我對陵王這麼抱怨。

即位後的紫劉輝開始重用紅藍兩家的近臣，過去先王戩華與宰相導入國試制度，在一定程度上抑制彩八家擴大權力的努力都化為泡影，一切回到原樣。

陵王吐出一口輕煙，睜一隻眼閉一隻眼，用睜著的眼睛看著我。與我或皇毅不同，陵王和旺季大人一起站在屏風的另一邊。

「如果對手是戩華王，旺季大人的熱情不會消失。無論如何遭到貶職，無論諫言被拒絕幾次，他一定會憤怒又堅強地活下去，一次又一次回來。因為那就是旺季大人生存的原因。」

那個王值得他這麼做。

紫劉輝不是戩華王，只是個為所欲為的昏君。

偶爾上朝露臉，卻對大官旺季大人及皇毅還有我視若無睹，只和紅藍兩家的新近臣擅自為政，為了一個女人連律法都能滿不在乎地修改，旺季大人的諫言左耳進右耳出。看到從早到晚白白浪費時間上奏諫言卻遭漠視，只是徒然虛耗時間心力而疲憊不堪的旺季大人，我實在看不下去了。

如果對方是戩華王，旺季大人一定會與他正面衝突，奮起辯論。

那個年輕國王與淺薄近臣的言行舉止根本無法激發他這麼做的力氣。那些輕率的決斷與各種獨斷獨行，膚淺得令人失去奮起反抗的氣力。

我站在窗邊，夜晚的樹上停著一隻黑烏鴉。門下省裡，旺季大人的辦公房是否還點著燈？為什麼旺季大人非得做紫劉輝的臣子不可。

「即使旺季大人打從心底想把那個昏君從王座上踹下來也沒關係。他是昏庸得該被踹下來。只要旺季大人有那個意思，再多願望我都可以為他實現。可是，如果旺季大人眼中只有戩華王……如果因為昏君不是戩華王就放棄……」

「…………」

「旺季大人會變成怎樣……紫劉輝不是支撐他活著的原因，總覺得旺季大人會就此完蛋。那個王會奪走旺季大人殘存的意志、熱情與一切，只會讓他覺得一切都無所謂……說不定旺季大人自己也這麼希望。」

沒有戩華王的世界。留下我和皇毅及悠舜。

他看起來像在找尋可以去死的藉口。從那個秋天的晚上開始。

陵王噴出一口輕煙。

「……晏樹，你不要錯看旺季了。」

我沒有笑，看了陵王一眼。

這時的我認為自己比陵王更懂旺季大人。或許因為親眼目睹了那個無人知曉的夜晚之故。

他那句話代表什麼，我連想都不去想。

從那天起，又過了一年多。

曾幾何時旺季大人年過五十，我也快要邁向四十。

旺季大人正在書寫什麼，我躺在他身旁的長椅上，聆聽下雪的聲音。啪答、啪答。我的目光落在旺季大人側臉上……這陣子，只要看到旺季大人，我經常沒來由地想哭。

忘了是什麼時候，旺季大人在雪中說過。啊，春天就要來了。

即使身在永遠不會結束的冬天裡，這人還是能看見春天的花。我輕聲說：

「白頭髮，增加了耶。」

「嗯。」

儘管年齡增長，旺季大人的長相還是一樣不起眼。不過，臉上多了皺紋，梳得整齊的頭髮也花白了，尤其是最近這三年，白髮增加許多。

旺季大人停下寫東西的手，呵呵一笑。

「不知不覺應了你曾經說過的話。」

「……什麼？」

「你曾說，再過個十五年我就五十多歲了，但你還不到四十歲……距離那天，已經過了十五年啦。我也老了。」

聽了這句話，心口揪得好緊。

在那場下個不停的紛紛大雪中。

每天每天尋找從世界上消失的旺季大人。

那已經是十五年前的事了，而我與旺季大人的相遇，不知不覺也是三十多年前的事。

燃燒的宅邸，櫻花樹下，雪中的破廟，無人知曉的秋夜……在胸中一一浮現。

光陰似箭，和過去一樣的旺季大人已經不在。

……旺季大人的影子變小之後就再也沒有復原。那個秋夜裡踱步向前的小小黑影，一年比一年變得更小。

沒錯，旺季大人也和戩華王一樣。他老了，身上都是創傷，不斷磨損，失去的比得到的更多。不管怎麼修補，總還有出現缺陷的地方。未來就是這樣下去了，只會一天一天無盡地靜靜損壞下去。帶著遍體鱗傷的身心，一直這樣下去。

……再也不可能恢復原本那個完整的旺季大人。

三十年前的旺季大人，再也不得而見。

「——」

我從未有過這種彷彿要將胸腔壓垮的情感，發不出聲音，找不到可以說的話。

旺季大人看著我，表情有些驚訝……我臉上到底是什麼樣的表情呢？

擱下筆，旺季大人說：

「……三年，已經過了呢。」

聽起來好像在說，是最後了。

我——沒有點頭。發不出聲音，也無法回答。

從我和皇毅及悠舜三人看來，我始終沒變，對旺季大人想前往的世界一點興趣也沒有，其他兩人應該也是半斤八兩。比起旺季大人想去哪裡，對我們來說，將他絆住，不要讓他愈走愈遠才是更重要的事。

該怎麼辦？該怎麼做才能讓旺季大人移開屏風，重新讓我們看到他的臉。

那個苦笑說著「沒辦法」的他，該怎麼做才會回來？

不上不下的結局，無論是輸還是贏，旺季大人都不會滿意。

無論輸贏，我們都要實現旺季大人的心願。
如此一來我們的心願也會實現。
……我們相信，那是最好的「完美解答」。

❖　❖　❖

這段時間，我還進行著另外一件事。那就是十五年前答應黑仙的事。
黑仙的願望是「打開仙洞宮」。
如果是用手推開那麼簡單的事就好，可惜並不是。事實上還相當麻煩。
想打開仙洞宮必須先破壞所有神器，而其中一件神器由縹瑠花和羽羽各持一半保存於體內，所以還要想辦法殺死他們。
對我來說，當時瑠花開始出手干涉政事，對旺季大人來說是個礙事的存在。再說，我早也打算解決這個殺死飛燕的老太婆。事情順利的話，不只一箭雙鵰，可說是一箭三鵰。我這麼想，思索各種計策。
我認定茶州的悠舜會解決掉朔洵，結果悠舜似乎相當不想回到中央，就這麼拖拖拉拉地放著朔洵十年沒有處置。不管怎麼說，好不容易朔洵也死了。聽說是為了女人而自殺，真是莫名其妙。

更莫名其妙的是，他在死前似乎對黑仙說「想活下去」。

黑仙也一樣，我都把朔洵給了他，他卻不去思考如何運用，還把這個問題丟給我。

「……不如這樣吧，利用屍體如何？光憑我手下的殺手無法破壞神器不是嗎？如果是普通屍體或一般人，縹家的結界又會產生反應。不過，像朔洵這種搞不清楚是生還是死的狀態，或許不會出現反應。畢竟這傢伙生前就是個搞不清楚是生是死的男人，這樣說不定正好。」

我覺得麻煩，所以隨口給了超隨便的意見，沒想到黑仙竟真的這麼做了。

不過，被縹瑠花搶先一步下手，將搞不清楚是生是死的殭屍朔洵綁回縹家，關進棺材裡，讓他派不上用場。

無奈之餘，我也只好誆騙了縹家的新手巫女，連棺帶屍整個送還給我。

朔洵似乎激怒了瑠花。在被關進棺材後，他的魂魄脫離，跑到疫病村莊擅自放走瑠花想要的女孩。盛怒之下，瑠花分離了他的屍體與魂魄。

「……連死了都能激怒女人還被拋棄，該怎麼說才好……」

拜朔洵之賜，我取回棺材時，正好得到一具沒有魂魄但會四處遊走的屍體，又還算聽命於我，用起來非常方便。

比起活著的時候，我這個弟弟死了還對別人比較有貢獻，說來還真是遺憾。

……非常遺憾。不過總比不管是生是死都派不上用場好。

我非常討厭這個弟弟。因為他完全不珍惜重要的女人。
死了之後還說什麼「想活下去」。難道想復活之後悠哉地和女人過幸福日子嗎？世界上怎麼可能有這麼稱心如意的事。之所以會想出讓朔洵成為腐爛殭屍的點子，正因我對他一直抱持這種嘲弄、敗興又冷眼旁觀的心情。聽說黑仙讓他成為會走路的屍體時還挪用了那女人的生命，我笑了。黑仙這傢伙也真上道。
瑠花死了之後，我看見變成紫黑色腐爛的肉塊不斷從弟弟身上落下，心裡才終於覺得踏實。嗯，這樣很適合你，被心愛女人吸光精氣而死的男人。
即使變得腐爛骯髒，為了那女人出現時的弟弟終於獲得我的認可，讓我願意出手殺了他。
……就這樣，當我們在五丞原上硬將「完美解答」推給旺季大人之後。
旺季大人離開了朝廷。

彼岸花開，夏末之事

明明有陽光，耳邊卻傳來雨打在石板路上的聲音。狐狸嫁女兒時的太陽雨。

「……貘或許是對的。」

一邊側耳傾聽毛毛雨聲，我如此低喃。

靠在窗邊，看見祥景殿外開滿了大紅色的彼岸花，在雨中搖曳。逼人入墳場的花。

對啊。床上傳來蝴蝶振翅也似的微弱應答聲。

難得我和悠舜的意見一致，簡直是奇蹟。這種奇蹟發生時，總是與旺季大人有關。

關於貘，從前悠舜曾這麼說過。

該怎麼做才能讓旺季大人當上國王，貘比你我都更清楚。

我和悠舜並非無論如何都想看見旺季大人當上國王。所以，我們是在一切都結束之後才發現，為了讓旺季大人往前走，無論如何都需要王位。

只要王位在他眼前，他只能從屏風後走出來，無奈地說聲「沒辦法」，再次踏上身為國王的人生，並且繼續往前走。陵王曾經說過……

『晏樹，你不要錯看旺季了。』

點燃旺季大人熱情的導火線並不只有戩華王。我們本該是最深知這一點的人，卻因為實在太理所當然，所以不小心遺忘了。對無法拋下眼前任何一個弱者，一路上伸出手幫助別人的旺季大人來說，地位與權力只是工具。

……那明明是最後的機會了。

不過，我和悠舜也都察覺了背後的另一個事實。

無論幾度與勝利擦身而過，不去掌握機會而放棄的人也是旺季大人自己。

不知從何時開始欠缺的，旺季大人的另一半。到底該怎麼做才真的正確呢？

「……可是我啊，悠舜。我現在也沒有特別後悔。」

感覺得到悠舜從床上凝視我的視線，但我只盯著窗外的彼岸花。

旺季大人當時已經遍體鱗傷，不斷失去重要事物。這樣的他如果真的當上國王，我會比現在更幸福嗎？我問過自己好幾次。

我能看著他奮力走到最後，操勞自己，一點一滴失去健康而崩壞，直到變成一個不中用的廢柴嗎。

我能承受得住嗎？

那時我的確認為，已經夠了。

已經夠了吧。旺季大人，您也該休息一下了吧。稍微停下腳步，也沒關係。

拜託。

「因為我這人向來只想到自己……所以，我還滿喜歡現在這樣。」

就算那不是您想要的結局。

雨嘩啦嘩啦打在屋簷上。

如淚水般洗去看不見的塵埃，雨後的天空總會呈現澄澈美麗的藍色。這是過去旺季大人告訴過我的事。

以為悠舜會諷刺我，結果他只是笑了笑，說聲「是嗎」。

「我最討厭你了，可是如果沒有你在旺季大人身旁，我絕對不會賭這一場。」

「贏了我還這麼說，真令人火大。」

「晏樹……我要先走了。旺季大人就拜託你了。」

我轉向悠舜，離開窗邊，靠近他身旁。他頂著半死不活的臉，氣若游絲，勉勉強強保住一條命。

即使如此，國王還是不許他換個地方療養。

對最討厭被束縛的我來說，與其這樣還不如死了好。現在的他，就像一隻被釘住的蝴蝶。

「我幫你個忙，殺死你吧？」

「不……還不是時候。」

我的原則和悠舜的原則也不一樣。

我第一次尊重了悠舜的意願，摸摸他蒼白的臉頰。不是摸頭。

女孩子被摸頭會很開心，但對男人而言，那只代表自己受支配，像野獸一樣，而悠舜並非我的部下。他任由我這麼做，或許只是因為連表示厭惡的體力都用光了。也或許不只是如此……結束即將來臨。

——三十年。

待在旺季大人身旁的我們，將要少一個了。往後，沒有悠舜的世界即將來臨。

「雖然無趣……但也沒辦法……」

沒辦法……沒辦法。悠舜已經努力活到現在，不能再求更多。

竟然會這麼想，我真的是年紀大了。

我在悠舜的太陽穴上輕輕啄吻。以我的方式表達敬愛，也向他道別。

「有種跟死神接吻的感覺……」

悠舜露出吃到難吃東西的表情。大概也相去不遠了。

「晏樹，我再問你一次。為什麼你還留在朝廷？」

我聳聳肩，沒好氣地轉身。

明明生不如死卻選擇活在病榻上的悠舜，與明明無聊得不如去死卻繼續留在朝廷裡的我。兩者的理由其實沒什麼不同。

「你不要明知故問。」

「『命帶妖星』的人通常活不長久，原因不明。茶朔洵也是如此。能像你活得這麼久的很罕見。」

我停下腳步。

「這是我送你的餞別禮物。是不是鬆了一口氣啊？晏樹。」

我回過頭，笑著對悠舜說「嗯」。收下這真的令人欣喜的餞別禮物。

窗外的雨已停，蔚藍的天空透明澄澈。

秋天來臨前，悠舜走了。死於開滿彼岸花的離宮。

數年過後，安靜地……

時光緩慢而十分安穩地流逝。

旺季大人離開朝廷後，我升任門下省長官，被大肆拱上貴族派領袖的地位。

只要把自己想成旺季大人的代理人就沒關係。工作只要一有空檔，我會抓緊時間去旺季大人宅邸探望他。就這樣，過著很不像我的日子。剛開始的時候，皇毅還調查過所有我做的事，然後跑來抱怨「你太正經了，這樣很詭異」。

對我來說，那本該是無聊至極的日子，不知從何時起，也開始不那麼想了。

……陵王病死於櫻花樹下後，旺季大人也病了。

但他從不提及自己的身體狀況，也從未表現出病容，言行舉止一如往常，在剛生病的階段就發現的人，頂多只有我和皇毅。至於璃櫻皇子，肯定是在看到藥包時發現的。

旺季大人患的是內腑之疾，雖然有辦法延緩病情惡化，但已無法根治。

旺季大人說不需要醫生，我們也照做了。不過，我和皇毅大老遠找來的各種藥物，他每天都會乖乖服用。

過了還曆之年的旺季大人，除了頭髮全部變成美麗的銀白色外，人也小了一圈。他的影子也跟著變小了。小得令我心痛。

慧茄大人來過，罵了旺季大人一頓。說他不該只是那樣活著，質問他為何停下來。旺季大人沒有回答。

我什麼想法都沒有，連自己都覺得真不可思議。或許是因為一直和旺季大人在一起的緣故吧。我想皇毅一定也是。不過，倒也不是「只要他活著就好」。

對我們來說，旺季大人從來沒有任何改變。就算連他自己都不這麼認為也一樣。

或許因為我們一直親眼看著旺季大人如何走過這段漫長的歲月。

幾乎所有門生都知曉旺季大人的病。比璃櫻皇子知道得更早。

這件事在中央沒有傳開，並非因為有誰下了封口令，只因所有人都閉口不提罷了。門生們每天輪流造訪旺季大人，絡繹不絕。有些人來和其他門人熱烈討論政事後就回去了，也有人來向旺季大人尋求建議，有人帶水果和藥材來看他，也有人來向他報告升職的事。

看著旺季大人，我每每心想，每個人過去做了什麼，會帶來什麼樣的結果，給了別人什麼或奪走什麼，經歷過的愛恨情仇……人就在清算一生累積的這一切中老去。像是這輩子一路走來繳出的「成績單」，全部顯示得一清二楚。

這就是旺季大人的成績單，即使他在中央被那樣瞧不起。

你說他究竟哪裡變了呢？

若說我們的心情從未改變，旺季大人也真的從來沒有變過。

他只是靜靜地放起了長假。這場長假，將一直放到人生結束那一天。

旺季大人自己似乎認為失去熱情的他只是個無用的老人，認為自己必須和年輕時一樣才行。

這個想法是否正確，我也不知道。

我只知道自己已經和昔日不同，但對這件事並不是很在意。從前也曾因為太不愉快而從旺季大人身旁離開，可是現在的我已經改變，而我還挺滿意改變之後的自己。

回到整天發呆度日的旺季大人身邊，像隻貓一樣打盹，一起度過無聲的午後，這段休息的時光是我最喜歡的日子。

光是明白這一點就太值得了。

……病情確實一點一滴地侵蝕旺季大人。旺季大人為宅邸裡的佣人們一一找妥下一份工作，贈與一筆優渥的金錢後解僱。

很快地，除了定期到府幫忙的人之外，留下的只有從很久以前就住在家裡照顧旺季大人的三位頑固老僕——堅決不接受解僱也不離開的一位老婆婆（負責煮飯）和兩位老爺爺（馬夫與管家）。當我知道這件事後——

我立刻從中央朝廷消失身影，為了看護旺季大人而回到他身邊。

❖ ❖ ❖

那個繽紛紅葉四處飄落的秋天，我隨著銀杏與楓葉一起回到那裡。

「旺季大人。」

旺季大人看見靠在門上的我，只是挑了挑眉。如此而已。

這時的我，已經超過十年沒有離家出走，安定的紀錄不斷更新中。不過，畢竟年輕時的我動不動就失蹤又出現，事到如今他更不會為此感到驚訝了吧。仔細想想，我也不再像年輕時情緒起伏那麼激動。

現在我也稍微明白了，明白過去當戩華王或陵王死期將近時，陪著一起緩緩停下腳步的旺季大人究竟懷著什麼樣的心情。那是一種對自己的無能為力。這次輪到我了。

「這次，請讓我盡情待在您身邊，直到甘心為止。」

旺季大人沒有問我工作怎麼辦，也沒有問其他任何事。

只在喜歡的時候做喜歡的事。這就是我。

彷彿看見很久沒出現的貓，旺季大人在露出這樣的表情後就笑了，歪了歪頭，耳環發出令人懷念的碰撞聲。

「……隨你高興。」

他沒有說「沒辦法」，這使我鬆了一口氣。

因為現在，我還不想聽到那句話。

我無微不至地照顧旺季大人，一整天大部分的時間都陪在他身旁。

我都忘了究竟多久沒有這麼做，也忘了這麼做又有多令人懷念。

同時，這段日子我經常想起悠舜、飛燕和陵王已經不在他身旁了。當年我是那麼希望他們全部跟白熊一起去北方算了，現在卻覺得如果他們能在他身邊也不錯。

縱使旺季大人依然從不表露身體的不適，他的食量卻已經小得像隻貓，進入深秋之後天氣一變冷他就開始發燒，經常整天都躺在床上。

有時，他也會一直盯著「紫戰袍」和「莫邪」。

我也知道榛蘇芳來訪的事。長年擔任他的副官，旺季大人在擔心什麼或思考什麼都瞞不過我，傳到我手中的情報也早就比旺季大人還要多。不過，我什麼都沒做。不為什麼。
因為對我來說，除了看護旺季大人之外的事都是枝微末節的小事。
即使我隱約察覺接下來會發生什麼事。

那段期間，我和旺季大人之間有段固定的對話。
「……什麼事？」
回到他身邊後，旺季大人偶爾會用狐疑的眼光盯著我看，次數愈來愈頻繁。有一次，我寸步不離地看護發高燒臥床不起的旺季大人，終於忍不住問了他。因為他又用那奇怪的眼神盯著正在為他換冰枕的我。
我一邊問，一邊撫摸旺季大人的額頭和脖子，確認他的體溫，這才放下心來。
「太好了，終於開始退燒。明天早上應該就沒這麼燙了。」
「……你心情好像很好？」
「什麼？怎麼可能好啊？你又不把飯吃完，還半夜發燒。誰叫你要一大早去照顧馬匹啊？跟你說過幾次了，就算要去也要趁中午天氣好的時候吧！」
「你是小姑啊，這麼囉唆。我不是指今天，是說從你回來這裡之後，心情好像一直很好。」

彼此相處的歲月太長，長到想說謊也騙不過對方。

「是啊，因為真的很久沒像這樣待在旺季大人身邊了。」

「不殺我嗎？」

「…………」

我看著旺季大人的表情，內心明白他為什麼這麼問。

就像過去的戩華王，現在的旺季大人生了病，躺在床上。

當年，戩華王死期愈近，去探望他的旺季大人回來後就愈少話。

接著，在那個秋夜裡，一個人走出宅邸的旺季大人。

……對，旺季大人相信，這次輪到他了。

我從未對旺季大人提過那個無人知曉的夜晚發生的事。

那天晚上，我看到獨自走進黑暗宮殿，又一個人走出來的旺季大人。

我。

雙手捧住旺季大人消瘦的臉頰，低頭看他。

指尖觸碰旺季大人的耳環。雪白的髮絲。小小的影子。不過，只有那雙眼睛依然漆黑美麗，只以重要的事物構成的眼睛……我笑著回答他。

「我要殺啊。旺季大人可是我的獵物，一直珍惜地存到現在，等著好好享用呢。」

「存這麼久都腐爛了吧。已經四十年了，我都成了白髮老爺爺。」
「我這人啊，只在喜歡的時候做喜歡的事，一被人指使就沒勁了。下次吧。」
旺季大人露出不滿的表情。
那之後，他又問過我好幾次「不殺我嗎」。有時裝作若無其事，有時單刀直入，有時寫在紙上遞過來。這已經成了我們之間固定的對話。
我總是回答「要殺啊」。
我挺喜歡這段一再重複的對話。因為讓我想起早已遺忘的從前。
燃燒的宅邸。狐狸面具。櫻花樹下。下雪的夜晚。宣告春來的白玉蘭。甜蜜又哀傷得令人心痛的蜜香。
早已決定要在我人生的最後一刻去拿旺季大人的命。
「是啊，我是要殺啊，旺季大人。」
這麼說著，我每天為他煎藥，送飯，在他身旁讀書，照顧他起居，靜靜送走這段最後的時光。
就這樣，過了一個月左右。
睽違多年之後，我又見到了黑蝶。曾幾何時不再出現眼前的黑蝶。
即將發生什麼的時候，有人要死的時候，搬運魂魄的徙蝶。

這次牠將運走誰的魂魄？

看到翩翩來訪的蝴蝶後，我告訴旺季大人自己要出門幾天，然後就外出了。

抵達悠舜從前使用的山中草庵時開始下雪，世界逐漸染成白色。

李樹依然佇立於那個小庭園，我抵達令人懷念的草庵，推門走進去。

拍掉衣服和頭髮上的雪花，我開始打掃草庵。其實我和皇毅一直定期整理維修，只要打掃乾淨就能住人了。我讓空氣流通，換上新的被單，撣掉灰塵收拾雜物，終於打掃乾淨時，已經入夜了。

我點一盞燭火，最後打開收在櫃子深處的小盒子，拿出老舊的狐狸面具。只能遮住上半張臉的狐狸面具。

已經好幾年沒拿出來看的面具，我將它仔細擦拭乾淨。放在桌上，晃動著發出噹啷聲。

無數記憶轉眼間湧現。

……內心一陣激動難耐。

「旺季大人。」

我喃喃低語，然後苦笑了。沒想到自己會活到現在。

沒想到會陪伴到現在。

「旺季大人……」

讓我活到今天的人。

「……不過，一切都要結束了。」

我微笑著，解開指尖撥弄的繫帶。

只要戴上這個面具，視野角落總能瞥見一隻黑色烏鴉，靜靜蹲踞在屋內一隅。彷彿只有透過狐狸面具才能看見的烏鴉。下肢融入地面的黑暗，看不清有幾隻腳。

好幾次都在黑仙身邊聽見這隻烏鴉振翅的聲音。

「想看的話就跟來吧。不過，這次我什麼都不會再給你了。雖然之前把朔洵給了你……這次不行，我全部都要帶走。」這是早在幾十年前就已決定的事。

接著，我前往那座山中小屋所在的隱山，為的是去接旺季大人。

最後的狐狸故事

對於在五丞原上讓旺季大人活下去這件事，我一點也不後悔。

可是我也不認為現在的我會對旺季大人做十年前同樣的事。

我心中的某部分慢慢改變了。

是年齡增長的緣故嗎？我不知道。

所以，那時候我什麼都沒做。只是袖手旁觀，直到一切結束。

儘管我最喜歡這十年來只是發呆度日的旺季大人。

但是，當時在那座隱山裡的旺季大人，回到或許他內心一直希望恢復的模樣了。帶著愛劍與弓箭，與愛馬一同奔馳。

銀白雪世界，天明前。

淡然地殺死所有人後，繼續往前走。對現在的他來說，那是好久好久以前的作風了。

可是對我來說真是懷念不已。

無論是渲染了白雪的髒血，還是滿地的屍體。

一直以來，我親眼目睹旺季大人這麼活下來。

『吃了這個填飽肚子就別再調皮了，快回窩裡去吧，小狐狸。天已經黑了。』

『你看，晏樹。白玉蘭的花開了。那是春神所棲宿的花。』

無數次，就這樣活下來。不過，已經。

旺季大人以那遍體鱗傷的矮小身軀騎著馬，回到我等待的地方。然而，還沒走到我面前，他的身體就脫離了馬鞍。

從馬上傾倒。那個無人能媲美的馬術高手，旺季大人。竟然。

我伸出手，連人帶鎧甲抱住他。

小時候，即使身材矮小，看在我眼裡還是比自己高大的身體。

「旺季大人。」

他的身體變得好輕，即使身穿「紫戰袍」，背上揹著「莫邪」，我還是能輕易抱住他。旺季大人喃喃地說：

「……嗯……我累了。」

多久沒從旺季大人口中聽到他說「累了」。

我戴著狐狸面具時，多半是表情不想被人看見時。

可是這時，我拿下了面具。旺季大人睜大眼睛，我的表情大概很奇怪吧。這是有生以來第一次，連自己在哭還是在笑都不知道。

旺季大人頹然地將全身重量壓在我身上，緩緩眨眼。

我用臉頰磨蹭他的頭。

結束即將來臨。

結束即將來到旺季大人的世界。

這次是真的，聽見最後一樣東西從那寶箱中掉落的聲音。

「還沒喔。」

我用沙啞的聲音請求他。還沒，請等一下，旺季大人。

「……和我一起……回去吧，旺季大人。」

旺季大人懷念似地笑起來。

「你以前、也曾這樣、說著……來接我了……那個好冷好冷的、秋夜。」

「…………」

「因為你來接我，我才能再次回來，不失去任何一樣東西，再次邁步向前走……」

囈語般的聲音，或許連他自己都不知道在說什麼。

旺季大人斷斷續續地說著。

宛如曾幾何時——早在某天已經下定決心要告訴我這些話。

「十年前……沒能和你一起走，真抱歉。」

「——」

下雨的五丞原，帶著旺季逃走的我。旺季大人說，我不能跟你走，相反地，要你跟我一起來。一直以來總是尊重我意願的旺季大人，第一次這麼說。

那句話不知道讓我多麼高興。

「直到最後……我都……無法實現你的心願……」

旺季大人緩緩閉上眼睛。我的心願是。

——和我一起回去吧。

還沒。等等。

「還不行。旺季大人，您愛雪不是嗎？我們去看雪吧。我已經把悠舜那間草庵整理好了。」

旺季大人呵呵笑了，輕聲說「聽起來很不錯」。

雪啪答啪答地下。

在永遠不會結束的冬天裡奔馳的人。

總是說著「春天就要來了」。這是你的口頭禪。

不過我知道，其實比起春天，你更愛冬天。

因為那樣才會覺得，很快就會有好事發生。對吧？旺季大人。

所以，再等一下。

「旺季大人。」

對於我的呼喊……已經不再有回應。

我像從前一樣，和旺季大人乘著同一匹馬。

將旺季大人抱在懷中，再次低喃。

「……和我一起回去吧，旺季大人。」

……身邊的大樹上，傳來一隻大烏鴉振翅飛走的聲音。

狐狸的結局

我帶著旺季大人回到悠舜的草庵。

打開門，屋頂上的積雪從屋簷嘩沙崩落。

我讓旺季大人躺在床上，將狐狸面具與「莫邪」擱置桌面。

在炭盆與火爐裡生火，燒熱水。旺季大人僵硬的身軀開始變軟，我為他一一脫下染血的「紫戰袍」，用熱水為他擦拭身體。

把污血全部擦乾淨後，為身上無數的傷口療傷，包好繃帶。花時間清洗那頭雪白的銀髮，不斷用梳子梳理。

旺季大人看起來真的就像睡著了，我輕輕微笑。

草庵裡只聽得到雪下個不停的聲音。

早已為他準備好的衣服，也是從前旺季大人喜歡穿的。套上袖子，把衣服穿好，總覺得他真的隨時可能醒來。

耳環也先脫下擦乾淨後，再重新戴上。戒指一樣擦得亮晶晶。

就這樣，一切恢復為我熟知的旺季大人。

我從正上方俯瞰他。他就像睡著了一樣躺在那裡。

明明是陪在身邊看了幾十年的那張臉，不管什麼時候看都不會膩。無論是生前，還是現在。

「旺季大人。」

沒有回答。

我深情地在那冰冷的太陽穴印上一吻。和悠舜那時一樣。

接著，像大型犬伸長前腳般，雙手手肘靠在床上，閉上眼睛。

……我要做的事，只剩下一件。

聽著啪答啪答的雪聲，一天就過了。

約莫從第二天起，我已察覺旺季大人的身體一點變化也沒有。朝「莫邪」看一眼，如果說這裡有什麼不可思議的力量，大概就是那個了。

第三天，發現「莫邪」從放置的地方消失蹤影，我也只是伸了一個懶腰，再次為旺季大人擦拭身體，然後入睡。「莫邪」怎麼樣都無所謂。

旺季大人的身體依然完全沒有腐壞。

不知道經過了多久，好不容易，我最後等的那個人來到草庵。

❖ ❖ ❖

帶兵從紅州趕往隱山的皇毅，在得知旺季失蹤的同時，也接獲晏樹已失蹤一個多月的報告。皇毅立刻隻身前往悠舜的草庵。

埋沒在大雪中的李樹草庵裡，看得見微弱的燈火。

皇毅破門而入，一邊祈禱一邊呼喚那個名字。

「——晏樹！」

迎面而來的是死亡的氣味。

屋內深處的小床上，躺著穿戴整齊乾淨的旺季大人與靠著他睡著的晏樹。

晏樹身體微微一動，起了反應，皇毅才像咒語被解除般身子一晃。

「你來得太遲了吧，皇毅，讓我等好久。算了，反正服侍旺季大人一點也不無聊。」

撐起身子的晏樹腳步踉蹌，難得看到他這樣。晏樹像是覺得很刺眼，皺起了眉頭。看樣子似乎好幾天連水都沒喝了。

……不會吧。臉色之所以這麼蒼白，一定是因為光線的緣故。

「旺季、大人他……」

即使不問，皇毅也知道了。死亡的味道如此嗆人。

旺季動也不動地躺在床上。

前往救助一名御史部下，斬殺了幾十人後離去的事，已經從榛蘇芳和紅秀麗那裡聽說了。不過，皇毅知道。

身染重病，身子骨早已撐不住的旺季，不可能禁得起這麼莽撞的行動。

就算辦到了，也一定是拿命來換的結果。

明知如此，皇毅這才發現，當聽到晏樹也一起失蹤時，自己還抱著一絲希望。

一直以來，無論何時，即使旺季沒有要求，也總是擅自幫助他的唯一一位繼承者。

不是旺季撿回來的孩子，而是出於一己意願待在他身旁四十年的男人。

不過，旺季已經不在了。不管怎麼找，都不在世界上任何地方了。

結束即將來臨。皇毅想起這句話。

……結束即將來臨，比起腦中的思緒，口中更早發出沙啞的聲音。

「你要……走了嗎……？」

晏樹盤起雙手，像隻貓一樣輕聲笑了。

「嗯。旺季大人就交給你了喔，皇毅。因為你是最像他的人。」

再見了。這麼一說，晏樹便搖搖晃晃地走過皇毅身旁，離開草庵。

……從此之後，再也沒有人見過凌晏樹。

結束

從什麼時候開始的呢，看著旺季大人，我發現了一件事。

往前走了這麼久，心會滿布破洞，失去各種東西，不管再怎麼修理，還是到處都有變得不中用的地方。重要的東西只會一直流失，到了那個地步，就再也回不去了。

那是非常悲傷、空虛、笨拙又愚蠢的事吧？

如果是以前的我，一定會覺得不需要那樣的人了。怎麼修理還是不斷損壞的話，不是沒有意義了嗎？年老的旺季大人自己似乎也有這麼想的時候。

可是……也不知道為什麼，我第一次出現這種想法。

一看到旺季大人，不管必須修理幾次，我都想珍惜到最後。我已經不再認為，這是一件空虛無用的事。

如果是從前的我，早就像對母親那樣，親手破壞並拋棄他了。因為，在有所欠缺又不斷變小的旺季大人身邊看著他，是一件非常哀傷的事，我不喜歡這樣。

然而不知從何時起，我也不會再想藉由那麼做，來讓自己落得輕鬆了。

『不殺我嗎？』

想好好珍惜保存到人生最後一刻的那個人。

直到最後，我都想陪在旺季大人身邊，看著他。不管那會有多麼哀傷。

是因為我也上了年紀的關係嗎？總覺得不是。畢竟我從來不曾對其他任何人有一樣的想法。

不可思議的是，像這樣一直陪在他身旁，讓我開始覺得，那些從好久以前起就非常想要又奪取不到的，旺季大人的一切，其實我早已擁有。為什麼會這麼想，我也不明白。

……這或許是我直到最後都沒有殺旺季大人的原因。

悠舜和陵王聽了可能會很驚訝吧。

『會啊，我會殺喔，旺季大人。』

我總是這樣回答他。

不過呢，雖然沒有悠舜那麼誇張——我也是個大騙子。

沒關係啦。

❖ ❖ ❖

走出草庵，外面依然是一片銀白雪世界，大雪下個不停。

我和悠舜和皇毅。旺季大人和陵王和飛燕。

小草庵裡少了一個又一個人。

現在已經只剩下皇毅和旺季大人的遺體了。

我真的是活了好久。

「這是我最後一次離家出走了吧。」

同時，再也不會更新紀錄。

旺季大人漫長的戰鬥結束了，世上再也沒有我想陪伴的人。

即使在下著雪，永遠不會結束的冬天裡，旺季大人還是能找到春天開的花。

如果我的冬天裡也有那樣的花，那花就是旺季大人。

花不在了。

雪原廣大遼闊，雪下在旺季大人曾經馳騁的骸骨大地上。

積雪之後，春天即將來臨。

春天很快就要來了。

這是你的口頭禪。

……不過，我就不到春天那邊去了。

丟掉手中的狐狸面具，聽見它被新雪深埋的聲音。

就這樣，我頭也不回地離開草庵。

第四回

冰的心臟

——劉輝——

大雪下在遼闊的平原上。

荒野上有老樹一株，一直漆黑如深夜的烏鴉停在樹枝上。長有三足的神烏。

金色的眼睛看過的許多光景與人生，對烏鴉來說不過是一場剎那之夢。

從天上眺望地上的星星，有時也搬運魂魄。

在這段漫長的時光之中，烏鴉有時會被某些人類吸引，獨自飛往人們身邊探訪。烏鴉喜歡的人，多半都有如薄暮之光。

令人莫名感傷，但又不可思議地安靜散發令人愛憐的氣質，宛如一日「結束」時的嘆息。

烏鴉已通過三個人的人生，世界依然沒有任何改變，只是薄暮迎向終結。

不過……烏鴉嘆了一口氣。要是主人問的話，就告訴他吧。

令烏鴉陷入沉思的，也不過是人世裡的半分剎那。烏鴉睜開熾火般的眼睛。

這雙千里眼裡，最後一個人剪下了花。他一直在剪花。那張側臉吸引了烏鴉，忍不住在枝頭停留。

其實已差不多該回主人身邊才行了。

……不過，還有一點時間。

不停飄降的雪，靜靜覆蓋平原。

微暗的荒野凍結，寒愴，春天還未來臨。

和這個世界一樣。

❖ ❖ ❖

紅秀麗差點在山中遭人謀殺的「山家之變」隔年。

她正式辭官，進入後宮成為紫劉輝的王妃。

二十九歲。那年春天櫻花盛放時。

以王之官員的身分在全國各地順利累積資歷的她，忽然辭官入宮的原因，是無人知曉的謎團之一。

正史的描述是，山家之變那場謀殺未遂使紫劉輝態度轉為強硬，悄悄再三商議，終於安排了紅秀麗的入宮。不過，這段史實的真偽未定。

關於這件事，紅秀麗不曾與父親邵可、親近的同事榛蘇芳或有「雙玉」之稱的兩名心腹商量，獨自一人做出了決定。

嫁入後宮不久，紅秀麗便懷了身孕。

顧慮到當時已被視為下任國王的璃櫻皇子，朝廷眾人的反應在檯面下暗自分歧。不過，紅秀麗的腹部無視狀況的發展，一天比一天隆起。

奇妙的是，這時的她及身邊親近人士的反應無人得知。

多年之後，宰相李絳攸著作的手記之中，獨缺紅秀麗嫁入後宮至逝去的這一年歷史，這也是謎團之一。

預產日雖是新年之後，卻尚未過冬。

離櫻花盛開的季節尚早，仍屬深冬。

序

……雪停那天，山中小屋那扇老舊的門睽違許久地開了。

從門縫間露出的是雪一般的白髮與一篷簑衣。簑衣裡裹著一名臉上滿是皺紋的嬌小老婆婆。

老婆婆像在確認戶外的天氣，從簑衣裡探出頭東張西望。

小屋周圍積滿這幾天下的雪與從屋簷上移除的雪。別說嬌小的老婆婆了，積雪的高度幾乎能掩沒屋子。每隔幾天就有武官及差人過來查看情形，悄悄移走屋簷上的雪或剷除積雪，在屋子與田地水井中間鑿出可供通行的路。這天，地上也維持著一條能讓老婆婆走動的小路。

老婆婆當然不知道為什麼每隔幾天屋簷上的積雪就會移到地上，也不知道為什麼連日風雪後地上會出現一條清掃過的小路。

雖然不知道，但並不覺奇怪。

這天，老婆婆做了和平常不一樣的事。

和平常一樣踮腳走出門縫後，不一樣的是她轉身面對門口，伸出骨瘦如柴滿是斑點的手，為門上鎖。佝僂的背駝得更彎，看來就像鞠躬行禮，又像花時間對珍惜的事物道別。

套上簑衣、戴上斗笠，老婆婆沒有走向田地或水井，而是朝完全不同的方向——這或許是十年來第一次——走去。

一

『……要生嗎？』

是的。她這麼答。

『應該聽璃櫻說了吧……那個……應該也會停下來。』

第二句話連自己聽了都覺得像藉口。帶點責難的口吻，或許是針對璃櫻。因為他明明說過幾乎不可能懷孕。

是的。秀麗還是這麼回答。即使她不可能沒注意到他不經意流露的真心話，以及繞著圈子想表達的卑鄙說詞。

劉輝低喃。目光或許也很灰暗。

『孤不想失去妳。只要有妳，其他什麼都不想要。』

這句話和過去邵可對妻子說的溫柔求婚之詞，除了表面脆弱如蛋殼這一點相同之外，內容完全不同。

謝謝。她微笑道謝。想必是在一切了然於胸的狀況下。

可是劉輝卻像身在濃霧中。秀麗到底在想什麼，他一點也不明白。

見他沉默，她小心翼翼地握住他的手，窺看他灰暗的眼睛，露出謎樣的微笑這麼說：

『我要生下來，劉輝……不要緊，我不會不見的。』

這句話的意思，劉輝也不明白。

秀麗當然明白。

明白劉輝掉過頭去不願正視的真正灰暗想法與怯懦，也明白他充滿歉疚的心願。秀麗一切都明白。

所以她才會繼續說：

『不要緊，我不會不見的。』

這句話到底反覆說過幾次了呢？

她已經記不清。

夏

噗通。深夜裡，好像有什麼掉進水池。

在後宮剪花的劉輝心頭一驚。手中發出比火炭爆裂時的劈啪聲更刺耳的啪擦聲，手中剛剪下的薔薇掉落，掛在樹叢上。

池裡依然傳出魚游水時的輕微聲響，剛才那似乎只是魚躍出水面的聲音。

這幾年來，劉輝一直很在意池子發出的聲音。總覺得自己忘了什麼。

撿起掛在樹叢上的淡紅色薔薇，用左手握成一把。數一數，已剪下將近十枝。剪太多的話，明天會沒得剪，他決定就此收手。

劉輝沒有回到秀麗身邊，只在悲傷的後宮中走來走去。

這麼做時，耳邊似乎聽到她的歌聲。

打從知道有了身孕，秀麗就不再彈奏二胡，改用低沉的聲音哼歌。大多數都是溫柔的搖籃曲，還有一些劉輝也聽過的歌。每天都唱。

『我要生下來，劉輝……不要緊，我不會不見的。』

……今晚他也在庭院裡徘徊，直到鼓起勇氣凝視秀麗的眼睛。

選一個人少的地方，遠方幽暗的宮殿映入眼簾。

因為只剪一個地方的花會被園丁罵，也曾每晚到處找尋其他地點，可是到最後還是只想去那個地方。不過，現在正值初夏，薔薇開得最美的地方還是莫過於那寂寥的冷宮。

總被譽為薔薇的母親，戩華王的第六妾妃與年幼的自己住過的地方。第六宮。

那裡沒有常駐的宮女或侍官，但是秀麗似乎命人整理過，迴廊上點著一盞燈火。也因為如此，那座冷宮在夜裡看來更像有幽魂。

劉輝第一次憑自己的意願走向那座冷宮。

從庭院裡踏上迴廊，只有長明燈的燭火不時晃動，感受不到人的氣息。耳邊聽見的只是自己的腳步聲。所有景色都依稀相識，在走廊上走動時，彷彿聽見庭院暗處傳來孩子的哭聲。因為這裡並未完全枯朽，所以過去也在心中浮現。

劉輝走到某個地方，停下腳步。隔著欄杆望向母親死亡之處的水池。

彎下腰，在通往庭院的石階上坐下。

悠長而極度緩慢的初夏夜晚，時光慢慢流逝……不知道過了多久。

聽見另一個人的腳步聲。噠噠、噠噠，筆直朝這邊接近。

為了留給劉輝足夠的時間獨處，腳步走得非常緩慢。劉輝雖然猶豫，但又覺得非常疲憊。不想被人看見這張陰暗的臉，但也沒有力氣走去其他任何地方了。感覺身體沉重，站不起來。

腳步聲終於繞過迴廊轉角，找到劉輝。走向坐在石階上的他，在一旁站定。劉輝苦笑，肩膀無力下垂。

「……就算沒看到，靜蘭似乎也都知道孤會在哪。」

「是的。不管你在哪，我都能找到你。從以前就是這樣。」

是的——無論躲在庭院草叢裡、冷宮某個房間或迴廊角落，找到蜷縮著身體獨自哭泣的自己抱出來的，永遠是這位兄長。

對那時的自己來說，這座宮殿、這個庭院、孤獨的夜晚、可怕的女人與其他兄弟，都是不願回想起的記憶。不過……

那些日子都過去了。劉輝深吸一口一直眺望著的庭院裡甜美的夜之氣息。

「……靜蘭，到現在孤才知道。」

「什麼？」

「現在這個季節，會有很多螢火蟲在那池邊草叢裡飛。」

靜蘭望向水池，然後……瞇起眼睛。

夏日深夜，溫暖的夜風中。

無數小螢光在池邊草叢中悠然飛舞。

明滅的光芒在兩人眼前發光又消失，消失又亮起，光點亂舞，優美的光芒照亮闇夜。有如地面上的星星，美得教人嘆氣。

「沒想到……這座宮殿這麼美……孤卻一直……刻意不去看它。」

劉輝喃喃低語。夜風吹皺了池水，接著劉輝閉口不語，垂下目光。他想靜蘭一定能察覺自己來到這裡的原因。

靜蘭的視線從水池轉向國王。

「……陛下，您是想起了母親第六妾妃吧？」

黑暗中，螢光搖曳。

其實不打算告訴任何人的，但靜蘭會堅持安靜地等到底吧。

彷彿無止境的沉默之後，劉輝嘆了一口氣，觸碰手中的薔薇花束，輕輕說出一句話，一直在思考的事。

「靜蘭……現在孤似乎已經能稍微理解母親的心情了。」

「…………」

母親總是說，因為生了你，才會失去心愛的國王。

「……母親真的很愛父親……或許，用屬於她自己的方法。」

靜蘭依然沉默。

「孤或許也……和母親一樣。看到柴凜的孩子時，孤這麼想。」

凜與孩子和悠舜一同住在祥景殿時，劉輝一個人去了好多次。也曾在隔壁房間聽見悠舜和凜說著關於自己的事。

「即使孩子哭了，孤也無法抱起他。連一次都沒抱過。」

聽見啼哭聲，縱然會轉過身去……劉輝卻沒有移動過腳步。

身上流著母親的血，這件事一年比一年帶來深切感受。把悠舜關在祥景殿時，站在啼哭的嬰兒面前不動時，發現收璃櫻為養子後自己鬆了一口氣時……此外，得知后妃們懷孕時，內心也確實罩上了一層黑色的紗……

「靜蘭，孤……孤不是邵可，無法作到邵可那樣。即使母親死了，兄長遭到處刑了，孤內心卻沒有任何感覺。孤就是那樣的小孩。」

從懷中的薔薇花束裡抽出一枝。想著美貌總被譽為薔薇的母親。

「孤想被喜歡。心想只要配合對方改變自己，實現願望就行了。孤只會用這種方法，到現在仍不知道這樣真的好嗎。」

現在悠舜走了，旺季也走了，劉輝站在原地。

渴望父親的愛卻得不到，不知該如何是好的母親，或許也和自己一樣。

即使擅長討好別人的心，卻始終不懂真正愛人與被愛的方法。

『劉輝，伸出手來。』

那天，秀麗笑著這麼說。

歪頭不解的劉輝伸出手，秀麗緊緊握住。

『現在還可以嫁給你嗎？十年前的求婚還算數嗎？』

該如何珍惜，劉輝不懂。

明明也沒人拜託，卻剪了花。

只要有秀麗就好，這是真的。

可是，這和從前說著「要是沒有生下你就好」的母親有什麼不同。

『我要生下來，劉輝……不要緊，我不會不見的。』

劉輝完全不懂。

從前連螢火蟲也沒發現，只會一個人在院子裡哭泣的時候，內心盼望著有誰會來迎接自己。某個溫柔的……家人。不過，現在的劉輝沒有自信了。

秀麗走了，留下孩子……劉輝在淺薄的內心裡落下一句薄情的低喃。

「如果現在庭院某處傳來孩子的哭聲，孤一定也無法像當年的兄長一樣去找尋，並且溫柔地抱起他……」

靜蘭發出聲音大笑，劉輝瞪了他一眼。

靜蘭先是凝視螢火蟲，然後用從不曾用過的語氣說話：

「……劉輝，我之所以會去找，是因為對象是你啊。我不喜歡其他弟弟，不管他們是哭還是叫，別說去找，根本從來不曾溫柔對待他們過。」

靜蘭直呼「劉輝」，這直率的語氣令他瞠目結舌。

「我找你不是為了去保護你。只因為保護你等於保護我自己的心。因為你是我心中無可取代的，所以那麼做。我到現在仍認為自己很自私。」

靜蘭閉上眼睛。

「所以，我對你母親也很冷淡。如果現在聽見哪個孩子在哭，我也不會去找。如果只能選一種方式活下去，我會選擇留在你身邊。也不會像你這樣煩惱。」

在這寂寥冷清的後宮裡，像個無處可去的影子般坐著發愣的國王身邊。露出連心愛妃子的身邊都無法回去的表情。

『除了我，那個人多的是女人可以選。明明可以選擇完全不會傷害他內心的女人。和我不一樣，今後能長長久久陪伴在他身邊的女人。』

聽到秀麗這麼說的時候，靜蘭不知道該說什麼才好。

『那人很討厭和什麼戰鬥，對討厭的事物有刻意不去看的傾向，隨時準備逃跑。這種事我當然知道。不過，那個如此害怕受傷的人卻選擇了我。得到我，最後還是會失去，結局是一樣的。無論如何都可能會深受傷害，他明知如此……還是選擇了我。』

比誰都知道失去時會有多悲傷，比誰都明白受傷時會有多痛，即使如此還是牽起了王妃的手。

那是靜蘭做不出的答案。

「劉輝，我知道你害怕受傷……因為你從小就比誰都明白那種痛。可是，你卻選擇了小姐。」

對於紅秀麗辭官入宮的事，現在朝廷上下充滿了各種揣測與謠言。大部分的意見，都認為那是國王策劃的結果。

秀麗什麼都沒說。不過，看著兩人的靜蘭知道真相是什麼。

每天秀麗都會牽起劉輝的手。沒有特殊理由，就只是牽起他的手，握住他的手指。看到這動作時，靜蘭絲毫不感到疑惑。劉輝真的就只是默默地等。一切都出自秀麗自身意願，國王什麼都沒有策劃。

「什麼都不說，接納小姐的一切……正是這樣才為小姐帶來幸福。」

「幸福……可是孤……什麼都沒做……」

「……小姐看起來很幸福喔。她看起來比過去任何時候都要幸福。看似平凡無奇的每一天，卻露出如此幸福的表情。這樣的小姐，我還是第一次看見。」

靜蘭望向劉輝放在膝頭的薔薇花束。

那已經是好久好久以前的事了。十六歲的她被召來當貴妃的短短時間。國王第一次造訪秀麗房間時，帶去的就是淡紅色的薔薇。

現在，王妃的房間裡，每天都會多一點新的花。

從結婚那天起，不斷增加各種不同顏色的花。到現在，花已經多到隨侍的宮女們早上都不用再特地去庭院剪花了。

每天，國王都會為王妃帶來不知從何處剪下的花。彷彿獻上的是自己的心。

靜蘭看過王妃收下花的樣子。萬分珍惜地，用雙手收下。把臉埋在花裡，忍不住臉上的笑意。

「……真的嗎？」

劉輝不安地問，似乎不太相信。

無論是愛人或被愛，像靜蘭與劉輝這樣的人都不太習慣。得花上一段時間才能搞懂。非常長的一段時間。

然後才明白，原來自己也能帶給誰幸福。

即使現在他還不懂，也想讓他知道。

靜蘭不經意地想起，小姐會一直反覆地說「不要緊」，或許也是一樣的想法。不過……靜蘭也還不明白她那句話的意思。和國王一樣。

「你說自己有哪裡怪，認為自己或許和第六妾妃一樣。也可能認為自己從以前到現在都一樣弱。可是，我……」

王妃嫁入宮中後，看得出對獲得平凡無奇幸福感到不知所措的人是國王。儘管那是沒有一絲陰霾的幸福。和貴妃那時不一樣。

隨著時間的流逝，她剩下的時間就像漏下的沙。從十年前起，親近她的人就不曾忘記這件事。因擔憂此事而動搖的國王側臉，引起許多謠言。

可是靜蘭從剪花的國王身上從未看見後悔。

有的只是少許憂傷與幸福……幸福。

「靜蘭，然後呢？你怎麼樣？」

「……就算我說自己知道答案，你已經露出不相信的表情了，所以我不說。」

國王和靜蘭都知道，別人的答案沒有意義。

身上流著第六妾妃的血。恐懼自己成為母親那樣的人。與王妃之間失落的光陰。猶豫與不安。即使否認很容易，國王已經不相信了。靜蘭也說不出口。厭惡自己身上流的血，這一點靜蘭也一樣。只要有王妃在就好，其他都無所謂，靜蘭也這麼想。

心情是一樣的。不，他的心情或許比國王更強烈。

看著螢火蟲交相飛過的庭院，耳邊似乎聽得見劉輝幼年時的哭聲。

「好懷念啊。經常去找尋正在哭泣的你。非常悲傷，心累得連站都站不起來的時候，你總是倒在庭院某處哭泣。我知道問題出在哪裡，也知道怎麼解決。可是你就是不接受。因為我的答案和你的不一樣。」

靜蘭望向坐著的劉輝一心一意的眼睛。

「你不管受到多少傷害，一定會回到母親所在的這座後宮。不會留在我宮裡。」

只要能在靜蘭那裡稍作休息，劉輝又會再次回到這裡。不管多少次。

不逃避傷害……這才是靜蘭認識的真正的他。

「我能做的，就是陪伴你直到恢復精神。不再哭哭啼啼，咧嘴微笑，回到所愛的人身邊。」

劉輝終於知道靜蘭為何而來。「直到你恢復精神……」

小時候，不管怎麼哭，只要兄長來了就能停止哭泣。即使打定主意再也不回母親寢宮，回過神時自己已經恢復精神，認為該回去了。從以前兄長就是國王的避難所。在遍體鱗傷之前拯救了國王的祕密基地。

內心一陣激動。不回秀麗身邊，只是四處徘徊的自己。

明明很想回去，很想回到心愛的人身邊，笑著將花交給她。

一個人的時候身體沉重得動彈不得，連呼吸都不順……笑不出來。

『我要生，劉輝。』

不知道該如何是好。

「靜蘭……孤明明……很幸福……這樣很怪嗎……？」

「一點也不怪。小姐的身體更重要，要是可以的話我也希望她拿掉孩子。我也跟她說了，明明孩子的爸又不是我。我比身為父親的你更冷酷呢。」

「你、你說得那麼直白喔？」

「我也一樣無法成為老爺那樣的人。我在她身旁還比你更久呢。不斷經歷各種人生悲劇的人應該是我吧？你不覺得嗎？」

「唔……」

靜蘭噗嗤一笑。自己和燕青在王妃身旁侍奉了十年，共度比劉輝更多更多的時間。世界上根本沒有能用來衡量幸福的磅秤。

「騙你的啦。小姐選擇的人是你啊。」

劉輝看著自己的雙手。那天，秀麗握著這雙手說「還可以嫁給你嗎」。

「……你覺得……那是為什麼？孤是不是又遇上結婚詐騙了啊？」

「……就算我說知道答案，你也不相信不是嗎？」

「不，孤相信，孤相信。這件事孤會相信的，請告訴孤。」

「你是遇上結婚詐騙了啊。連孩子都有了，所以你快點開溜吧。」

「騙、騙人！嗚哇，我現在就得趕快回去才行。」

劉輝大叫著站起來。

靜蘭呵呵地笑了。劉輝這才回過神，渾身顫抖。

「靜、靜蘭……」

「看你已經恢復得差不多了嘛，已經會說想回去了。」

「你、你、你好過分！不過……要、要是謊言成真了怎麼辦！」

無頭蒼蠅似的團團轉，劉輝忽然「嗯？」地歪了歪頭。

剛才明明疲倦得身體都動彈不得。

靜蘭笑看劉輝。劉輝的祕密基地……現在還是他。劉輝摸摸臉頰。

無數的螢火蟲飛舞，光芒滲進視野。地上的星星難以捉摸，轉瞬即逝。

現在明明還在那裡確實發光，卻無法永遠持續。好像秀麗一樣。

秀麗哼著搖籃曲，等待劉輝歸來。不是其他任何人，只等劉輝做出答案。他的答案。

旺季說，你自己想。

兄長說，保護你等於保護我自己的心。

可是劉輝答不出來，還答不出來……

螢光在池畔亂舞，過了這麼久，這座後宮裡已沒有人。

劉輝走下階梯，來到池邊，把花丟進去……終於能悼念和自己一樣的母親。

「……螢火蟲好美。如果帶秀麗來看，她會開心嗎……」

「是啊，一定會……像這樣把小姐看得比自己重要的你，看在我眼中一點也不像第六妾妃。不過……」

站在身旁的靜蘭也從劉輝手中抽出一枝薔薇，朝螢光閃動的水池合掌。

第六妾妃死去之處。生下劉輝時，她還是不滿二十歲的女孩。沒有任何後盾，孤身一人。當時靜蘭只會侮蔑她，譏諷她做不好一個母親。

不過，只有一次靜蘭看到了。當旺季把劉輝抱給她時，她其實伸出了手……是自己阻止她的。

「要是我能再對你母親溫柔一點就好了。事到如今才這麼想……」

最後，靜蘭再次呼喚劉輝的名字。低聲接著說：

「我呢，愛你也愛小姐。所以，即使沒有小姐的世界降臨……我也不會再像以前一樣，不說一句話就丟下你消失。我會陪在你身邊。」

劉輝別開目光，長長的沉默之後，用沙啞的聲音確認：

「……絕對？」

「絕對。不管你躲在哪個黑暗角落動彈不得，不管幾次，我都會找到你。直到你再次恢復到想回來為止，一直陪在你身邊。直到你找到答案……」

起風了，劉輝掩飾臉上的表情。螢光中，別開的目光如點頭般游移。

接著，他輕聲低喃「……回房去吧」。靜蘭也點點頭，和他一起回去。

『靜蘭，只有一件事想拜託你。如果發現劉輝不見了，請你去把他找出來。他明明討厭一個人，卻養成在沮喪時獨處的毛病，像在等誰去找到他似的。真是想不通他。只要有靜蘭在，劉輝就能恢復精神，說不定比我去找他還管用。無論他在哪裡，請去找他，請你找到他。』

❖ ❖ ❖

『小姐……可以問妳一件事嗎？妳為什麼會想進後宮了呢？』

靜蘭視野前方是成為王妃的秀麗，正托腮望著窗外櫻花飄落的庭院。

她住的是昔日成為貴妃時住的同一間房。

在她做出決定前，對靜蘭連一句話也沒有說——甚至過著與平常完全沒有兩樣的日子，所以當某天她熬夜完成一件工作，天亮時頂著一張廢人般的臉說「我要結婚了」時，靜蘭和燕青及蘇芳都以為那不過是廢人說夢話。

辭官的事、結婚的事，以及國王是否策劃此事，她是否曾因此煩惱……完全沒有一絲預兆。

無論誰來問，她都堅決不透露如此決定的原因。不知為何，那時的她好像有意願說了。

『有好幾個原因。不過，真的讓我下定決心的，是在山中小屋時的事。』

『山中小屋……？』

『那人他，最後來到我身邊。在確認過老婆婆的安全，釐清受害狀況，親眼目睹葵長官將下落不明的旺季大人遺體帶回，安排完葬禮的事，處罰了涉案官員，聽取了確定淩晏樹大人失蹤的報告後，鐵青著一張臉來到我身邊……只是抱著我，什麼都沒有說。然後又踉踉蹌蹌地回去了。』

『……』

『如果是從前，那個人一定是第一個衝來找我……改變他的人不是我。是那個人靠自己的雙腳一步一步向前走，一點一點改變了自己。從五丞原那天後，這十年來……經歷了許多失敗，思考過各種事……』

他也以自己的方式成為一個國王了。這麼說了，她的視線從櫻花樹上轉向靜蘭，那目光令靜蘭想別過頭。

她是想告訴自己這些認為國王不對勁，認為劉輝和過去不一樣而懷疑他的近臣們。

——這就是他。他選擇了靜蘭沒有選擇的道路，向前走，看到別的東西。

『噯、靜蘭，直到幾年前，我都還抱持極為傲慢的想法。想持續自己喜歡的工作，等時候快到了……再把所剩不多的時光給國王也無妨。我曾這麼想，滿腦子只考慮到自己，還以為自己或許能改變他，真是丟臉。』

『…………』

『我想，他或許是為了我而在忍耐吧。因為把我看得比自己重要，所以不管有多少悲傷的事也完全不說，默默地回去了。我那時忽然想把自己剩下的所有時間都給他。想要像他珍惜我一樣珍惜他。那人心裡有某個地方開了一個大洞，所以他總是拚命找尋能填補的東西。和我在一起，或許會讓他多出更多空洞，他卻選擇了我。如果我不把自己所有的全部給他，就不足以回應他的情感。我忽然發現，不現在立刻這麼做不行了。所以我緊緊抱住踉蹌離開的他，要他等一下，留住他的腳步。』

櫻花飄落。

一臉幸福又帶點惡作劇的表情，像是要把靜蘭看透似的。正是如此，那些靜蘭偶爾迷失的心情與不變的真實，都是秀麗讓他想起來的。

『我比任何人都愛著這個溫柔的他。我已經能把他看得比自己還重要了。不會再讓他自己一個人回去任何地方。不想再讓他露出那麼寂寞的表情。我想看到他臉上滿滿的幸福。我想把剩下的所有時間，都用來陪伴他。』

這應該就是原因吧。她笑著說。

夏日緩慢流逝。

庭院裡，一朵大紅彼岸花在深濃的黑夜裡詭異地隨風搖曳。

劉輝在夜晚的庭院裡剪今天的花，一看到那朵彼岸花就拔了丟進水池裡。如果是白天，或許能看見宛如鮮血沉入水中的光景。不過現在天還沒亮。

劉輝冷淡地看著沒入黑暗的彼岸花，轉過身。

『……差不多該做出決定了，否則對母體會造成負擔——』

『體重增加得太少，柴凜大人很擔心……說不定就這樣下去的話，什麼都不做也會自然流產……』

……劉輝還無法做出答案。

懷著沉重的心情走向悠舜的祠堂，嘰噫一聲推開門。

室內點著從九年前起從未熄滅的四盞燭燈。換掉變短的蠟燭，把剛剪下的花供在祭壇上。劉輝腳下是隨火光伸縮的黑影。

至今，每當劉輝想起躺在棺木中的悠舜時，記憶還像是昨日一樣清晰。

「悠舜……」

沒有回應。

「……如果是你，一定能給孤一個答案吧？」

像仙人一樣洞悉任何事物的尚書令。

——讓我實現你的願望吧。

劉輝想要的，宰相都按照約定給了他。包括自己的性命。

連你去世後都還想要你給出什麼，看到這樣的孤，你一定會笑著說「一點都沒變」吧？

『請不要哭泣，陛下……』

彷彿聽見悠舜臨死之前的聲音。

請原諒先走一步的我，陛下……

劉輝坐在祭壇上，垂頭喪氣。連自己任性的拒絕都寬容接納的悠舜……

……過了很久。連換新的蠟燭都變短了。

忽然聽見腳步聲。

不是現在剛到的腳步聲，而是不知從何時起，從更久以前就站在那裡，只差幾步就走到門口的腳步聲。此時正打開門，一步一步走進來。

低著頭的劉輝身旁，有人正用蠟燭點燃線香，發出滋滋的聲音。

線香煙霧裊繞，劉輝對那祭弔之香展露微笑。

「……不知道從什麼時候開始，孤發現有人定期來上香，原來是絳攸你啊。」

「…………」

「孤還以為到最後，你並不喜歡悠舜。」

「……因為那時我和你不一樣，途中開始懷抱的疑問並未完全釐清。不知道他究竟是怎麼樣的一個人，也不知道他在想什麼。我對悠舜大人說了不該說的話……或許也曾激怒他。」

「嗯。孤知道你都是為了孤。」

「可是，悠舜大人比我看得更遠，現在我完全能明白，是他支撐了你。也明白我做不到同樣的事。」

察覺這一點之後，絳攸開始來給悠舜上香。

九年前，國王心裡開了一個洞。原本是國王內心依靠的尚書令……如今仍是。

絳攸到現在仍無法填補國王內心的空洞，以致他仍在深夜裡獨自來到祠堂，一臉悲傷地坐在祭壇上，連站都站不起來。

「……我或許無法像悠舜大人那樣扶持你，或許不管怎麼做也追不上那個人的境界。我很不甘心，也不想承認。不過我會努力到死為止。」

國王抬起頭，不安地看著絳攸。絳攸不看國王，目光投向祭壇。

「……到死為止？」

「到死為止。」

「……誰死為止？」

「你啦。我鐵定會活得比你久，不會留下你一個人。我能勝過悠舜大人的，可能也只有這一點了。」

不久，國王才回答「嗯」。終於露出來到這裡之後第一次展露的歡顏，再說了一次「嗯」。

國王拔起一朵供給悠舜的花，朝絳攸遞去。

（……和悠舜大人之間，好不容易拉近一朵花的距離了嗎……）

接下花，拿在手中轉了轉。絳攸凝視擺放悠舜棺木的地方，想著這個自己今後即將花費一生追趕的對手。不管進步了多少，到現在還不認為自己比得上悠舜。一年比一年這麼想。

這無法構成什麼都不做的理由喔。如果是王妃，一定會這麼說吧。

「……王妃的狀況如何？」

「夏季害喜的情況嚴重，整個人就像一條剛被捕上岸的鮪魚，看到秀麗一整天躺在床上滾來滾去的樣子很有新鮮感。以前的部下來找她商量事情時，她手上拿著嘔吐桶一邊聽，一邊嚷著好噁心～好想吐。誰也不知道那個桶子什麼時候會派上用場，簡直像是新型態的試膽大會。那些不知好歹的年輕官員一個接一個來，把她氣得要死，不過心裡一定是很開心的。即使失去食慾，幸好璃櫻四處調查食譜親手做的料理，她全都吃光了。」

畢竟璃櫻是個沒有任何緋聞的美貌皇子，頻繁探望年輕王妃，恐將引來不得體的謠言。話雖如此，絳攸也明白對他而言，秀麗是重要的義母，因此絳攸對這件事可以睜一隻眼閉一隻眼，也盡量幫他緩

頰。

國王完全不嫉妒呢。絳攸心想，和以前完全不一樣。

雖然憂愁，但沒有不安。

「孤問她是否能為她做什麼，有沒有想去的地方或想要的東西，還是任何想做的事。畢竟秀麗原本行遍全國各地，現在一直待在貴陽一定很無聊……可是她只靠過來說『那種事不重要，幫我拿著嘔吐桶坐在一邊陪我就好』。」

「她也拜託我們暫時別薰香了……好像對氣味很敏感。」

那天楸瑛和王妃說話說到一半，她忽然大喊「噁心死了」，抱著桶子衝到隔壁房間，雖然不是故意的，還是教人很受傷。

「秀麗總是說，其他什麼都不需要……」

每當劉輝結束公務從朝廷回到後宮時，秀麗總會靠過來。不管劉輝在讀書也好，工作也好，她只會說「把你的背借我」或「腿借我躺一下」，不是靠著劉輝的背休息，就是像隻貓一樣趴在他腿上睡覺。

其他什麼都不需要……

「……你是不是以為自己害她必須忍耐，或以為她是為了你才這麼說？」

「……剛開始確實是這麼想的，但現在漸漸覺得不是那樣。」

現在的劉輝只要閉上眼睛，就能感覺到背上或腿上傳來的秀麗重量與溫度。

和每天緊握的手一樣，半個秀麗融入自己之中。

劉輝能做的只有剪花帶回去，她卻說這樣就夠了。現在，不管她說什麼劉輝都不再懷疑。

不是不想要，而是想要的一切都已在這裡。

真的嗎，真的嗎……每次一這麼想，劉輝的心就會逐漸產生變化。內心那個空洞被仔細地修補，慢慢變小了。

「我原本還以為，你們結婚之後會成為一對一天到晚吵架的夫妻。」

「嗯……其實孤也以為自己一定每天都會為了什麼被罵。」

「不過，我從來沒看過你們爭吵。一次都沒有。」

不再像年輕時那樣為了堅持己見而煩惱。看到不知該如何珍惜，有時顯得困惑的國王，王妃總是主動靠過來，牽起他的手。感覺就像彼此身上凹凸不平的地方，好不容易終於緊密嵌合了。原本是兩個完全不同的個體，隨著時間慢慢磨合，填補彼此之間的縫隙，削下多餘的部分，現在已經沒有絲毫不足。

明明處於如此溫柔的幸福之中。

……國王卻每天晚上頂著一副陰沉的表情，獨自一人來到祠堂。

『要選擇王妃還是孩子，差不多到了不做決定不行的時候了——』

醫官不只這麼告訴國王，同樣的話也告訴了絳攸。絳攸氣得差點動手揍他。這種話怎麼不先來告訴我！就算你不說國王也全都明白啊！好久沒有這樣破口大罵了。

祠堂裡點著長明燈，國王就坐在祭壇上，消沉而不知所措。

絳攸很明白他的心情。遇到黎深與百合後，他也獲得絕不願放棄的幸福，這樣的絳攸很明白劉輝的心情。知道失去一度獲得的東西時會有多麼難以置信，又是多麼絕望。

所以絳攸只是淡淡地對國王說：

「……你沒有必要對王妃說什麼。讓我來說。只要是為了你，我也可以去說服她。不管幾次。為了不讓你再聽到沒必要聽的話，我會為你阻斷周遭的雜音。」

斬釘截鐵，毫不猶豫，堅定得近乎冷淡。甚至感受不到一絲對秀麗與邵可的情份。劉輝想，這是第一次聽到絳攸用這種語氣說話。

「只要是你的願望，我都會去替你實現。即使做不到悠舜大人那麼完美。」

劉輝低下頭，輕聲回應：

「……萬一……孤的願望……是錯誤的呢？」

「之後我們會替你想辦法解決。在真的釀成大錯之前一定會補救，如果真的不能補救，那就一起負起責任。」

絳攸很直率，不說「你不會犯錯」之類空泛的話，劉輝喜歡他這一點。

風吹進祠堂，四朵燭花忽大忽小地搖曳。

……不過，劉輝這次無論如何都不想犯錯。

對認為自己一直做出錯誤選擇的劉輝而言，只有對秀麗絕對不願意犯錯。小心翼翼，甚至已經到了膽小的地步，真的一直是如此。

一個人不斷思考答案，眼前卻是一片漆黑，看不到希望之光。

遠方傳來聲音。

『請別哭泣，陛下……即使沒有我，你也會沒事的。』

是悠舜說的話。同時……劉輝想起秀麗令人費解的口頭禪。

『不要緊，我不會不見的。』

完全相反的兩句話，不知為何於此時同時浮現腦海。

你沒事的。不要緊。

可是失去悠舜之後，劉輝一點也不認為自己「沒事」，到現在依然不知所措。失去秀麗之後的世界又將如何「不要緊」，他也毫無頭緒。

秀麗的話只說到這裡，悠舜的話卻還有下文。

『請你一定要好好地往前走，別畏懼……』

仙人一般的悠舜。如果是他，會如何解釋秀麗說的話？

別畏懼，往前走。

這答案是不是正確，劉輝也不確定。可是，如果只能實現一個願望……他想為心愛的人實現願望。這是劉輝的選擇。

「絳攸……請你實現願望……不是孤的，是王妃的願望……秀麗怎麼希望，你就怎麼做……一切按照她希望的去安排……」

滋滋。燭火搖曳，發出燃燒燭油的聲音。絳攸的答案簡潔有力。

「明白了，陛下。」

劉輝忽然心頭一驚，望向絳攸，那個剎那，絳攸看起來好像悠舜。

好久好久以前悠舜對劉輝說過，有些景色只有繞遠路時才看得見。只要是你思考後做出的選擇，那就無所謂。這麼說著，無論劉輝犯錯多少次，悠舜都會為他找出別條路。不管劉輝犯下什麼錯，悠舜還是說他會想辦法。剛才絳攸說的話，第一次令他想起悠舜。

「絳攸……」

「我是你的宰相，雖然和葵宰相比起來還是個菜鳥……」

絳攸伸出手，放在劉輝頭上。他已經好久沒這麼做了。

「每次你來這裡，都會露出贖罪的表情，好像認為自己對悠舜大人做出很離譜的錯事。」

「…………」

我好羡慕。絳攸接著這麼說，聽得劉輝瞠目結舌。

「你不會知道，那麼受到國王需要的宰相有多幸福。你永遠不會知道。這是只有我們當臣子的人才會明白的事。悠舜大人絕對不會去做自己討厭做的事，他就是這種人。同樣當上宰相之後，我才發現……在你身邊，被你所需，對悠舜大人而言是多麼重要的一件事。」

『直到人生的最後一刻，我還能被你所需，對我而言是非常高興的事。』

當時的劉輝曾以為那是謊言。認為自己造成了悠舜的不幸。

「拒絕換個地方療養的人是悠舜大人自己。我不認為那完全是為了你……當今王妃和當時的悠舜大人有些相像的地方。那種無法說服的頑固個性……儘管我無法連王妃內心的想法都弄懂，但我至少明白宰相的心情。」

絳攸一邊從掌心底下感受國王頭頂傳來的後悔與心痛，一邊將自己的想法告訴他。

他是在什麼樣的心情下，才會要求自己為王妃實現所有願望？

連臨終的一刻都被國王所需的悠舜。絳攸現在打從心底嫉妒他。

「如果你以為自己造成了悠舜大人的不幸，那就錯了。現在的我敢肯定地這麼說。換成是我……那是打從心底求之不得的事。總有一天，我也想走到那裡。」

劉輝仰望絳攸。過了一會兒，從花束裡抽出另外一朵花，再次遞給絳攸。彷彿遞出的是自己的心。

作成壓花書籤吧。絳攸心想。拿著增加為兩朵的花，絳攸將手從劉輝頭上拿開。

然而國王卻拉住他的手，像是祈求他留步。雖然有點驚訝，絳攸仍回應地握住他的手，並將他拉起來。

這麼一拉，劉輝只得不情願地站起身。身體原本沉重得像在祭壇上生了根，根本不想站起來的。不過，現在總算能站起來了。

「還有，你也該對彼岸花親切一點。」

「……不要，孤還要討厭那花一陣子。不過，孤可以考慮考慮……三十年後再說吧。」

劉輝不悅地說。「這樣啊。」絳攸輕聲笑了。

『絳攸大人，可以拜託你一件事嗎？如果看到那人獨自坐在哪，請你一定要陪在他身邊，直到他站起來。請你抓住他的手，拉他站起來。這麼一來，那人一定就沒事了。』

❖❖❖

忘了從何時起，絳攸察覺自己與國王之間的距離。

覺得國王變得有點怪，某天這麼對秀麗抱怨，秀麗卻回答她不那麼認為。

絳攸無法認同。

悠舜死去之後，絳攸才清楚察覺自己與國王之間的歧異。

悠舜過世時，秀麗因為工作緣故遠離貴陽，比絳攸、楸瑛及靜蘭還晚抵達貴陽城。當時三人正為國王不肯離開悠舜靈柩的事傷透腦筋，秀麗的歸來令絳攸大呼感謝老天，立刻帶著秀麗前往祠堂。

沒記錯的話，那是天亮前的事。

一到祠堂，門就從裡面打了開。接著，那個坐在靈柩邊流淚，堅決不肯離開的頑強國王，竟一個人從門裡搖搖晃晃地走出來。一臉迷途稚子的表情，茫然地東張西望，像在找尋剛才從祠堂裡離開的誰。

國王找的到底是誰，直到現在絳攸仍不知道。只知道當國王看到趕來的秀麗時顯得非常驚訝，然後伸出手，一把抓過她抱住。

那時，絳攸才真的第一次察覺國王的悲傷與失落有多深。

失去了重要的事物，他有多麼希望誰能來為他彌補，為他支撐。

然而，直到秀麗回來為止，國王什麼都沒有。明明絳攸等人就在他身邊。

自顧自地對他失去耐性，丟著國王一個人待在深夜的祠堂裡也置之不理，任憑他孤單地坐在那裡，連等他站起來的耐心都不願付出。絳攸對這樣的自己，打從內心感到丟臉。

秀麗說，他不可能改變。

那異常坦率，毫無隱瞞，宛如一張白紙的國王。這一兩年絳攸才開始覺得，是他自己一一填補了空白，找回自己真正的模樣。

可是，國王好像有點不願意展現那樣的自己。

不知從何時起，國王在身旁豎起了一個小屏風。讓他這麼做的人是自己和楸瑛、靜蘭嗎？

絳攸一個人思考了很久，決定再次去找秀麗。

『沒問題的唷，絳攸大人。』

秀麗嘻嘻笑著說。

那年春天，就在絳攸接任宰相不久前，秀麗成為了王妃。

『請就這樣不要離開他。劉輝一定是希望自己可以不要對絳攸大人你們耍任性，他想在你們面前做個好孩子啦。因為他認為自己一定要這樣才行。不過，這不是很正常的事嗎？誰都希望重視的人能喜歡自己啊。』

『……可是以前不是這樣的，不管什麼事，國王都會跟我們之中的誰說，現在他卻把話藏在心裡，不太願意說了。以前對妳也會提出很多任性要求，現在也都沒有了。』

然而，和絳攸不同，秀麗胸有成竹到了不可思議的地步。

她曾說不認為劉輝會變，這或許是絳攸來找她的原因。

『是啊，他好像覺得自己犯錯了。或許還因此而恐懼吧。』

『……嗯？』

『他認為是自己說了太多自私的話，才會失去那麼重要的悠舜大人。雖然……我覺得他應該搞錯了。』

『……………』

『絳攸大人……我之前也這樣想過。或許是下意識的吧。如果按照劉輝的要求把一切都給他，似乎會犯下很大的錯誤。懷疑那樣是否正確。我一直不明白那麼做到底是對還是錯……不過，有一天我突然發現，不管給他再多，我也不會因此失去什麼啊。現在的我，已經沒問題了。』

絳攸望向秀麗。

『我和劉輝都各自走在自己的道路上，有時也會拖著腳步走不快，但現在終於走到這裡……好幾次以為不行了，然而，或許走著走著也在不知不覺中變得堅強。從前不確定的、感到不安的、害怕的、認為一定不行的事與找不到答案的事……不管今後發生什麼，我全部都能接受了。現在的我這麼想。』

秀麗看著外面的櫻花，絳攸也跟著望過去。

絳攸第一次見到那傳說中的昏君時，也在這個季節。

『……絳攸大人也是這麼想，才會來找我的，不是嗎？』

『……真搞不清楚到底誰的年紀比較大……』

被她說中了，絳攸只得苦笑。

現在已能全部接受，國王的全部。

『是啊，年紀漸長，到了現在，以前看不到的東西也能一點一點看清了。好不容易也明白那傢伙為什麼會為了各種事情一個人驚慌失措了。接下宰相的職位，現在的我無論發生任何事都會陪在他身邊。雖然無法做得像悠舜大人一樣好，但我也會去實現，只要是他希望的事……』

秀麗的目光從櫻花樹轉向絳攸，笑著點點頭，像是沒有比這更高興的事。

實現他所有的希望。沒錯，現在一定能這麼做了。為他填補那顆寂寞空洞的心，用我們自己的方法。不管給他再多，自己也不會失去什麼。

『想給他什麼時，他看在我眼裡也驚慌失措起來，像是想逃離似的……』

『因為他不想失去啊。不想像失去悠舜大人那樣失去絳攸大人。對他來說，你非常重要。』

『……妳呢？』

絳攸反問。脫下官員的朝服，換上王妃的禮服，一天比一天不一樣的她。

不斷不斷地向前衝，這十年來秀麗如何追逐夢想與現實，絳攸很清楚。

身為官員，這就是至今的她。然而不可思議的是，絳攸完全不認為現在的她失去了什麼或放棄了什麼。也不是因為朱鸞國試合格的緣故。

秀麗促狹地歪著頭，用還在第一線衝刺時，想完成所有任務的犀利目光。

『我什麼都沒有放棄喔。如果有想要的東西，不管在哪都會去。只是現在我想要的東西在後宮罷了。實現了這個願望後，我就會再去實現下一個願望。』

是。

因為是秀麗，肯定真的會這麼做。無論有多少困難等著她，她都不會放棄，將願望實現。今後也

對絳攸而言，或許無法在國王犯錯之前導正回完美的程度。無法做到像秀麗或悠舜那樣。秀麗的出嫁是不是一件正確的事，他也還是不知道。恐怕除了她自己之外誰都沒有答案。今後國王身邊還會發生許多這類問題吧，到時候，自己至少能在他身邊支撐他。

如果是現在的自己。

最後，絳攸提出一個問題。關於那不知何時拉開的距離。

『……為他付出……妳認為可以嗎？』

可以拉近那段空白嗎？由絳攸主動這麼做也可以嗎？無論得花上多少時間，絳攸都想這麼做。自從從他知道人在痛苦時會想獨處之後。

……她之所以會想嫁，一定是因為想擁抱有同樣想法的國王吧。

秀麗微微一笑。

『你應該知道吧？正因為擁有的不夠，所以那個人總是一臉寂寞。請盡量給他吧。愈多愈好。多到他哭泣的地步。不管給予多少，自己都不會失去任何東西。』

間章・璃櫻皇子

耳邊傳來輕微低沉的搖籃曲。進入春天後一直聽得見，她的歌聲從未歇止。

璃櫻一手端著御膳，循著歌聲穿過後宮幾許門扉，鑽過幾重香紗。

王妃昔日常彈奏的二胡聲，如今已難得響起。好久沒能欣賞了。不過，現在璃櫻更喜歡這不知從何處傳來的溫柔歌聲。

最底的一扇門為璃櫻打開，裡面的宮女們一看到璃櫻，什麼也不說地低著頭一一離開。這麼一來，璃櫻才總算鬆了一口氣。即使已經當了這麼多年皇子，他依然無法視這樣的生活為理所當然。

走進房內，將端著的御膳放在平常那張黑漆桌上。

靠在桌邊，雙手抱胸，璃櫻看著獨自留在房內的那個人。

「入秋後，妳看起來好像比較舒服了，王妃。今天的臉色不難看，歌聲也不像夏天那樣斷斷續續了。」

此時歌聲才終於暫停，取而代之的是嘻嘻的笑聲。

「我做了好多嶄新的搖籃曲呢。滾來滾去好想吐又好熱，什麼都吃不下的時候，幸好有璃櫻的藥，那真的很有效。不過，你這麼常從紫州府跑回來真的沒問題嗎……為什麼瞪我？」

儘管嫁為人婦，這位王妃還是驚人地一點都沒變。就算從官服換成王妃的打扮，她也完全不戴飾品，只選擇必要程度的服裝。畏縮時的表情和十幾歲時沒兩樣，明明住在豪華的後宮裡，看起來就像住在璃櫻不時造訪的邵可破宅中。

不過，也不是完全沒有不同。飄進秋風，陽光從樹葉間灑落的窗邊，王妃坐在大大大小美麗的絹枕裡，整個人看起來比嫁入宮中前小了許多。

「……就算藥吃完了，妳也不寫信跟我說啊。好幾次因為暑氣而昏倒，身體狀況惡化到動彈不得，也不讓我知道。」

「我才不想在你那麼忙的時候把你從紫州叫過來呢。哪有這麼沒用的媽。」

「…………」

璃櫻毫不容情地拿起放在桌上的小藥壺，一如往常開始調藥。大概聞到怎麼也難以避免的氣味了吧，王妃發出哀號。

「唔，是最難吃的那種藥。那個宮女們都不想打開的小藥壺，不是只有在身體狀況最差的時候才派上用場嗎？為什麼今天你一來就這麼壞心？」

「我會用水調淡，請捏緊鼻子一口氣喝下去。」

將調好的藥湯端到窗邊，秀麗心不甘情不願地接過。看在現在的璃櫻眼中，那隻手真的非常小。

有時璃櫻會產生自己不知何時一口氣長大了的錯覺，感覺很奇妙。事實上，身高超越王妃早已是好久以前的事了。

王妃真的捏住鼻子，吆喝一聲，將藥湯一口喝光。三秒後，約莫是嗆鼻的氣味真的太臭了，開始滴滴答答流下眼淚。璃櫻確實故意選了苦得要死的藥草，不過這種藥也真的很有效。今天她一定能感覺舒服許多。

「話說回來，紫州州牧一天到晚跑回後宮照顧我，外面一定流傳了很多過分謠言了吧？」

王妃捏著鼻子一邊仰頭，一邊還在抽搭哭泣。

璃櫻想著該如何回答，伸出手指為她拭淚。

「……嗯……是啊……」

「我就知道！紫州官員們是不是抱怨我這不中用的王妃，害得他們的上司無法好好工作，導致工作多得做不完？就算人家這樣講，我也無法否認了不是嗎！」

什麼嘛，原來她擔心的是這個。璃櫻心想，看來王妃根本想都沒想過會有另一方面的謠言。

王妃睜開眼，正好看到頭上的璃櫻露出奇怪的表情。

「……怎麼，璃櫻，你那表情是怎麼回事？還有其他的嗎？」

「……嗯……說妳肚子裡的孩子其實是我的……之類的。」原本很想不顧一切這麼說，看看她有什麼反應，最後硬是忍住了。要是聽了這種話，難保秀麗不會嚷著「害我兒子娶不到老婆怎麼辦！」

下令禁止自己再次進宮。那樣才真是傷腦筋。

事實上，當璃櫻自己聽到那種謠言時，也只是摸摸後頸，不知該做何反應。

「……別這麼擔心，就算我來這裡也沒有疏忽工作。王妃自己才是有名的工作中毒患者吧？」

「你不稱呼我義母啊？」

王妃嘻嘻竊笑，璃櫻從那消瘦變細的手上抽走藥碗，低聲說：

「其他女性就算了，我應該說過……我不會稱呼妳義母的。」

「是啊，畢竟我十七歲就認識你了。呵呵，你都已經長成這麼一個美青年了。那邊有好多人託我交給你的情書，記得帶走喔。」

「那太麻煩了，我不要。繼續放著吧，下次可以拿來烤番薯，冬天可以烤麻糬。」

「我才不要吃那麼冷淡的烤番薯咧！你跟你爸一點都不像，從前的劉輝可是夜夜笙歌，玩到被說性好男色呢——難怪宮女們都在傳你跟劉輝是不是有什麼……」

竟然是這方面的謠言！手裡的藥碗差點打破。

「——那信是誰給我的？我現在馬上殺了她或解僱。」

「哎呀哎呀，啊哈哈哈，開玩笑的啦。啊對了，這個你可以帶走吧。」

秀麗將放在腿上的上衣交給璃櫻。璃櫻有些意外。

原本看到男裝，還以為是國王的衣物，仔細一看才發現是自己的上衣。這麼說來，那確實是有天乘馬時扯破了，拜託宮女丟掉的衣服。現在已經縫補得完全看不出破綻，還用熨斗燙得整整齊齊，彷彿一件新衣。

「如果不要的話，我就跟那些情書放在一起。不好意思啊，我這老毛病改不掉。」

絹枕裡，放著一小套裁縫工具。

璃櫻接過上衣，心想一定還有其他東西是王妃利用空閒時間默默修好的……等一下去一趟皇子宮看看吧。

「……這件我帶回去。不過，生產後絕對不可使用針線喔，答應我。」

「是是是，會弄壞眼睛對吧？你的生產知識都要比我豐富了……對了，凜大人託我傳話給璃櫻，她說什麼時候都可以，請你和絳攸大人找時間和她碰面。不過和工作無關，所以不急。」

「和李宰相一起？會是什麼事呢……不過，最近或許有困難。從秋天到新年，無論地方或中央都很忙……可能要等過完年了，我會寫信跟她說。」

「這樣好。凜大人是工部尚書，一定也一樣很忙。」

王妃托著下巴，望向窗外，瞇起眼睛看著有如燃燒一般的紅葉。

「……長大成人後，一年過得好快……十幾歲的時候，總覺得一年好漫長。沒想到會在這邊過秋天。」

叮鈴……王妃髮上的金步搖發出清脆的鈴鐺聲。璃櫻也站過去，望向同一片風景。

嫁入宮中，第一次由璃櫻帶她到這間房間來時，她低聲感嘆了一句「好懷念」。懷念？還有一次，璃櫻似乎聽到一位資深宮女稱她為「紅貴妃」。

成為官員之前的王妃與國王那段自己所不知道的空白，只要找人問，或許能知道一些什麼……也不知為何，璃櫻不太想深入探究，一直沒有問。

「……用餐嗎？聽說早上妳剩了很多沒吃完？」

「璃櫻帶來的我要吃。全部都要吃。劉輝就快來了，等他來我就吃。在那之前得讓你等一下了。璃櫻做的飯雖是藥膳，可是卻很美味，一定充滿感情吧。」

「大概吧。」

璃櫻把椅子拉到王妃身旁，拿著和御膳一起帶來的書坐下。已經很習慣在國王來之前像這樣陪伴王妃了。

「……好認真喔……難怪有些年輕宮女說你有時會散發殺氣……」

王妃身旁散亂各種雜物，有針線，有碎布，有寫到一半的東西，有文件，還有書本、書本、書本……璃櫻裝作讀書的樣子，一旁的王妃則寫起書法。她寫了一句「漂亮話背後都有鬼」，然後自言自語地叨念：「我怎麼都想不起來，到底是誰給了我黃金五百兩……」說到一半，又像想起不能打擾義子讀書似的跳起來摀住嘴巴。手上的書只是為了不讓酷愛工作的王妃把自己趕回去的擋箭牌，不過，她可能一百年之後才會發現這件事吧。

秋日窗邊，側耳傾聽王妃髮簪發出的輕微聲響。璃櫻很喜歡像這樣與她獨處的時光，總是令他想起懷念的從前。

「有時會覺得，這麼輕鬆真的可以嗎。」

璃櫻丟開攤開的書，低頭朝王妃望去：

「有時候？」

「有時候。」

「……妳也成長了許多嘛。」

想起從前，璃櫻吃吃笑了起來。

「以前的妳是那種『不全部自己親手做就不甘心』的人。」

「或、或許吧，不要提那麼久以前的事了啦——」

「所以，第一次煮餐給妳吃的時候，看到妳坦然接受又吃得那麼開心的樣子，我還真是嚇到了。以為煮個兩三次妳就會說『夠了』，結果也沒有。」

每次煮了御膳來，王妃都很開心，也會全部吃光光。那些璃櫻猶豫著該不該展現的好意，她都微笑而珍惜地接受了。

「……那真的讓我很高興。因為妳總是什麼都要靠自己，幾乎不允許別人照顧妳。不管多忙，也不向人求助……」

可是，自從嫁入宮中後，她就不再像過去那樣了。

璃櫻凝視王妃渾圓的腹部。懷了孩子之後，她變得不太吃得下東西，從夏天起，體重只增加了一點點。即使如此，身體曲線確實很女性化，腹部也已隆起。

……璃櫻不懂，該怎麼做才好，或許誰都不懂。

除了她自己之外。璃櫻低聲說給自己聽。

「這孩子……讓一直活得急匆匆的妳，獲得一整年休養生息的機會呢，現在我這麼想。」

王妃微笑。從春天起一直看著她到現在，隨著季節的更迭，她愈來愈美了。

比十幾歲的時候更美。但又和「母性」不太一樣。

「……你說了很棒的話呢，璃櫻……讓你擔心了，真抱歉。」

璃櫻沒有回應。因為知道……她指的是什麼。

「……誰教妳總是東奔西跑，完全靜不下來。」

「……嗚嗚……不是我不想靜下來，就是靜不下來嘛。」

「現在的妳不會離開後宮，真讓人鬆一口氣。只要來這裡，絕對能見到妳，不是嗎？所以妳過去的部下、朋友和認識的官員們，才會一直跑來找妳。我也是……大家都很高興啊。妳乖乖聽話，也肯接受別人的照顧了，和以前不一樣。」

「……我、我知道你想說什麼啦……」

她摩挲隆起的腹部，大概是下意識的習慣了吧。到現在，還沒有摸過她肚子的人，大概……只剩國王和自己了。

璃櫻終於忍不住嘆氣。為自己、還有國王。雙腿交疊，眼神望向窗外的紅葉。

「……其實我……本來有點擔心妳嫁過來之後，國王會不會一下吵著要妳做飯，一下吵著要妳拉二胡。」

從前璃櫻認識的那個國王，總是纏著王妃要她做這個做那個，可是。

「我嚇了一跳呢，他連一次都沒說那些話，反而還幫妳穿脫鞋子。」

「……你看到了？可、可不是我要求他那麼做的喔。自從肚子大了之後很難彎身蹲下，自己沒辦法穿脫鞋子呢。我只這麼說了一次，隔天他就開始幫我穿……那個啊，還真的挺享受呢……有點開心。」

如果是從前的她，一定會堅持自己穿。不過現在的她只露出一臉沒想到會這麼幸福的笑容。就和吃到璃櫻做的御膳時一樣。

「……妳剛才說這麼輕鬆真的可以嗎。」璃櫻裝作若無其事的樣子說：「可以啊。」

王妃嫁入後宮後，從前國王偶爾展現的搖搖欲墜與危險氣息，瞬間完全不再出現。國王雖然認為這是王妃的功勞，就璃櫻看來，其實是國王自己填補了自己內心的空洞。每當他為王妃付出一點什麼，自身就會減少一絲危險氣息，變得更幸福。有時，國王會為那幸福感到困惑，或是停下腳步。然而，儘管有所憂慮，卻沒有陰霾。

兩人攜手一點一滴累積起平凡的幸福，從春天到夏天……

國王剪花，王妃收下，這些明明都是非常日常的舉動，直到現在，璃櫻不經意看見時，內心還是會出現莫名的感傷。對於和春天時沒有兩樣的兩人。

「對現在的國王來說，與其從妳身上得到什麼，不如對妳付出更重要。他自己好像完全沒發現這一點就是了。妳只要保持沉默，周遭的事物還是會擅自變得幸福。」

「……是啊，不過，你不覺得這樣說對無法保持沉默的我很失禮嗎……？」

「沒關係啦，反正誰都不認為妳會一直像現在這樣乖乖的……頂多就是這一年而已嘛，有什麼關係。就讓我……讓我們享受這一年吧。」

低聲這麼嘟囔，王妃倒是笑了，「好啦好啦」，她這麼回答。

若是從前，璃櫻或許會認為她根本沒聽懂。不過，現在的她，或許比璃櫻更對一切了然於胸。

「說起來人生還真是不可思議……我竟然會生下你的弟弟或妹妹。要是十七歲的我聽到這件事，絕對無法理解到底發生了什麼事。嗳，你覺得會是哪個？」

「……弟弟。這麼一來我就不用繼承皇位，也可以脫離被你們拖下水的人生了，弟弟好。」

「拖下水……抱、抱歉喔。整個朝廷都在用念力希望我生下女兒吧……要是我生下男孩就更成了他們的眼中釘啦……不要瞪我。我知道比起成為國王，你更想成為國王的輔佐。你希望成為像悠舜大人那樣的人吧？」

璃櫻為之語塞……明明沒有對任何人說過，為什麼她就是知道。

秋風從窗外吹進來，王妃頭上的金步搖叮鈴作響，她淡淡地說：

「沒問題，你可以的。再說，是男是女根本不是問題，這可是我的孩子耶，想要的東西一定會自己去獲取。」

是男是女根本不是問題。這句話道盡了王妃的一生。

璃櫻第一次提起關於她肚子裡孩子的事。

「如果是妹妹，應該會像妳吧……」

「哎呀，說不定是像劉輝的女孩啊。」

「……要是有個那麼沒用愛撒嬌又愛亂拜託人的妹妹一定超麻煩，我絕對不要……」

「劉輝在璃櫻心目中的形象到底是……真搞不懂。不過我大概明白你的意思……總之，性別就暫且保密吧。」

王妃露出惡作劇的表情，好像她真的已經知道孩子的性別。

「……想想我和這孩子都是託了你外公的福才有今天。你要多多向這孩子炫耀你的外公喔。告訴孩子各種關於他的事，無論這孩子是弟弟還是妹妹。拜託你囉，璃櫻。」

璃櫻沒有回答。王妃這時的話，聽起來就像在交待身後事。

門外傳來國王的腳步聲。

璃櫻從椅子上起身，走向坐在絹枕裡的王妃，在她嬌小的膝頭鋪了一條手巾。王妃不解地歪頭，璃櫻彎下腰，拿下掛在腰間的束口袋，開口朝下倒。

王妃睜圓了雙眼，很快地嚇了一跳。從袋中滾落她膝頭的是色彩繽紛的紅黃落葉、銀杏、橡實、松果與栗子。

「你帶秋天來給我了……嗯？好濃的梨子香氣……？」

「應該是這個像樹枝的東西。這東西叫玄圃梨，是管飛翔告訴我的。已經洗過了，可以直接吃。」

璃櫻遞出那根小樹枝，見秀麗想伸手接，乾脆塞進她嘴裡。

王妃狠狠瞪了他一眼。

「這種事請對你珍惜的戀人做……唔嗯，哎呀，真的是梨子。匪夷所思。」

「妳是值得珍惜的女人啊。那我要回紫州府了。」

「又一臉認真說這種話……謝謝你來。只要是你或劉輝在這的時候，大家都會避免來露臉，我也樂得悠哉……要不然，我都要懷疑以前那些部下是不是忘了我是王妃，不分早晚地跑過來……所以說，拜你之賜，我才得以安靜休養。你就是因為知道這點才來的吧？」

得意地呵呵一笑，璃櫻聳聳肩：「算是說對了一半。」

關上門時，耳邊傳來唱著搖籃曲的低沉溫柔歌聲。

不知從何時起，起霧的早晨與美麗的夜晚，璃櫻耳邊都會響起王妃的歌聲。國王每天聽著這歌，歌聲一定早就縈繞在他耳邊不去了吧。

不經意地，璃櫻思考起王妃為誰不斷唱這歌。可以說是為肚子裡的孩子，也可以說是唱給自己聽。或者……她是為國王而唱。

隨著國王的腳步聲接近，花香也愈濃。

國王剪下的秋天的花，很快就要裝飾在王妃的房間裡。

璃櫻朝與花香相反的方向輕輕跨出腳步。

穿過幾重宮門與香紗，走到滿眼紅葉的庭院。聽見鳥拍著翅膀，停在一棵樫樹上的聲音。

仰頭一看，那是一隻比黑更黑的烏鴉，閉著眼睛停在樹梢。

烏鴉背後是遼闊高遠的秋日天空。璃櫻移開視線。這陣子的他，連白天都不太仰望天空了。夜晚星星出來時，更是看也不看。

——拜託你囉，璃櫻。

……她的星象將迎向什麼樣的結局，璃櫻已經不想再看。

冬

秋天快步走過，國王剪花的庭園在銀杏與楓葉掉下最後一片葉子後也改變了風貌。

那天晚上，劉輝獨自來到六角涼亭，一人彈起了琴中琴。與其說是彈琴，不如說只是撥弄琴弦，發出不成調的聲音。劉輝能好好彈奏的曲子單單用一隻手就能數得出來，大多時候只能說是隨性撥弦罷了。

劉輝停下手指，撫摸琴身。

這把琴原本壞得只能丟掉，是劉輝千萬拜託樂官才修好的。在這之前，劉輝沒有固定使用的琴中琴，修好後，他就只彈這把琴了。這是去年秋天旺季從涼亭消失後，落下的那把古老的琴中琴。直到現在，當時聽見的那首最後的《蒼遙姬》仍在劉輝腦中迴盪。

仰望夜空，象徵秋冬更迭的星座發出凍結般的星光。

劉輝呼出一口白霧，秋天一結束，預產月的冬天就要來了……

還有兩、三個月就要臨盆的秀麗，肚子愈來愈大了。然而，她還是一樣吃得很少，體重也沒怎麼增加。

看在劉輝眼中，只覺得她的體力和精氣正在不斷被腹中孩子奪走，心情非常複雜。在關心秀麗身體狀況時，總懷疑起自己的真心。這負面的想法也令他感到心虛。隨著時間的過去，劉輝愈來愈討厭自己，像是每天都得被迫想起自己是個瑕疵品的事實。

甩甩頭，繼續彈奏未完的曲調。然而，音準不對了。歪著頭試著撥弄另一根琴弦，音準還是全都不對。

「……應該是這個音吧？」

忽然有個人從背後伸出手，彈撥了正確的那根弦。劉輝抬起頭，是楸瑛。

「楸瑛，你會彈琴啊？」

「雖然沒有璃櫻皇子彈得那麼好，好歹我也是出身名門的少爺，小時候琴棋書畫都學會一輪了。抱歉，我是不是多管閒事了？」

六角涼亭裡每根柱子都設有燭台，不過劉輝只點了其中三盞。這時，楸瑛將剩下三盞也點亮，熊熊燃燒的燭火被秋風吹得呼呼作響。

「你竟然找得到孤。」

「每年這個時期，你都會來到這裡一個人彈琴不是嗎？」

劉輝很驚訝，原以為這件事不為人知。

從前從前，劉輝曾經循著琴聲尋找，最後和旺季一起奔馳在雪夜的燈籠道上。

旺季辭官那年起，每到晚秋，劉輝就會來到這座六角涼亭，因為想要獨處，離開自己房間時只會帶上一把琴。

楸瑛歉疚地道出真相。

「……其實我是這幾年才察覺的。」

聞言，劉輝更是震撼。這麼說來，這幾年獨自來彈琴的事，楸瑛早就知道了。

（……自從他和迅一起追查孫陵王下落後，實力就異常提昇……但沒想到現在連他的氣息都感覺不到了……！是因為孤老是在彈琴的緣故嗎？）

明天該重拾許久沒練的劍術了。劉輝微微顫抖，老實說內心有點受傷。

「……剛才那是王妃常唱的搖籃曲吧。」

「嗯？……喔，對耶，你這麼一說我才發現。不知不覺就彈了起來。學琴學了這麼久，孤到現在還是彈不好。」

「……是啊，這我不否認。畢竟陛下您與其說是去學琴，不如說是去聽璃櫻皇子彈琴的吧……剛才我也只覺得這曲子好像在哪聽過，又無法確定，想了好久才想起來，原來是王妃常唱的搖籃曲……」

國王頭腦和音感都不錯，只是聽過的歌也能彈出七八分。不過，聽在楸瑛這種擅長琴藝的人耳中，頂多是「比龍蓮好多了」而已。

「不過，有一次你不是在半夜彈奏了曲子嗎，是我從來沒聽過的，旋律很柔和的曲子……那天晚上秀麗大人還驚訝得拍手了……啊！」

「嗯嗯？你怎麼會知道此事？難道你又像從前那樣每晚跑來後宮和宮女鬼混了嗎？孤要去跟珠翠說。」

「不是的不是的請不要這麼做！那天我負責站夜哨啦。」

「……羽林大將軍搶後宮衛士的工作？孤怎麼不知道這事？」

「有、有什麼關係嘛。就算是大將軍也是近衛的一份子啊。我的工作可不只是在國王和王妃身邊走來走去，也不只有在大冬天裡把部下踢進河裡好嗎！」

事實上，不只楸瑛，靜蘭也經常搶基層衛士的工作。要是有人敢告密一定會很慘，所以從來沒人敢說。

「話說回來，那首曲子你又是在哪學的？我還以為應該沒有自己沒聽過的曲子呢。」

劉輝在回答之前，先撫琴彈了一曲。那是小時候剛開始學琴時，當作練習曲的簡單樂曲。聽完之後，這次輪到楸瑛一臉認真地拍手了。竟然連一個音都沒有走調。只有這首樂曲是劉輝能正確彈奏的曲子，這也是唯一「向人學來」的曲子。蝗災前夜，造訪旺季宅邸時，旺季教他彈的簡單樂曲。那時，旺季也為劉輝拍手了。

「孤能完整彈好的，除了這首之外，就是楸瑛剛才問的那首了。那首曲子，孤也請樂官找過琴譜，不過怎麼也找不到一樣的……所以楸瑛沒聽過也是理所當然的事。看來，那是出於某人的即興創作。」

「嗯？誰啊？」

劉輝只是「嗯」了一聲。

指點劉輝彈琴後，旺季彈奏了搖籃曲。小時候，劉輝一個人在後宮徘徊時，總會聽見某處響起相同的旋律。在得知沒有這首樂曲之後，只能從記憶中摸索，自己寫下琴譜。為了彈好這首樂曲，反覆不斷地練習。

「……對孤來說，這是回憶中的樂曲。孤只要能彈好這兩首就夠了。再說，別的曲子就算記住了，一定也會馬上忘記……」

這就是他愛什麼的方式吧。楸瑛感到一陣揪心。

對王妃的愛也是這樣。還有其他少數他心愛的人事物，總是如此專情以待。

只要得到那樣東西，其他什麼都不要了。

「……王妃的狀況如何？」

「夏天過後就不再整天抱著嘔吐桶，現在和官員們一起找到新的樂子，和他們一起玩那個，每天還是過得很悠哉。」

「……這些年輕官員膽子真大，秀麗過去可是『官員殺手』啊……都是些什麼人？」

「唔嗯，為了討王妃開心，碰巧有次一個菜鳥官員表演了腹語術，結果被秀麗批評得焦頭爛額。沒想到那傢伙反而因此振奮，捲土重來。於是，眾人就開始挑戰搞笑啦，宴會遊興的小調啦，各自拿出看家本領，就為了從秀麗口中得到滿分評價。連老鳥官員都練習起擅長的相聲，準備挑戰。還允許匿名參加。為了不讓他們荒廢本業，年輕官員得先通過筆試才能參加挑戰。這是秀麗想出來的，考不及格的人連進她房間都不許。筆試內容是公認地難，有的挑戰者光是在筆試就被刷下，只能摸摸鼻子回家。」

「筆試啊……這麼嚴格……不愧是秀麗大人……」

夜風吹得劉輝背脊發涼。秀麗經常靠在他背上思考筆試內容，經常帶著惡作劇的笑容就這麼睡著了。所以最近劉輝很少覺得背後發涼。這種時候，劉輝總被一股不可思議的感覺包圍。這種感覺以前也有過，只是似乎隨著時間的流逝愈來愈強烈……

感覺到楸瑛的視線，轉過頭看時，這位大將軍正低聲嘀咕「真不敢相信」。

「……和以前不一樣，嫁入後宮的秀麗大人真的完全不生氣。就連陛下你為秀麗大人做這個做那個她也不拒絕……和以前完全相反。秀麗大人飯吃不完，只要你拿湯匙餵她就可以全部吃光吧？」

明明臉上在笑，或許因為燭光陰影投射的關係，楸瑛的表情看起來好悲傷。

「嗯，看到她像小鳥一樣啄食的樣子會很開心，好可愛。」

劉輝每多為秀麗做一件什麼事，就能感覺到自己的內心又更開朗了一些。他最喜歡的是兩人在一起的時候，為秀麗洗那把又黑又長的頭髮。看到秀麗乖乖聽話的樣子，光是這樣就心滿意足。

劉輝撐著下巴，輕聲低喃。

「楸瑛，就算秀麗再也不能走動，孤每天為她穿鞋脫鞋也不以為苦。」

「……………」

「如果秀麗眼睛看不到了，只要能牽著她的手一起散步，孤應該就會很開心。」

「…………」

「即使她耳朵聽不見了，孤也想每天擁抱她，傳達心意。這樣就夠了……」

「…………」

「孤……以前從未擁有這種心情。可是秀麗……和孤在一起真的覺得幸福嗎？真的嗎？」

和自己一樣幸福嗎？劉輝每天都在思考這件事。

想為她做什麼，想向她表達什麼。想不到其他能做的，只能每天剪花。有時劉輝帶著罪惡感剪下的花，秀麗仍全部笑著收下。不管是什麼，收下一切。

每一次劉輝都能聽見內心的破洞縫補起來的聲音。

『我要生下來，劉輝……不要緊，我不會不見的。』

……劉輝還不明白。

楸瑛又是一陣揪心。

剛才，看到國王深夜一人彈琴的背影時。楸瑛心想。

……如果王妃不在了，是否每天都會看見這樣的背影。光是這麼想，就令楸瑛泫然欲泣。在庭院裡剪花，為王妃脫鞋，餵她吃飯……看到這樣的國王時，楸瑛總是想哭。

「陛下……我所知道的只是你產生的變化……秀麗大人剛嫁入後宮的春天，你還有些不安，夏天也……還令人擔心，可是。」

國王心情激動地低下頭。

春天、夏天、秋天……楸瑛一直看著他的國王。

「該怎麼說呢。你一定也逐漸察覺到手中的不是幻覺，會輕輕地去碰觸，確認那是真實的存在。我一直在一旁看著這樣的你……其實，你早就明白了吧？」

——秀麗她……和孤在一起，真的覺得幸福嗎？真的嗎？

為了逗王妃笑，幾百人爭先恐後湧入後宮，然而，誰才最能讓她露出笑容，楸瑛心中早已有數。國王也不可能不知道答案。

「…………」

長長的沉默之後，劉輝撥弄琴弦。

「……楸瑛，你在後宮聽見孤彈的那首無名曲，其實是很久以前孤的搖籃曲。那是兄長不在之後，遇見邵可之前的空白的一年……孤一個人哭泣時，經常能從後宮聽見那首曲子。很長一段時間，孤一直忘了這件事……原來彈的人是旺季，孤是在他逃離王都前才想起來的。」

楸瑛瞠目結舌。這件事他從來沒聽說。楸瑛等人總是搞不懂國王為何對旺季如此執著，甚至懷疑過他。

「那，你所說的回憶……難怪……你拜託了慧茄大人是嗎？」

「你聽說了？」

「……聽說了。」

旺季的葬禮過後，慧茄把楸瑛、靜蘭和絳攸叫了過去。

從來沒看過慧茄大人生這麼大的氣，平靜而憤怒。他說「這種事國王應該拜託近臣才對，他卻來拜託我，你們最好思考一下國王現在的心情。是你們那膚淺而一味瞧不起人的高傲態度造成這個結果」──

慧茄大人說得完全沒錯。那時的國王甚至不再對三人敞開心胸了。

陪伴他前往五丞原的只有楸瑛。楸瑛明明見識過旺季的人品與威嚴，深刻體會到為何連孫陵王都甘心跟隨他。卻不知從何時起，故意不去想起這件事。

沒錯，當時旺季確實對國王說了「好久不見」。關於過去兩人之間發生過什麼，為什麼國王那麼放不下旺季，想知道的話，只要問國王就會知道，根本沒想過要去了解的人是楸瑛自己。

「……孤有想問旺季的事。」

劉輝撫琴彈奏。想問他的事。沒有悠舜的世界。沒有旺季的世界。

……當最愛的女人也不在這個世界後，每走一步都是失去，又將變得滿身瘡痍。

那個秋天的夜晚，仰望天空，一邊流淚仍踉蹌向前走的旺季。

該怎麼做才能像他那樣？悠舜和旺季都不在了……劉輝無人可問。

你自己思考。耳邊聽見這句話。然而，不管怎麼思考都像在霧中前進，就這麼過了一年。

「……看到孤優柔寡斷的樣子，旺季一定又會生氣了吧……」

「……他的遺體很乾淨。」

「咦？」

「非常乾淨漂亮的遺體。旺季大人死的時候……身上的傷全部仔細包紮過，身體也清洗過了。我是第一次看到那麼受珍惜的遺體。我……以前說過旺季大人活著很可恥的蠢話……但是，看到遺體時我就懂了……有人如此珍惜自己的話，如果是我，再怎麼樣也不能死……」

楸瑛一臉認真，劉輝還聽不懂他想表達什麼。

「就像那個陪伴旺季大人到最後的『某人』一樣，我也會陪你到最後一刻。」

楸瑛伸手握住國王冰冷凍僵的手。

「跟隨在你身後，是我的使命。所以我不能站在你的前方，也會比你先死。就像在五丞原時對你說的，我不能死於你之後。」

劉輝抽出手。楸瑛雖露出為難的表情，聲音依然堅定。

「我無法拉著你的手引導你往前走，可是當你崩潰時，我會在背後支持你。當你迷惘駐足，我會在背後推你一把，再跟著你一起往前走。累了想休息，我的背可以借你靠。不過，我也已經決定，只在唯一一種狀況下我會走到你前方……不是死的時候喔。」

「……那是什麼時候？發怒的時候？」

「發怒的時候，我會從背後揍你……我決定的是，當你想哭的時候，我會走到你前面，讓你靠在我胸前哭。」

劉輝說不出話，然後終於發覺自己總是一個人哭泣的事實。無論是王城角落、府庫還是祠堂……有人在身邊時，他總是嘻皮笑臉，堅決不哭。即使在三位近臣面前也沒有掉過眼淚。哭不出來。

劉輝想笑，表情卻扭曲醜怪。看楸瑛一臉認真，心情真是難以言喻。

不只表情扭曲，聲音也嘶啞難辨。

「……那，如果孤再也不想走了，只想回顧過去怎麼辦？」

「我會對你微笑，向你伸出手。到時候請你握住我的手，我會帶你去。」

「去哪裡？楸瑛也一起來嗎？」

「是，我也會一起去。旺季大人總是一個人逃跑，每次都讓陵王大人去找他，我可不會讓你一個人逃走……我再也不想承受因為找不到你而絕望的滋味。如果你感到厭煩了，就讓我陪你一起走吧。」

「不能一起走的時候呢？你、你剛剛不是說會比孤先死。」

「那我會來迎接你喔。」

語氣淡定輕鬆。楸瑛端正的五官在火光中搖晃。劉輝背轉過身。

一陣想哭。仔細想想，從春天到現在還沒哭過一次。

幸福到了極點的每一天，不奢求比這更多了。所以一直認為自己不能哭。

不過，劉輝其實想哭。只要一次就好。

幸福的代價是不斷流失，所剩無幾的時間。明明還未成為實際的現實，劉輝卻對不斷接近的未來感到恐懼。真是愚蠢。可是，就是想哭。

——沒有秀麗的世界即將來臨。

不過，楸瑛說他會帶著自己走。如果自己真的再也無法繼續努力的話。

在那之前努力就好，自己不是非得永遠不斷向前走不可。只要知道這個就好。

「……真的嗎？」

眼淚擦也擦不乾。

劉輝稀哩嘩啦地哭了起來，於是楸瑛走到他身前，把胸口借給他。

楸瑛拍拍他的背，像對待一個孩子。

「我發誓。」

「……嗯……」

『藍將軍，可以拜託你一件事就好嗎？劉輝一個人發呆的時候，請去看看他。我想，那個人應該還搞不懂自己到底什麼時候可以哭，尤其是……獨處的時候……還有在我面前時。所以，我想拜託藍將軍，如果覺得他看起來快哭了，請在身旁陪伴他。這樣他就沒問題了。』

❖ ❖ ❖

只有一次，楸瑛曾問當年十幾歲的王妃，對國王的看法。

當時她的回答打了馬虎眼。喜歡，也很重要……但是也確實覺得和劉輝對自己的程度不一樣。

楸瑛認為，她是個有話直說，不加修飾的女孩。

『為什麼……妳會跟劉輝說「不要緊」呢？』

嫁入後宮一陣子之後，楸瑛去見了王妃。

關於國王的事，楸瑛和秀麗一樣有話直說。當他得知秀麗對劉輝說出「不要緊」時，怎麼也無法不去過問背後的真意。在這方面，楸瑛和對紅家及秀麗有所執著的靜蘭及絳攸不一樣。

『我真不懂妳為什麼對陛下說不要緊。只要看到秀麗大人妳……就知道了吧？妳說說自己這樣子算「不要緊」嗎？為什麼？理由該不會是有我們幾個在，或是這孩子能成為陛下的依靠吧？不是這個問題吧？』

『孩子都還沒生下來，別把這責任往孩子身上堆……依靠藍將軍你們也就罷了。』

秀麗很平靜，除了起身開窗通風外沒什麼大動作。倒是楸瑛非常憤慨。

楸瑛眼中看到的是深夜一人在王城裡徘徊的國王。是剪花之後一直磨蹭著不敢回房，四處閒晃的國王。不知從何時起，他發現了國王的這一面。

『那到底是為什麼？陛下他……他對妳實在說不出口的話，只好由我來說。我想陛下大概很在意吧。凜大人的孩子哭泣時，他無法抱起孩子的事。其他兩人有沒有察覺我是不知道，但我在擔任陛下的護衛時，只要發現他樣子不對勁，就會尾隨他去查看，所以才發現……』

聽到楸瑛這麼說，秀麗竟然露出高興的樣子。

『秀麗大人，這一點都不好笑。』

『不好意思。不過呢，是這樣的……至少我是劉輝的妻子，在下定決心嫁給他的時候，我應該已經比藍將軍你們更理解他一點了……我是這麼自認的……你說那孩子在大哭是嗎？』

『對，陛下不知道在想什麼，深夜裡一個人跑出去，走進那孩子的房間。孩子正哇哇大哭，柴凜大人似乎在六部忙工作忙到深夜還沒回去。陛下進去之後就沒聽到任何聲音了，腳步聲或哄孩子的聲音都沒有……宮女全被趕出來，聽說陛下也不靠近孩子，就隔著一段距離站在那。』

『那，劉輝是什麼時候離開房間的呢？』

『什麼時候——？』

『如果我的推測正確的話，我想應該是——唔唔，抱歉，果然還是不能開窗——那個薰香味……我不行了，要吐了！』

說完，秀麗抱著嘔吐桶衝向隔壁房間。以各種意義來說，楸瑛都嚇傻了。後來又過了好久，他受傷的心終於痊癒，才能在不用任何薰香的情況下再次造訪秀麗。

結果，到最後他還是不知道王妃不斷對國王強調「不要緊」的意義是什麼。

可是，另一方面，他也得出了自己的答案。

『秀麗大人，有件事我一直想問妳，該不會———』

楸瑛說完後，秀麗開心地咧嘴笑了。

『啊，果然如此？是的，沒錯。既然如此那就不要緊了。我也打算長命百歲啊。』

聽到秀麗這麼說，總覺得一定會成真。

❖ ❖ ❖

季節就這樣緩緩流逝。

——過完年，雪下得正大的深冬之中。

紅秀麗生下了一個女兒。

二

通往貴陽的路上積滿去年年底開始下的雪，形成一片雪白。

「……回到朝廷之後，終於有空去見柴凜大人了。」

璃櫻放鬆韁繩，瞇起眼睛凝視下個不停的白雪，呼出一口氣。

還差約莫一刻鐘的時間就到貴陽了。忙亂的歲末年初告一段落，結束最後的視察工作後，回到城裡應該能喘口氣。和柴凜的會面是去年底答應的事，奇妙的是柴凜指定的對象是自己與李絳攸這令人想不通的組合。

紛紛飄降的大雪，對璃櫻騎的這匹黑馬而言卻不算什麼似的，只見牠踩著輕快的腳步奔騰。

這匹黑馬是外公生前的愛馬，被放生在那座隱山附近，是璃櫻發現了牠。馬上有外公的馬鞍，外公的韁繩，外公的鎧甲。外公珍惜重視的東西，外公的遺物。

當時璃櫻還駕馭不了這匹出色的名馬，包括禁軍將領與黑白兩家，不知有多少人一看到這匹馬就雙眼發光，趕來央求璃櫻出讓。璃櫻堅持拒絕，花了一年的時間才好不容易抓得住這匹馬的韁繩。

「雪應該就快停了……這麼冷的天氣，王妃的身體一定更加承受不住……要是她願意多少吃一點就好了……」

這條重複走過無數次的路，今天不知為何覺得特別遠。

秀麗直到生產前都沒有增加多少體重，生完之後更堅持親餵母乳，或許因為如此，整個人愈來愈消瘦。看起來比結婚前更瘦小，膚色也變得更蒼白。

那種每天增加透明度的印象，似乎曾在誰身上看過……璃櫻想起悠舜。

甩甩思緒停不下來的腦袋。

「她得多增加一點體力才行……否則撐不下去……其實應該也要……僱用奶媽才對……」

璃櫻一直想說服自己這一年是秀麗休養生息的一年。她看起來和之前沒有兩樣，微笑的表情也相同。可是，即使如此還是會察覺，還是會明白，無論如何都無法避免。

「——」

即使強制，當時是否也該阻止她生產才是對的？

璃櫻不知道。該怎麼做才對，到現在一直都不知道。

黑馬奔馳過雪原，很快轉入積雪已被清掃乾淨的大街，貴陽城門就在看得到的不遠處了。就在此時，聽見衛兵不知為何大聲叱喝的聲音。

「通行證呢？沒有嗎？妳從哪來的，老婆婆！……不行，完全無法理解。」

璃櫻策馬穿過等待進城大排長龍的人群，在城門前拉住韁繩。

「……怎麼了？在吵鬧什麼？」

「殿下！是這樣的，這骯髒的小老太婆……身無分文就算了，也沒有通行證，又不說自己是打哪來的，問她要去哪只會嘀嘀咕咕，聽不清楚，不知道她要做什麼。只知道好像為了什麼事想進貴陽城……完全無法溝通……不知道該不該讓她進去……」

璃櫻低頭看那位老婆婆，不久忽然睜大了眼。從斗笠中露出如雪般的白髮，身上蓬亂的簑衣，形同兒童的矮小身軀。

「——是山中小屋那位婆婆！」

「咦？殿、殿、殿下您認識這個老太婆……不、是這位老婦人嗎？」

璃櫻隨即下馬。

在五丞原之前，璃櫻與秀麗兩人進入隱山，遭到戴狐狸面具的男人襲擊而分散。秀麗被村裡的獄卒所救，璃櫻則被住在山中小屋的大鍛造師撿了回去。和大鍛造師住在一起的女性為璃櫻療傷，照顧他的起居。雖然非常沉默寡言，但也不是無法交談。當然……更沒發生在夜裡來掐璃櫻脖子的事。和後來從國王口中聽到的落差太大，令璃櫻相當吃驚。當時璃櫻是個手無寸鐵的孩子，據說這就是他幸運的地方。

不過，那時老婆婆還沒有這麼老。現在的她即使看到璃櫻，似乎也無法理解他是誰，歪著歪頭表示疑惑。事實上，要不是看見老婆婆那個長年以來的習慣，璃櫻或許一樣認不出她。璃櫻看著老婆婆的手。

「婆婆，妳還是一樣這麼寶貝這個小布包呢。」

老婆婆脖子上用繩子掛著一個小束口袋，即使外表改變了不少，老婆婆還是和十年前一樣，緊緊握著那個髒兮兮的束口袋。

「妳是來這座城裡找人的嗎？」

老婆婆依然歪著頭保持沉默。像隻小小的鴿子。

璃櫻對衛兵做出「放她通行」的手勢。

別說隱山，老婆婆甚至很少離開那間山中小屋，這事璃櫻是知道的。會從那間破破爛爛的小屋子出來，獨自走到這裡，肯定有什麼原因。就算連她本人都搞不清楚那究竟是什麼原因。

原本不讓老婆婆通行的衛兵慌忙退讓，老婆婆邁開小腳往前走，從城門下穿過，似乎有個目的地。

璃櫻牽著馬，跟在她身旁。

璃櫻感到內心沉重，現在的他拉著軍馬，手中垂劍，可是老婆婆似乎已經連這代表什麼都無法理解。看到衛兵也不喊不叫，只是像隻安靜的鳥，披著簑衣，邁著小小的步伐往前走。

矮小的老婆婆走在飄雪的大路上，璃櫻近距離跟在她身後，腦中浮現從前的記憶。在朝廷裡忙碌奔走的羽羽也是那麼矮小，璃櫻想起自己揹著羽羽走的那段日子……

「……老婆婆，妳如果累了就告訴我，我來揹你吧。」

老婆婆這才第一次停下腳步，轉頭望向璃櫻，用力點頭。

（——咦？）

璃櫻眨了眨眼。剛才……她似乎正確聽懂了？

走在飄落的雪中，老婆婆發揮驚人腳力，不斷四處亂走。腳步雖沒有遲疑，看似並不知道該走哪條路才好。

觀察了一會兒，璃櫻發現她不是不知道要去哪裡，老婆婆的目的地很明確。沒錯，就是無論在城裡哪個角落，只要抬頭就能望見，那座高大的——

「……妳該不會是想到王城裡去吧？」

老婆婆又像隻鴿子一樣轉頭，這次，她深深地低下頭。

（嗯嗯？她想進王城做什麼？城裡她認識的人除了我和國王，就只有——）

——王妃。

過世的外公，曾在兩年前前往山中小屋拯救遇難的秀麗與老婆婆，殺光賊人，保全了她們兩人的性命，孤身一人，不顧自己受疾病侵蝕的身體。

……如果可以的話，璃櫻真想去救外公，直到現在仍這麼想。對璃櫻而言，不管任何人說什麼，他都是自己在這世上最敬愛，最自豪的大貴族。直到最後。

璃櫻輕撫外公的黑馬。

（……讓她和王妃見面或許是好事……）

璃櫻知道秀麗一直掛念著山中小屋的老婆婆，擔心她過得好不好。看到一路長途跋涉到貴陽的老婆婆，秀麗一定也會振作起來。

這個想法讓璃櫻心頭輕鬆了一些，覺得這主意似乎不錯。

「妳想去王城，我帶妳去吧。只要乘上馬，很快就——」

老婆婆厭惡地往後退，不願接近馬。

璃櫻喚來隨從的武官，把劍和轡繩託給他。

「那麼我揹妳進城吧？走了這麼遠的路妳一定累了，現在又下著這麼大的雪，雪地不好走路。請上來吧。」

武官們飛奔上前，說著各種藉口勸退璃櫻，都被他趕下去了。

蹲在老婆婆身前，一會兒之後，背上傳來如枯枝一般的輕微重量。

……睽違十年，再次感受到這令人懷念的重量。輕得宛如薄薄一層雪。儘管現在還在那裡，卻隨時可能融化消失似的。背上小小的羽羽就這樣變得愈來愈輕，生命不斷耗損。和那時一樣，現在的璃櫻心頭也閃過一陣刺痛。

和每次看見秀麗時感受到的心痛一樣。

「…………」

揹著老婆婆，璃櫻在翩翩飄落的雪中緩緩朝王城走。

❖ ❖ ❖

積雪從宰相室屋簷上砰地掉落。絳攸停下手中的筆。

窗外是一片白皚皚的雪景，春天的櫻花、夏天的流螢、秋天的風都被冰冷的雪掩蓋了。絳攸不高興地瞪著屋外的雪。

拜此之賜，國王都無法剪花了……原本這麼以為，不料國王在冬日庭院裡四處走動，不知道從哪裡剪來了南天竹的枝葉、山茶花和黃梅。

這時，門外傳來某人朝宰相室門口狂奔的聲音。

「李宰相！打擾了！」

接著，只見柴凜用力推開門，飛奔入室。絳攸不由得看傻了眼。

「柴凜大人？怎麼了……啊，是找我和璃櫻皇子談話的事嗎？璃櫻皇子就快抵達王城了。接下來我們……」

「是，這個我知道。不過……發生了一點……預料之外的事……因為下雪的關係聯絡得晚了……」

「什麼？」

柴凜顯得有些慌亂，在絳攸書桌前走來走去，似乎不知該從何說起。仔細一看，她還抱著一個謎樣的小盒子。

「……李宰相，您知道山中小屋的老婆婆嗎？」

絳攸感到意外。

「是的，我當然知道。國王也很掛記她，派人提供了一些協助……」

「其實，我也偶爾會另外派人去修繕小屋、幫忙剷雪，探望老婆婆的情況……剛才接獲報告，說老婆婆失蹤了，我才會急著跑來……」

絳攸聽得一頭霧水，開口先問了自己想不通的事。

「……妳也另外派人去山中小屋？為什麼呢？柴凜大人應該不認識老婆婆吧？」

柴凜停下腳步。

「這是先夫的遺言。」

絳攸臉色大變，把手中的筆擱置硯台——鄭悠舜。

「……這是怎麼回事？鄭宰相會這麼做不可能沒有原因。」

「事實上，這次找您和璃櫻皇子碰面，要說的事也和這有關。先夫生前我便受他所託調查了一些事，調查結果一直由我保管著。不過……因為與國政無關，所以……」

絳攸揮揮手，遣走宰相室裡的其他人。

「柴凜大人……妳剛才說這是鄭宰相生前調查的？鄭宰相已經過世十年，為什麼現在才說？」

柴凜將手中的小盒子放在絳攸面前。那是個塗漆已褪色的老舊盒子，從貼在盒上的紙封條看來，已經很長一段時間沒有人碰過這個盒子了。

「因為我認為，現在是時候了。」柴凜這麼說。

「恕我失禮，直到不久之前，李宰相您看起來還有令人不安之處……所以我無法對您提起這件事。秀麗大人嫁入後宮時，我本想告訴她，又覺得時機好像還是不對……那麼告訴璃櫻皇子吧，又覺得……不過，今年夏秋之際看到靜蘭大人、藍將軍……尤其是看到成為陛下宰相的您，我心想，應該是把這件事說出來的時候了。」

聽了這番話，絳攸心中亦已雪亮。

這是國王唯一的支柱，直到最後都站在國王那一邊的尚書令留下的請託。

「……至今隱瞞沒說的這件事，和陛下有關對吧？」

「是的。」

「既然如此，我要把盒子打開了。」

絳攸淡然地說。頓了一頓之後，柴凜才第一次輕聲笑了起來。

「……李宰相，讓我告訴您先夫當時說的話吧。他說，這件事我要不要告訴陛下都可以，不讓任何人看盒中之物，直接銷毀也可以。他說要把處理這個盒子的全權交給我。我到現在，還沒有告訴陛下這件事。」

絳攸忽然想起過去的事——「要不要打開，由你自己決定。」

國王離開王城之前，悠舜曾交給絳攸一個紫絹小布包，當時他也說了類似的話。那個時候，絳攸猶豫了很久，終究沒有打開。

不過，這次他沒有絲毫猶豫，立刻撕開盒上的紙封條。

出現在盒子裡的是一疊褪色的書簡，書簡上看慣的字跡出自柴凜之手——正當絳攸這麼想時，一張貼在盒蓋裡的信紙掉了下來。

看到上面寫著自己的名字，絳攸心頭一驚——「給李絳攸大人」。

「為什麼寫給我的信會在這種地方……這是……悠舜大人的筆跡？」

「咦？啊，真的是老爺的字，什、什麼時候放進去的？」

柴凜也急忙窺看信紙上寫的內容。

『——給李絳攸大人。

我將這個盒子交給凜時，預想她應該會將盒子交給紅秀麗大人或璃櫻皇子。不過，如果第一個讀到這封信的人是你，這將成為我有生以來最大的誤判。雖然寫這封信的現在，我完全無法想像，不過，考慮到說不定還是有萬一的可能發生這樣的事，還是先把信寫起來吧。

你在逃離王都前曾前來造訪我，說你和靜蘭人人一樣認為我很可疑，雖然仔細想想都是為了國家好的必要政策，可是反對聲浪太大，國王撐不住，你們也很猶豫，希望能聽聽我的意見……你說了這些話。你的憨直嚇到我了，我忍不住笑著交給你小布包，把你趕回去。在問別人之前，先用自己的頭腦思考到死吧。你就是想太多了，迷路遭難這種事請留在現實生活裡就好。』

讀到這裡，絳攸全身顫抖。在心中複誦了一百遍「年輕氣盛」的咒語。

『不過，你沒有丟掉布包，而是交給陛下，決定為了陛下賭上最後可能前往北方，這一點值得嘉獎。連黎深都跟著去更是應該加分。

如果凜將此盒交給了你，就表示你還有希望。我感動得都要流下滂沱淚水了呢。嗯。

你們三個人眼界和心胸都狹窄，也犯了很多錯。不過，那都是為了你們最重視的國王，雖然扭曲，那也是你們對他的感情——這一點請保持下去。

這麼一來，在你打開這封信時，應該就會有所成長了吧。

……我對個人的生活，雖然留下很多遺憾。

對政務的不安，就只有你們三個光明正大迷路的傢伙。真的只有這樣。

沒有我的世界，只能靠你們三人成為陛下的支柱。

無論狂風暴雨、逆風而行或晴朗無雲——今後就交給你們了。

聽好了，絕對不能像我這樣，比陛下還先死。

如果做得到就追上去，反正你一定會迷路。

鄭悠舜』

絳攸甩著手中的信，忿忿不平地說：

「凜大人，從這封信的內容看來，他根本就料到我會是第一次打開盒子的人吧？」

「……的確，如果是別人打開盒子，讀了這封信的內容，李宰相你這個臉就丟大了……」

連絳攸的這十年會怎麼過，也全都被他看透了。就是這種感覺。

「說、說什麼有生以來初次誤判……明明就是寫給我的……大騙子……」

絳攸恨恨地瞪著信紙，最後忍不住撫平紙上的皺摺，萬分珍惜地將信折好。後來，他將兩朵壓花和這封信放在一起當作護身符，一輩子貼身攜帶。

很快地，絳攸讀完盒中那疊書簡。

讀到一半時，也明白凜說「想先告訴你們」的內容了。

絳攸的表情沒有一絲動搖，這點令柴凜很驚訝。「沒有證據」或「真假不明」之類的話，他連一句都沒有說。柴凜心想，把盒子交給他是正確答案。

「……柴凜大人，妳剛才說，山中小屋的老嫗失蹤了？」

「是。」

「我明白了。這邊也會不動聲色盡力尋找，璃櫻皇子回來之後，由我來告訴他。」

三

璃櫻揹著老婆婆，盡可能悄悄地避開衛士們的目光，躲躲藏藏地朝王城前進。再怎麼說他也是皇子，又頂著紫州州牧的頭銜，即使揹著一個謎樣的老婆婆，還是發揮了一定程度的威嚴，讓衛士對他睜一隻眼閉一隻眼。說到底，外朝的男人們就是吃這一套。

——然而，這一套在後宮那些宮女們面前可就沒有任何意義了。

一看到璃櫻背上趴著像隻簑衣蟲的詭異老嫗，宮女們紛紛發出尖銳高亢的叫聲，引得衛士飛奔前來。璃櫻雖然即時拔腿躲進庭院，宮女們卻拚命展開搜索。結果落得前進五步就遇到一次衛士，只得再退一步，簡直像在玩大富翁，令璃櫻疲憊不堪。

即使如此，璃櫻還是像隻蟑螂似的躲開宮女們的搜索網，快速穿過庭院，順利闖入王妃所在的寢宮。

到了王妃寢宮，這裡的宮女們和前面尖叫竄逃的宮女不同，跟隨王妃的堅毅宮女們堅決擋住璃櫻的去路。

「再怎麼說是璃櫻大人——揹著外表這樣的人，實在不能讓您和王妃會面。別忘了，宮裡還有剛出生的孩子啊！」

璃櫻忽然一陣沮喪。

在自己出發視察前，孩子就出生了，可是……國王至今未幫女兒取名。連到底有沒有在想都不知道。璃櫻自己也一樣……看到嬰兒雖也覺得可愛，一想到每次見面都顯得比上次更消瘦的秀麗，不可否認心情非常複雜。

最重要的是，璃櫻還連一次都沒看過國王抱起女兒的樣子。

「璃櫻大人想必有什麼原因才會帶這位客人入宮，既然如此，在貿然去見王妃前，是不是先讓這位客人沐浴較好？等她打理乾淨了，我們再領她去見王妃。」

說得也有道理。同時，璃櫻歪著頭說：

「我揹著她一路走到這裡，一點也沒有聞到臭味。身體不黏不膩，雖然衣衫襤褸也有沾染了一點污垢的痕跡，那應該是路上的積雪泥濘造成……她應該連頭髮都是洗乾淨的。」

「咦？」

宮女們狐疑地盯著趴在璃櫻背上，宛如一隻蟬的老嫗。

這時，從宮女軍團擋住的走廊深處，傳來孩子微弱的哭聲。

老嫗聽到哭聲，身子倏地一震，立刻從璃櫻背上爬了下來。

只見裹著簑衣的老嫗從宮女間鑽過，宮女們手忙腳亂，想抓住她又猶豫著該不該伸手，結果誰也沒出手制止，就這麼讓老嫗通過了。璃櫻急忙跟上前去。

老婆婆循孩子的哭聲前進，逕直走向最裡面的王妃臥室。

臥室前，首席宮女站在那裡對老婆婆行對貴人的應對之禮，恭敬迎接。靜靜地打開最後一扇門，讓老婆婆與璃櫻入內。

「請進，王妃已經在等兩位了。其他人請退下。」

一邊互相推卸責任一邊奮勇跟上來的其他宮女不由得瞠目結舌。

「果然是您，山中小屋的老婆婆！」

秀麗臉上浮現喜色，跑向裹著簑衣的老婆婆。

「聽說璃櫻帶著一個穿簑衣的老婆婆進來，我就在猜該不會是您吧。抱歉，如果有人對您做了失禮的事，我在此向您道歉。」

老嫗摘下斗笠，抖落上面的雪片。脫下簑衣，下面穿的竟是一身白色和服。配上一頭白髮，整個人彷彿被雪染白似的。

璃櫻看到她這副身影，不禁大驚失色。

看到這一身太單薄的衣衫，秀麗趕緊跑回床邊拿起厚外套和熱過的溫石。

「您穿這樣會感冒的！雖說這裡沒有山中小屋那麼冷……不過，您怎麼會來呢？您會離開山中小屋，真是太難得了。」

回到老婆婆身邊的秀麗將外套披在她肩上，摸到她冰冷的手腳時忍不住皺眉，趕緊把手中的溫石交給她。

「身體還好嗎……應該……不好嗎？您的氣色有點差……在雪中一路走來一定很辛苦，身體也不舒服了吧……璃櫻，可以麻煩你調一些滋養身體的藥湯嗎？」

「好的。也順便幫炭爐多加一點炭。還有，我會差人通知陛下，畢竟陛下也認識這位婆婆。還得幫她準備過夜的寢室……」

璃櫻忽然狐疑地重新檢視老嫗。從剛才開始，她的樣子就有點奇怪。

「婆婆，您到貴陽是來拜訪誰呢？還是來找什麼東西？如果有我能幫忙的地方請盡管說……啊，該不會是山中小屋被雪壓垮了吧——」

秀麗叨叨絮絮，老婆婆伸出一隻手撫摸她的臉頰，另一隻手握住秀麗的手。

老婆婆用指節粗大的手不斷撫摸秀麗的臉頰，像是一種撫慰。

滿是皺紋的嘴唇囁嚅著動了起來。

「……要好好……吃東西……為人母的……不養生不行……」

「咦……」

璃櫻和秀麗都驚訝地睜大眼睛。

老婆婆說得很慢，聲音也很細。

「我聽說……妳嫁給……那個國王……生了……孩子……」

「咦？難道您是特地來為我祝賀的嗎？」

老婆婆雙手摸索著掛在脖子上的繩子，從白色和服底下拉出一個發黑的小布包。秀麗對這個束口袋有印象。在雪山裡的那間小屋裡，老婆婆一直貼身帶著這個謎樣的束口袋，似乎非常重視它。裡面裝著什麼就不得而知了。

老婆婆打開袋口，窸窸窣窣掏出一樣東西。

看到老婆婆小心翼翼拿出來的東西，秀麗胸中流過一陣暖意。

「哎呀……您一直珍惜保存的是這個護身符嗎？」

從束口袋中取出的是一個很舊的小護身符。

「這是親手做的呢。朱色布底，小菊花圖案……好可愛。是剪下令嫒不能穿的禮服袖子縫製的吧。

從前我鄰居家的媽媽們也常用這種圖案的布料縫製東西。我挺羨慕的呢。因為我媽媽不善裁縫……印象中從未看過她做針線活。」

因為她是仙女啊……原諒她吧。璃櫻在心中如此替秀麗的母親辯護。

老嫗愛憐地伸出手指撫摸小菊花圖案的護身符。

「……對，是用女兒小時候的禮服……做成的護身符……做了兩個。她真的是個美人胚子……是我最後的……女兒……一個護身符給了她……另一個我自己留著……」

「……這樣啊。難怪您這麼重視這個護身符。」

當年老婆婆弄掉束口袋時，直到秀麗在田裡找到為止，她都不肯睡覺。儘管如此，秀麗還是感到驚訝。在山中小屋時幾乎沒有說過話的老婆婆，和那時不一樣。看來她的身體好了很多，秀麗也覺得很開心。

「我和小女兒……很久很久以前……走散了……不過，等戰爭結束……她一定會回來……我一直在等……我最後一個孩子……絕對……還活著……」

秀麗和璃櫻曾聽國王說過，這個老婆婆在大業年間的戰爭中失去所有孩子。所以她才會如此討厭戰爭、武人與軍馬。直到現在，她還相信只要戰爭結束，她的孩子就會回來。

悲傷到了極點的她精神變得不穩定，才會在深夜的山屋中勒住國王的脖子。

老婆婆不再撫摸護身符，雙手恭敬地將護身符遞給秀麗。

「這個……給妳……和孩子……」

「……咦？」

「我來是為了把這個……送給國王的孩子……因為妳也對我很好，幫過我的忙……這是回禮……」

「請、請等一下。可是那是您珍視的東西——」

老婆婆咧嘴一笑，滿臉都是皺紋，看起來真的很開心。

「……沒關係，因為……女兒……終於來……接我了……」

「咦？啊、您和令嬡重逢了嗎？」

「嗯。她也有把護身符……好好帶著……繫在藤紫色的繩子上……是我的女兒沒錯。」

老婆婆頻頻點頭。

秀麗用眼神問璃櫻，璃櫻冷汗直流，一邊搖頭一邊用唇語表示「沒有見到沒有見到」。

然而，從老婆婆的語氣聽來怎麼也不覺得是謊言。

老婆婆忽然駝起小小的背，垂下頭。

「還有……我以前……對那個國王……做了很過分的事……」

秀麗心頭一驚……她也聽劉輝說過那個晚上在山屋發生的事。秀麗雙手搭在腹部，回答老婆婆

「不，沒這回事。」

「如果不是大鍛造師和婆婆您救了外子，他就不會有今天。再說，紫劉輝是這個國家的國王，本

就該好好傾聽婆婆您說的話。您沒有任何需要道歉的地方。老婆婆……如果我們真的可以收下這個護身符……請您親自交給那孩子吧。」

就在此時，床上的嬰孩正好哭了起來。

老婆婆伸長脖子，顯得很關心，秀麗便拉著她走到床邊。

一看到嬰孩，老婆婆又笑得一臉皺紋。頻頻點頭，用熟練的動作安撫孩子，一轉眼就讓她停止哭泣了。

老婆婆將那個老舊的護身符放在孩子小小圓滾的肚子上。

「好孩子。嗯，嗯，是個美人胚子。要健康……長大喔……」

轉向秀麗，老婆婆用雙手捧住秀麗的雙頰，彷彿她也是個孩子。

「……妳也是好孩子。很乖，很努力，所以不要哭喔。」

凝視那雙洞察一切的眼睛，秀麗發不出聲音。

「不要哭喔。媽媽和爸爸哭的話，孩子也會跟著哭。再忍耐一下就好。」

老婆婆對秀麗微微一笑，然後脫下秀麗披在她身上的外套，彎下身體，深深一鞠躬。對孩子、對秀麗，也對璃櫻行禮，一一致謝。

「那麼，我要和女兒一起回去了。謝謝妳……」

「咦——」

此時，秀麗和璃櫻像遇到鬼壓床一樣動彈不得，嘴唇也凍僵似的發不出聲音。一身白色和服的老婆婆就這樣逕自走出房外。

直到老婆婆的身影消失在門後，兩人才回過神來。

「璃、璃櫻——快、快去追她，穿得那麼單薄跑出去，婆婆會凍死的！」

璃櫻默默地追了出去。

之後，秀麗感到一陣輕微的頭暈目眩，她疲軟地躺回床上，歪著頭想。

（……婆婆……離開的時候明明沒有把簑衣和斗笠穿戴回去啊……？）

或許是沾濕的草鞋流下的水滴，地上有婆婆出去時留下的點點痕跡，然而，屋內不管怎麼看都看不到她留下的簑衣與斗笠。床上放著老婆婆脫下的外套，溫石也掉在她原本站著的地方……

秀麗恍惚地望向女兒的腹部。那個老舊的護身符好端端地放在那裡。朱紅布底，小菊花圖案。是幼童穿的禮服布料常見的可愛圖樣。母親親手為女兒做的護身符。

母親傳給女兒。想到這裡，秀麗微笑起來。拿起女兒肚子上的護身符，讓她抓在小手上。

我會為這孩子許下什麼願望呢。我心愛的妳。

願妳能幸福，在今後漫長的人生道路上，但願妳能擁有幸福。

「要健健康康，愛惜身體喔。要多笑喔。媽媽永遠愛妳。」

是啊，和山中小屋的老婆婆一樣，在五丞原時飛燕姬也為璃櫻許了同樣的願望。

看錯了嗎？眨眨眼，穿著雪白和服的老婆婆在雪中就像擁有了保護色，劉輝急忙朝飄散小雪的庭院跑去。

「請等一下！妳是怎麼跑來的……迷路……不對，一般人會迷路到這種地方來嗎——穿這樣會冷死的！」

白髮老婆婆朝劉輝轉頭。

劉輝驚訝地止住腳步。只要看一眼就知道老婆婆是誰。

「……是山中……小屋的……」

十年前自己逃離王城，在暴風雪與黑暗世界中奔馳，不知道該去哪裡，也不知道該怎麼辦才好。當時的事鮮明浮現腦海。

也想起在深夜中，雙眼發出嚇人光芒，想要掐死自己的女人。

『殺掉就好了！這種傢伙，反正最後還不是會被殺死。像你這種人，死了還比較好！』

從未想過做一個國王是怎麼回事，在政事不斷失策後，最終選擇逃離王位的劉輝。那時，這個女人這麼對他說……劉輝覺得完全正確。

「為什麼，妳會在這裡……不、不對……來也沒關係……可是、可是……」

老婆婆在劉輝面前彎下腰，視線低垂，似乎有些遲疑，但又非常平靜。枯木般的雙手交疊，深深對劉輝鞠躬。

完全看不出當年錯亂的模樣，這是發自內心恭敬的一鞠躬。

「……太好了。國王……我一直在找你……想向你道歉……那時我……說了很過分的話……做了很壞的事……還說你不如死了算了……」

劉輝很想告訴她「沒有那回事」，胸口卻一陣痛苦，發不出聲音。挪動凍僵的雙腳，劉輝踩著雪地，踉踉蹌蹌靠近老婆婆。

老婆婆沒有逃。

「……噯，國王……其實我有算過……戰爭結束後……究竟過了幾年……」

「…………」

「我原本以為……反正你一定跟從前的國王沒兩樣……不過……不一樣。我……就算腦袋變得奇怪了，經過了幾個春天我都記得……沒有戰爭了……在田裡工作，為大鍛造師掃墓……每一次、每年，就這樣默默地過去……」

「…………」

「你是好國王……好國王。我錯了……是我錯了。對不起。」

看著低頭道歉的老婆婆，劉輝用力搖頭。眼眶滲出淚水。

「不是……是孤……沒能去見妳，孤是沒用的國王……還是一樣不停犯錯，總是逃離各種事……」

一直想著得去見老婆婆才行，劉輝卻連一次也沒能去見她。只有派人前往照顧，始終沒有自信去見老婆婆，就這樣一年一年過去。隨著年齡增長依然不斷犯錯的這十年是如此，現在還是如此。

秀麗唱的搖籃曲在身體內迴盪。

……無法面對珍愛的人，總是不斷逃避，不知道該如何是好。

老婆婆忽然抬起頭，動作像隻小鴿子。

身材嬌小的老婆婆努力挺直背脊，伸出滿是皺紋的手，輕撫劉輝臉頰。

「……才不會沒用呢。國王是乖孩子。」

「咦……？」

「你是最討厭戰爭的溫柔國王。不過這次不能再逃去任何地方了喔。」

劉輝倏地倒抽一口氣。庭院裡飄著小雪。

「如果有非常喜歡的東西，只要好好攬進懷中，陪在一旁微笑就好。盡情呼喚對方的名字，這樣就算失去再多東西，也會留下許多奪不走的東西……我很清楚……」

老婆婆撫摸劉輝的臉頰，彷彿想讓他凍結的心得到慰藉。

「不要把心愛的東西變成失去也不在乎的東西。這樣，國王的心裡會出現黑洞的。我也失去了很多孩子，哭了很久，好幾年好幾年只能哭著生活。因為那不是失去也不在乎的東西，因為那是很愛的東西。」

「————」

「不過，只要付出許多愛，不知不覺中，心裡那些寂寞的黑洞就會一點一點修補起來。總有一天你會明白的。比自己更重要的東西，永遠都不會失去。國王真正想做的是什麼呢？真正想給的是什麼呢？其實你已經知道了。」

劉輝緊緊擁抱老婆婆——自己真正想給的東西。

不是花，劉輝真正想給的，是讓心愛的人獲得幸福。

懷中的老婆婆說，不要緊。

「國王一定會好好明白。明白讓妻子幸福的方法是什麼。」

忘了從前是誰在枕邊說過，比起重要的人，他是個會在緊急時保護自己的心的小孩。害怕受傷，害怕失去，害怕去愛的膽小鬼。

想讓秀麗獲得幸福。用自己的全部。但又同時害怕失去那份幸福。不過，那樣也沒關係，老婆婆說了。有多少愛，心就會破多少洞。

只要不是失去也不在乎的東西，就要去愛，不要緊……

沒有人能奪走，不要害怕，向前走。

「……我的女兒也犯了很多錯。心裡有很多很多的黑洞，沮喪又後悔。這也是沒辦法的事……哎呀，女兒來接我了。好不容易能牽著手一起回去……」

「來接妳……？這麼說來，妳是怎麼來到這裡的——」

老婆婆咧嘴一笑，笑得有些可愛。小小的手輕拍劉輝的背。

「國王，總有一天也會有人來接你的。在那之前，要再努力一下喔。如果累了就休息一會兒……別怕，很快的，因為我就是那樣……」

劉輝懷中的重量忽然消失。

「婆婆——」

下個瞬間，老婆婆的身影已如雪融般消失無蹤。

四周只剩下無聲飄降的雪。

……噗通。不知何處傳來什麼沉入池水的聲音。

❖　❖　❖

絳攸與璃櫻騎馬奔馳在貴陽城外的雪原上，天上仍不斷飄下大雪。

「李宰相！你說在五丞原發現山中小屋的老婆婆——可是她剛才還跟我一起待在後宮啊！」

「所以我才說你到底有沒有確認對方的長相啊！再說，連方向都搞不清楚也沒有地圖的老婆婆，要怎麼獨自從山裡走到貴陽，那太奇怪了吧。身無分文，只穿戴簑衣和斗笠，腳上穿著草鞋？」

「這、這，這個嘛……」

柴凜部下的定期報告中，本該包括了老婆婆從山中小屋失蹤的事，不幸的是遇上積雪，延遲了報信的速度。接著，收到「持續搜索但尚未找到人」的報告後，柴凜立刻去找了絳攸。

在這之後，絳攸又從後宮衛士口中得知璃櫻皇子帶著奇妙的簑衣老太婆去拜訪王妃。這一連串報告接二連三而來。

然而，不管在後宮中怎麼找也找不到老婆婆，就在剛才終於接到士兵報告，說在距離貴陽數里外的五丞原找到人了。

日已西斜，街道淹沒在雪中，雪原一片幽暗。

雪原上，燈火映入眼簾。雖然已請士兵緊急將老婆婆護送回貴陽，不知是否因為接獲宰相抵達的消息，燈火停在雪原之外。

絳攸與璃櫻跳下馬。

兩人踩著雪，走在答禮的武官與熊熊燃燒的火把之間。

站在燈火的終點，眼前是破破爛爛的簑衣、斗笠和草鞋。

「——」

呼嘯寒風中，老婆婆滿是皺紋的遺骸橫陳草蓆上。

因老衰而黯淡的白髮被晚冬的強風吹得散亂飛舞，乾瘦的手腳沾著變硬的雪與污泥，斑駁骯髒，蜷縮了起來。躺在地上的老婆婆遺骸像個損壞而被隨手拋棄的人偶，又像掉在路邊的小蟲屍體。

不知是哪個武官脫下她的一隻草鞋，立在放置一旁的斗笠前。老婆婆披的簑衣下，是一身宛如葬服的白色和服。

璃櫻屈膝跪地，將手伸進因結凍而有些變硬的和服領口摸索，雖然取出老婆婆萬分珍惜的那個束口袋，打開來一看，裡面卻是空無一物。

武官中的一人吞吞吐吐地開口。

「宰相……這位老婆婆看起來……似乎已經過世幾個月了。」

「……你說什麼？」

「可是很奇怪。無法釐清她是凍死還是餓死……大概是在下山途中，從哪裡不小心跌落山崖，就這樣倒在這裡直到往生……然而這一帶我們明明找過，直到昨天還什麼都沒有，今天就忽然出現了……發現老婆婆失蹤是去年底的事，超過一個月的時間，到底為什麼找不到她呢……」

「再說……遺體應該因雪而結凍，頭髮和衣服卻幾乎沒有結凍，就好像幾刻鐘前才過世一樣……這位老婆婆……到底是何方神聖……？」

絳攸與璃櫻都沒有回答。

璃櫻依然單膝跪在草蓆邊，為老婆婆蓋上自己的外套，再將她抱起來。

「璃、璃櫻皇子……這種事——讓我們來——將她埋葬在山邊就好——」

「不……這位是以前曾經非常照顧過陛下與王妃的人，怎能不通知兩人，擅自埋葬呢。不管是否要歸葬山內，總要先在貴陽城內舉辦隆重的葬禮……宰相，請答應將這位婆婆帶回貴陽的請求。」

「可以。各位這幾個月來的搜索也辛苦了，在此向各位道謝。請準備馬車，恭敬載運遺體。還有，接下來請容我與璃櫻皇子獨處一下。」

武官們雖然不解，但也按照指示分頭散去。

太陽已完全下山，四下雪風呼呼，除了士兵留下的火把外，什麼都看不見。

璃櫻垂眼望著懷中的老婆婆。那位想進王城的矮小婆婆。

「……她是否一直在等待……等王妃產下孩子……」

「……以老婆婆的腳程，從山中小屋走到貴陽，大概得花上一個月吧？」

從去年底開始走，走到時王妃正好臨盆。可是……她還沒走到，就死於雪中。

不久，王妃產下女兒，再過了一個月左右的今天，老婆婆通過城門。宛如她早知道王妃已產女，再度邁開腳步走了一個月，終於抵達。

「……她是擔心如果舉行了葬禮……恐怕不能再到王城，所以才會躲起來吧……一個人一直躲在這麼冷的地方……」

「老婆婆之前不是說女兒來接她了嗎？不如想成是和女兒一起躲起來，一起走到貴陽，這麼一來，就不會那麼感傷了。」

璃櫻回頭看宰相。就算只是安慰之詞，這也是璃櫻喜歡的安慰方式。

有點苦澀，有點意外，璃櫻輕聲笑了。

「……還以為你不會相信世上有鬼魂呢，宰相。」

「年輕時，我在府庫見過女鬼。不但觸摸得到，還給我吃了包子。你能揹起老婆婆的鬼魂也沒什麼好奇怪的……反而是她願意離開隱居多年的山屋，前往曾經那麼厭惡的朝廷，可見這位女性的心靈已經平靜下來了。我寧可將這件事視為陛下施政十年的勳章。」

璃櫻點頭。

……其實在後宮找尋老婆婆時，聽見雪中庭園傳來老婆婆與陛下的對話聲，他站在原地聽了。

『你是好國王……好國王。我錯了……是我錯了。對不起。』

紫劉輝總哭著說自己是沒用的國王，希望有一天他能接受老婆婆這句話。

看在旁人眼中，老婆婆的一生悲慘，甚至連死前最後一刻都那麼慘不忍睹。可是，最後璃櫻與秀麗看見的老婆婆，卻有著滿臉的笑容，還後悔著自己曾經對國王說過那些過分的話。她早已不是當年那個在山屋痛罵國王的女人。

……這象徵著紫劉輝成為國王後，一路走來的十年。

璃櫻看著寒冷雪夜裡的無數火光。對開始往前走的李絳攸背影問：

「……宰相，你說這位婆婆的女兒就是……曾當過妓女，來歷不明的第六妾妃……」

「是有這個可能。但是沒有確切證據。柴凜大人說，她也只是從蒐集到的情報拼湊推測而已。怎麼樣，要告訴陛下嗎？」

「……你呢？」

「我不會說。到死都會抱著這個祕密。」

「為了陛下？」

「是啊。還有，為了這位女性。她曾動手勒住人家的脖子怒吼『死了算了』，結果對方竟然是自己的外孫，這種事任誰都不想傳出去吧。都特地到城裡來見他們了，老婆婆一定已經把重要的話告訴陛下與王妃。既然如此，那就夠了。把不能告訴陛下的陰暗事實收進箱子裡，到死都不拿出來。手邊有一兩個這種箱子也不為過吧，畢竟我是陛下的宰相。」

璃櫻這才發現，自己是第一次看到「宰相」的側臉。

過去，悠舜為了國王而身處的陰暗世界。支撐國王紫劉輝的手杖。

循著照亮夜晚雪原的連綿火把，璃櫻邁開腳步，追上絳攸。

「那麼，我也這麼做……幹嘛？盯著我看什麼？」

站到他身邊時，發現李絳攸正用不滿意的眼神盯著自己。

「……沒什麼，幸好你是皇子。」

「什麼意思？」

「悠舜大人好像認為你比我更有成為名宰相的資質。只要再過個十年，我的立場就很危險了。你最好乖乖繼續當你的皇子，別輸給妹妹啦。拜託囉！」

想起過去悠舜對自己說過的話，璃櫻不懷好意地笑起來。只是絳攸最後補上的那句話，又讓他笑不出來了。

「畢竟她可是秀麗和陛下的女兒……一旦想要什麼，眼中就只有那樣東西，光明正大地把你這個哥哥踢下來，搞不好還會逼得你不得不逃離王都……」

當晚稍後，在宰相的調度下，老婆婆的遺體不為人知地搬進後宮一座小小的祠堂。飛奔趕來的劉輝和秀麗看到白天還在眼前走動交談的老婆婆真的躺在那裡，兩人都愣得不知所措。

尤其是不相信世上有鬼的秀麗，始終堅持老婆婆白天時還活著。

話雖如此，眼前的老婆婆已成屍體是不容否認的事實，劉輝與秀麗合力為她淨身，換上衣服，舉行了葬禮。那天晚上，劉輝將早已決定而一直無法說出口的女兒名字，告訴了秀麗。

於是，秀麗綻放了滿臉的笑容，不知不覺，劉輝也跟著笑了起來。

笑著擁抱秀麗。

……為山中小屋的老婆婆舉行隆重葬禮後，將她送回隱山，埋葬在大鍛造師長眠的墓旁。

❖ ❖ ❖

雪持續下個不停。

從埋葬山屋老婆婆那天起，國王身上起了不明顯但很重要的變化，三個近臣都感受到了。

表面上看起來沒有任何改變。依然剪下冬天的花，處理政務，過著一如往常的生活。即使取了名字，還是沒有人看過國王抱起女兒的樣子。

然而，靜蘭、楸瑛與絳攸看得很清楚，國王身上一直縈繞不去的陰影已經消失。原本夜晚一個人閒晃的時間變成用來陪伴王妃的時間，在她與花的身旁看書，或讓打起瞌睡的王妃睡在自己腿上，不讓王妃孤單。兩人甚至可以坐在窗邊看上好幾個小時的雪。就像在最後的最後，國王終於打開內心的堤防，解開通往最深處禁區的鎖，將所有的愛灌注在王妃身上。

這或許令人想起剛認識王妃時的十九歲國王，但是，現在的他又完全不是那樣。他身上的情感變化，連一旁看著的人都感染了幸福。

不過，近臣們還是無法完全放心，擔心國王的陰影與不安並未完全消除，只是現在收在內心深處罷了。他們的不安反而與日俱增。

王妃每天都在哼歌。低沉又輕柔的嗓音，唱著搖籃曲或任何她知道的歌。歌聲愈來愈小，隨著日子一天一天過去，王妃的精神不但沒有復原，身體反而愈來愈差，膚色愈來愈蒼白，一天比一天虛弱。躺在床上的時間增長了，身旁的書本和紙筆不見了，取而代之的是各地友人與昔日部下、同事及上司們寄來關切的信。

不變的只有兩件事，她依然低聲哼唱，也依然笑臉迎接來客。

平靜的日子持續。年輕的官員和一般重臣無法入室晉見，只能站在門外送上鮮花或禮物，再悄悄離去。只有赴任遠方的王妃舊友及重要的友人才得以進入宮殿深處的房間。

在王妃身旁聽到她最後遺言的，只有國王一個人。彷彿等著國王的到來，在那之前昏昏沉睡許久的王妃忽然睜大眼睛醒來。

對國王展露一如往常的微笑。

就在啪答啪答下個不停的大雪戛然停止的安靜剎那。

她輕聲低喃，短短的時間結束了呢。

伴隨最後的嘆息，說出這句話。

『……噯、劉輝。櫻花的季節，很快就要……到了呢……』

沒能親眼目睹櫻花盛開的季節，王妃在冬天結束時靜靜嚥下了最後一口氣。

——享年三十歲。

生下女兒不到兩個月，死於雪下個不停的那一天。

終

——深夜裡。

王妃宮的最深處，嬰兒嚎啕大哭。

奶媽和宮女們輪流哄著餵奶、嘗試過一切方法，孩子就是哭得停不下來。哭到最後虛弱不已，誰都拿她沒辦法。

身穿喪服的國王飄也似地走進來。

深夜燈火微弱，看不清臉上的表情。與其說來的是國王，不如說是國王的影子。

國王朝搖籃投以一瞥。

接著，命令那些原本以為會受到斥責的宮女全部離開。

雖是國王的命令，奶媽與宮女們卻遲疑了。

因為誰也沒看過國王抱起公主，他當然更不知道如何照顧一個嬰孩。好幾個人小聲表示想留下，國王都不答應。王命不可違，宮女們只好準備好溫奶與稀米漿，對國王千叮嚀萬交待之後才離開。

也不知道國王到底有沒有聽進去，他的臉上毫無情感，像是什麼都不明白。

這令每個宮女們都感到不安。陰暗的燈光下，國王的側臉看來十分冷酷，就好像他進來趕跑所有人，為的不是安撫哭泣的嬰兒，而是為了尋找已逝王妃的身影。

……就這樣，房間裡只剩下哭泣不休的嬰兒和影子般的國王。

劉輝站在黑暗角落裡，雙手盤在胸前，就是不靠近搖籃。

倔強地站在那裡，東張西望尋找總是笑著走過來的秀麗身影。

不過，秀麗已經不在了。不在這世界上任何地方。

聽得見的，只有孩子的哭聲。

真虧她能哭這麼久，劉輝甚至佩服起來。因為實在是哭太久了，忍不住過來看看。再這樣下去，宮女都不用睡覺了。

『我也哭了很久，好幾年好幾年只能哭著生活。因為那不是失去也不在乎的東西，因為那是很愛的東西。』

不經意地，劉輝的視線朝搖籃望去。哭了很久。

——因為那是很愛的東西。

……這時，劉輝才第一次主動走向搖籃。一步、一步，如影子般接近。

搖曳的燈影下，哭了許久的孩子把臉都哭花了。

用木棉布沾了一點溫奶，放在孩子嘴邊，她立刻嫌棄地吐掉。像秀麗經常為她做的那樣擦臉也不行，孩子依然不願停止哭泣。

——失去之後只能每天哭著生活。

得到秀麗滿滿的愛，秀麗最重視的女兒。

因為失去的完全不是不在乎的東西，她才會在這冷清的房間裡，一個人不斷哭泣。找尋那個怎麼呼喊也不會出現在任何地方的人。和劉輝一樣。

她小小胸腔裡的那顆心有多愛，就會破多大的洞。

「——」

女兒和自己是一樣的。

不是女兒奪走了什麼。她和劉輝一樣，都是喪失的一方。才剛得到就一轉眼又失去了。無論是幸福，還是那無可取代的人。

對女兒付出滿滿的愛的她，劉輝心愛的她，牽起他的手的那個人。

『如果有非常喜歡的東西，只要好好攬進懷中，陪在一旁微笑就好。盡情呼喚對方的名字，這樣就算失去再多東西，也會留下許多奪不走的東西……』

從寶箱中失落的，他最珍惜的寶物。失去也不會被奪走的東西？

那是什麼？

『沒事的，陛下……』

請放心往前走吧，不要畏懼。笑著這麼說，悠舜離開了。

『天終究會亮——站起來。』

不管失去再多東西，依然持續朝某處前進的旺季。

『不要緊，我不會不見的。』

一年來不停對自己說這句話的秀麗。

劉輝對哭得忘了翻身的女兒伸出手。

於是，孩子的哭聲減弱了。像在找尋什麼似的，拍了拍劉輝的手。如此反覆。

——秀麗每天每天開心地靠過來，緊緊握住的雙手。

女兒找到劉輝的拇指，一如平常秀麗那樣黏上來。

劉輝想起曾經覺得秀麗的手融入自己手中的事。

『不要緊，我不會不見的。』

這句話的意義。

「————」

雙手抱起孩子，女兒皺眉的表情有點不安，但立刻把頭靠在劉輝胸前。將孩子抱在秀麗每晚倚靠的胸前，輕輕搖晃，撫摸她的頭和背。回過神時，劉輝發現自己正在唱搖籃曲。至今從未唱過的歌——因為秀麗不厭其煩地每天唱個不停，劉輝也在不知不覺中記住了這首歌。

女兒緊緊攀住劉輝，彷彿秀麗就在這裡。

融入自己手中的她的手。她的背、她的胸口、搖籃曲，還有——她的心。

你知道嗎，劉輝。我不會不見的。

「————」

躺在懷裡聽歌的孩子看著劉輝，又開始嗚咽哭泣。

「……別哭……妳是好孩子……」

大顆大顆的淚珠沿著女兒臉頰滑落，滴滴答答、滴滴答答，停不下來。

劉輝抱著女兒輕聲低喃。

「……別哭嘛……」

話才說完，劉輝自己也哭了起來。抱著女兒，哭得表情扭曲。

女兒的體溫似乎從角落開始融化劉輝凍結的心。秀麗逝去後，明明已經連怎麼哭都忘記了，現在眼淚卻怎麼也停不下來。

「別哭……」

到底是對誰說的，劉輝自己也搞不懂了。

好幾次好幾次如此低喃。同樣失去了半個世界的兩人。

不知道經過了多久。

……門「噫呀」一聲打開了。

劉輝恍惚地回頭，看見三個熟悉的影子投射在地上。

不分日夜，這一年來——不、其實是一直以來都陪伴在身邊的三位近臣。

劉輝眨了眨眼，落下最後一滴眼淚。原本以為再也走不了的雙腿動了起來。抱著女兒，踉蹌前進。

想起旺季。那年秋天結束時，明明哭得像是失去了什麼非常重要的東西，他還是繼續往某處前進……說不定，也有人來迎接旺季了。

劉輝擦拭臉頰，和女兒兩個人搖搖晃晃地走向三人等待的地方。

天就要亮了。

是該站起來的時候了。

『藍將軍，他應該是在孩子不哭之後才離開的吧？劉輝不是會丟下哭泣孩子離開的人。因為他比誰都更明白那樣的心情，哭泣孩子的心情，寂寞的心，失去重要寶物的人的心情，他比誰都更明白。因為他是個比誰都溫柔，熟知脆弱而變得強大的人。他一定是知道孩子一個人待在房間裡，擔心孩子才會去看的。』

我愛的就是這樣的人啊。王妃微微一笑。

❖ ❖ ❖

屋簷上傳來雪崩落的聲音，這是個下雪天，天色微暗的下午。

秀麗從床上撐起沉重的身體，以手支頤。鏤空的窗上映出剪影般的雪。

「……雪還下不停呢。」

雪啪答啪答地下著。啪答、啪答。

女兒睡在搖籃中，劉輝一副對搖籃毫無興趣的樣子，正在若無其事地看書。不過，秀麗早就發現了。每天在旁邊看我照顧孩子，劉輝已經學會照顧孩子的所有方法，記住了搖籃曲，也學會怎麼抱孩子了。

說不定會做得比宮女們更好呢。

秀麗重要的寶箱，裡面裝滿了許多東西，最近又新增了一個女兒。

一年前，抓住了最重要的東西，放進箱子裡。每次看到劉輝，秀麗就忍不住笑。

像這樣好好珍惜重要的人，一直一起生活下去，直到變成白髮蒼蒼的老太婆。和劉輝一起。

所以，真希望身體快點好起來。櫻花就快開了吧。

炭爐裡的炭火如呼吸般發出明滅紅光。現在只要劉輝一靠近房間，秀麗馬上就會察覺。從他每天剪來的花香味察覺。

撫摸為自己披上外衣的手。劉輝略顯疲倦的手撫上她的臉頰。

「……春天好像還很遠呢，秀麗。」

「不，很近喔。雪很快就要停了。」

我會復原的。因為答應過你，我會不要緊的。

早已決定要長命百歲，待在你身邊。

雪總有一天會停，漫長的冬天也會結束。

我最喜歡的，櫻花盛放的季節，很快就要來了。

我們初次見面的季節，即將再次來臨。

終回

風花

——仙——

『別哭……』

❖ ❖ ❖

這溫柔的聲音，使得停在枯枝上，如黑夜般的烏鴉閉上眼睛。

四個「結束」的嘆息，滲出感動了心的暖意。

『陛下……這個稱呼，這輩子我只對你說過。請你一定要好好地往前走，別畏懼……』

夏天結束時，火紅群生的彼岸花。

『天終究會亮——站起來。』

在永不結束的冬日裡奔馳的一匹馬，以及葉笛低鳴的聲音。

『會啊，我會殺喔，旺季大人。』

始終留在告知春來的花旁，孤獨的一匹狐。

他們一一離開了。

離開這個世界，離開各自的人生，無聲地轉身離去。

——為何而生？

只有「愛」能表達這樣的心境。

那是帶點悲傷，類似秋天落日般靜靜從世界上消失的東西。

烏鴉睜開金色的眼睛。

……雪停了，廣漠的雪原上，大地覆蓋一片薄薄的雪。

千里眼中看見紅仙女兒的葬禮。烏鴉無法繼續看下去，張開漆黑的翅膀。是時候了，真的必須回主人身邊了。

留下遺憾的嘆息，有著夜色羽毛的烏鴉飛離冬天的枯枝，朝虛空飛去。

滑過日暮低垂的陰暗天空，烏鴉想起這段四處逗留的過程中不時看見的紫仙。

……那位仙人也離開了。雖然不知道有什麼原因。

進入人群之中又離開。好幾次、好幾次。

他也是位捉摸不定的仙人，非常冷酷無情。不過，卻也絕對不只如此。每次在路途中看見他，那位高傲的仙人——連其他仙人都無法理解他——總是深深吸引著烏鴉。這麼說或許有些無禮，但他即使看到烏鴉也不會拒絕。好幾次，那位仙人化身為和自己一模一樣的漆黑烏鴉，停在不知名樹的枝頭上。看到這樣的他，烏鴉心中總忍不住為那份調皮偷笑。心想，他應該不討厭自己。畢竟誰會化身為自己討厭的對象呢。

烏鴉拍著翅膀，想著至今目睹的那些「結束」，在心中自言自語。

（其實……只有一件事想問問那位……）

只有一件不明白的事……

在戩華王死前，那道叫醒旺季、對他招手的黑影到底是什麼，烏鴉不知道。

然而那天晚上，比旺季更早進入那間房間，一直待在戩華王身旁的是擔任尚書令的紫仙。所以旺季在房間角落看到的黑影，應該有著宰相的長相吧。

紫仙已經以人類的身分，和那個王在一起很久了。

烏鴉原本認為紫仙總有一天會殺死戩華王。為什麼他會出現在戩華王身旁，以烏鴉卑微的身分實在不該多做揣想，只是，烏鴉總覺得他會在離去之際親手殺死戩華王。因為那是個令人想起蒼玄王的國王。

曾有幾次，紫仙看來都要這麼做了，最後終究沒有下手，也不曾離去。他只是待在臥床不起的國王身邊，眼看他受詛咒侵蝕而亡。

解除那個人類加諸戩華身上的詛咒，對紫仙來說應該是輕而易舉的事，但他什麼都沒有做。

有時烏鴉感到不可思議，其他仙人為了自己喜歡的人類，多少願意做一些不符天理的事，唯有紫仙絕對不這麼做。

但也不知為何，這並不曾讓烏鴉覺得他很冷酷。

凌晏樹說「不想藉由那麼做來讓自己落得輕鬆」的時候，烏鴉忽然想起紫仙。

或許這麼說聽起來很奇怪，沒錯，那位仙人簡直……像個人類一樣愛著人類，不但愛著，也憎恨著。

長時間跟隨的戩華王臨死之際，那位仙人心中到底在想什麼呢？烏鴉不知道。

即使就在一旁看著……

❖ ❖ ❖

紫霄並不知道站在房間角落的自己，看在旺季眼中是什麼樣子。會是仙人的姿態嗎？還是回到二十幾歲時的模樣？反正也沒有隱身的打算，因為那個秋天的深夜，黑暗宮殿裡發生的一切終究會埋葬在黑暗中。

該怎麼做才好，他猶豫不決了很久。長久以來一直無法做出決定，簡直像個人類。

旺季思考的事，他思考了比旺季更久，直到那天來臨。

那天……戳華的星從天上墜落的夜晚。

隱約已感覺到徵兆……發動防止人類闖入的法術，不讓任何人來訪，只有自己與戳華兩人一起度過半天的時間。因此，當看到突破法術，半夜一個人搖搖晃晃進入宮殿的旺季時，老實說紫霄非常驚訝。是「什麼」將旺季帶來的，只有旺季自己知道。

紫霄站在房間角落，默默注視旺季。

和自己一樣，旺季屢屢探訪離死亡愈來愈近的戳華，卻又磨磨蹭蹭什麼也不做便離開，不斷反覆。或許自己是想看看最後旺季得出的會是什麼答案。

若問戳華會不會死，答案是肯定的。

能改變的只有死法。

……然後，他聽見戳華的脖子被折斷時的骨折聲。

旺季走了，小小的臥室恢復寧靜，燭台上火光搖曳。

只剩下不會呼吸的戳華與自己。

他靠在牆上，雙手輕輕盤在胸前，眼神落在火影晃動的地板。

不知道過了多久。

火光像是有生命般搖晃，紫霄垂下睫毛。

其實——

……將手伸往他的心臟時，已經解除了詛咒。

無法忍受戳華死於縹家女人的詛咒，這一點紫霄也有同感。即使解除了詛咒，仍不代表能延長他的生命，因為在這之前流失的生命已無法追回，無論如何，今晚還是他的死期。倒不如說，取下這副令他緩慢死亡的枷鎖後，反而加速戳華生命的流逝。

究竟是旺季殺了戳華，還是自己解除詛咒後，戳華的生命正好走到盡頭。

……無論真相是什麼。

唯一確定的是，關於這個和蒼玄有些相似的毀滅之王最後究竟會怎麼死，自己本來只該站在最近的地方袖手旁觀，卻在最後一刻忍不住插手。

「…………」

設想過各種戳華迎接死亡的畫面，這麼悽慘的死法卻完全在預料之外。

「……這就是你的死法嗎。戳華。」

和過去人稱毀滅皇子的他相距甚遠的死法。

被一個平凡人類絞殺而死。而且恐怕還是個無法承受這個死亡的男人。

這種程度的死法。

放開盤起的手臂，朝橫躺在床的男人投以一瞥，冷淡轉身。

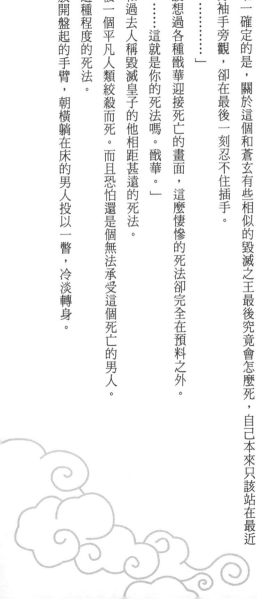

背對燈火，正想永遠離開這間房間時，腳步又停在門口。

像影子被縫在地上一樣紋風不動。一陣宛如世界靜止的空白之後，紫霄回過頭，邁步走回戩華身旁。一臉不悅。

冷淡的眼神只持續了幾秒。伸出手，輕輕抱起亡骸。

已冰冷如霜的脖子上，殘留瘀青的絞殺指痕。伸出指尖輕輕撫摸，痕跡轉眼消失。折斷的頸骨也重新接合，恢復原狀。發黑的皮膚則變回與生前一樣的蒼白。

……紫霄不願意留下他被平凡人類絞殺而死的證據。

俯瞰懷中男人，總覺得那雙能夠掌控一切的夜色眼眸又會再次睜開。

那段什麼都沒有發生的空白之後，又默默將他放回床上橫躺。

接著，比旺季更仔細地，用沾濕的毛巾為國王擦拭臉孔與手腳，將衣物一件一件整理好，頭髮梳整齊，聚攏在肩膀附近紮起。

盡可能打理好他的服裝儀容後，放下手中的梳子。

整排燈火熾烈燃燒。紫霄凝視宛如沉睡的戩華，雙手放在他的太陽穴邊。

閉上眼，深深吸氣。

緩緩抬起捧住兩側太陽穴的手。

如果那隻烏鴉看見了，一定會認為自己取走的只是雪白的頭蓋骨。

戩華的亡骸依然躺在那裡，睜開眼，紫霄雙手捧著發出微光的骷髏，他嘲諷地揚起嘴角。

「……骸骨之王……是嗎？連靈魂的形狀都是這樣，真適合你……戩華。」

無數骨骸發出的咔啦聲，如今已成懷念的聲音。

一直近在身旁的聲音。

往後再也聽不見了。

紫霄閉上眼，分別親吻了手中骷髏的兩側太陽穴。

這是獻給這個唯一認同過的君主的薄禮。

……即使原本不打算認同。

「實在……死得太難堪了，至少送你這點東西吧。」

喃喃低語的剎那，骷髏竟似笑了。那上弦月般的微笑。

發白的骷髏像是被吸進紫霄雙手般消失了。

紫霄再次轉身，正面面對躺在床上的國王遺骸。

膝蓋一彎，彷彿與生俱來的貴族，優雅地低下頭。

為君主呈上最敬禮。

「今日，就讓我收回這副為你奉獻的身軀吧……陛下。」

古老時代的話語，與君主最後離別時，臨去之際的話語。

——願乞骸骨但不歸。

❖　❖　❖

……不過，最後他又在朝廷留了幾年。

（……為什麼他要留下來呢？）

烏鴉小心翼翼地環視這寒愴昏暗的世界。

——判斷那個國王不在的時候，就要迅速辭官，離開朝廷。

這是「仙人」與蒼周王的「約定」。紫仙按照約定，幾乎沒有再干預政事，然而，他卻在君主已死的朝廷裡繼續留了幾年，原因成謎。

烏鴉擅自假設起可能性。

會不會是曾允諾出手搭救每位皇子一次的戩華王留下遺言，希望他心血來潮時能對下任國王伸出一次援手？

紫仙和戩華王兩人獨處的那半日空白，烏鴉沒能親眼目睹。就算國王可能和紫霄說了什麼，那也藏在烏鴉打不開的盒子裡了。永遠。這是只有紫仙本人才知道的事。因此，究竟是不是真有這段對話，誰也不得而知。

到最後，那位仙人還是離開了朝廷。雖然遲了幾年。

即使如此，烏鴉總有個感覺，彷彿他到現在仍停留在這個世界。

其他仙人們在漫長的時間中沉睡，醒來時心血來潮才會降臨人世。然而，和其他仙人不同，只有兩位仙人——烏鴉的主人與紫仙——絕對不會入睡。

從蒼玄那一代起，紫仙就在這世界裡徘徊。八仙中，只有他一人不帶隨從，獨自停留在世界上。烏鴉的主人留在世間，是為了找尋久遠前消失的人類公主，紫仙卻不一樣……他在人世徘徊的原因無人知曉。

降臨又離去，一次又一次。離開時，總會將關於自己的記憶消除。

為了什麼？

（早知道……上次他近在身邊時，說不定就該豁出去開口問。）

鄭悠舜死時，烏鴉停在一旁的樹上看。赫然發現身旁竟有另一隻與自己一模一樣的黑烏鴉，原來是紫仙的化身。

鄭悠舜臨死前，那位仙人變回了原本的姿態。八仙中最高貴的紫仙，竟然特地來搬運這連國王都不是的凡人魂魄。真是難得一見。

……鄭悠舜身上一定有什麼，值得他特地前來這麼做。

一邊朝主人飛去，烏鴉疑惑地歪了歪頭。

『我更想知道的是……「他」為什麼會來到朝廷，又為什麼離開……』

烏鴉倏地睜大眼睛——為了什麼？

與這個問題相通的深刻醒悟，不由得令烏鴉全身顫慄。在那之後，鄭悠舜已經得出他自己的答案——烏鴉正欲找出記憶，就發現記憶受到操控。

身為黑仙隨從的自己，記憶受到操控。

能辦到這種事的，即使是八仙中也只有一人。紫——

眼看記憶轉眼流失，連些微抵抗都無法做到。操控記憶的是絕對的力量與意志。

不只烏鴉，直到現在，包括紫劉輝在內，所有人腦中關於紫仙的記憶都不留下蛛絲馬跡。「黑髮宰相」這次真的從他們的記憶中消失了。

（為何？）

今天是紅秀麗舉行葬禮的日子。選在今天消除所有記憶，就像是早已決定，一旦見證過這天就要讓一切結束。

烏鴉嘆了一口氣。連自己剛才浮現的疑問，都已陷入一團迷霧之中。

即使同為八仙，那份力量仍遠遠超乎其他仙人。自己再繼續思考下去，一定又會受到紫仙訓斥，烏鴉雖然心有不甘也只能放棄。

很快地，烏鴉飛到世界盡頭，眼前已看得見自己該回去的地方。

黃昏之門旁，巨大槐木下，一張孤零零的白木椅上，一身黑衣的主人坐在那裡。

在降落主人腳邊的前一刻，烏鴉的千里眼被最後一幅光景吸引了目光。

那應該是紅秀麗葬禮結束後的事吧。王宮的某個角落，一座風雅的高樓，穿著喪服的老人正獨自往樓上爬。手中提著一瓶酒，腰間掛的劍上刻著似曾相識的沉丁花紋。烏鴉在記憶中探索，找出他的名字，是宋隼凱。

老人爬到樓頂，咚地席地而坐，在面前放了三個酒杯。

坐在冷得彷彿凍結，但也星光燦爛的夜空下。

——三個酒杯。茶鴛珣的、自己的……霄的。

從十年前起，酒杯的位置從未改變過。

烏鴉感到驚愕。這不可能。連身為仙人隨從的自己都無法抵抗那股力量對記憶的完全操控，怎麼可能有人辦得到。更何況宋隼凱還只是個普通人。

可是。

……或許正因為世間有這樣的人，紫仙才會屢屢回到人世。

宋隼凱帶了開著花的樹枝。宣告春天來臨的雪色花朵。一枝初開的白玉蘭。

烏鴉瞇起眼睛，原本以為春天還很遠，看來是錯了。

櫻花盛開的季節，即將再次造訪這個世界。

很快，就在前方了。

烏鴉繞了好大一趟遠路四處閒晃，現在終於回到黑仙身旁，靜靜收斂羽毛，停在黑仙伸出的手臂上。

❖　❖　❖

紫霄這次消去了一切記憶。包括烏鴉的。

戩華王的星星墜落那天。他不否認自己在那空白的半日中與戩華王有過對話，但內容絕對不會透露。永遠不會。

只是，當他一邊遠望紅秀麗的葬禮，口中發出了如此低喃：

「……剩下的最後一件工作，這樣就算結束了。」

如果是鄭悠舜，一定會不高興地揣測「繼續留在朝廷，一定有他自己才知道的其他理由」。

『我更想知道的是……「他」為什麼會來到朝廷，又為什麼離開……』

只是想在一旁看著而已。看著什麼。看著誰。看著這宛如滑落斜坡般不斷惡化的最糟糕的時代。

看著那命帶毀滅星宿的皇子戩華。特地選擇來到這沒有任何一件好事可言的時代，並且留下來的理由。

帶紅秀麗入後宮，結束最後的工作後仍不離去，依然站在那裡看著。

像一根椿子支撐了崩壞世界的戩華王消失之後的世界。

沒有了紅秀麗之後的世界。底層的，未來的事。

『……說不定，只是想看接下來會怎麼樣吧……』

凝視紫劉輝抱起孩子之後。

他默默轉身背對這個答案，一陣輕煙般地消失了。

邂逅命運之夜

——惡夢國試組——

從以前起就常被這麼問。

『你就是鄭悠舜？到底是怎麼把那個紅黎深哄得如此服貼？』

第一次見面的上司官員或高官，對悠舜的態度大抵都是輕蔑無禮的——尤其是對他的腿和拐杖——露骨地一陣打量之後，他們總會這麼問，令悠舜窮於應答。

怎麼辦到的？

……自己當然知道答案是什麼。就像腦中對所有問題迸出的答案一樣。

不過，就算真的告訴他們，上司與高官不是感到掃興就是不滿，更何況，這是他們根本沒必要知道的事。

所以，悠舜每次只是苦笑著說「您說呢？」

就像每次對黎深展現的那虛偽的微笑。

序

那個人來找悠舜時，他住的草庵外，李花正盛放。

「……要我參加下次國試？」

「沒錯，悠舜。」

悠舜沉默不語。

今年的國試已經開始了，所以他指的是明年吧。如果及第就是後年了。

「下次國試的難度恐怕會極度爆增，及第者一定也不多。不過，如果是你就沒問題了。只要這一次就好，你去參加下屆國試吧。」

圓形窗外，淡得近乎白色的淺紅花朵，如雪片一般翩翩飛舞。李花。

「……那麼，您已經打算在今年內將清苑皇子驅離朝廷是嗎？旺季大人，現在才動手太遲了。您至少應該在三年前做出這個決定才對。清苑皇子身邊已聚集了一定程度的佞臣，當今太子也不再像過去那麼聰明。」

太子和清苑這幾年來都改變了許多。身為兄長的太子原本應能當個稱職國王，卻因清苑的存在而失控。一切已經太遲了。旺季沒有答腔，只是和悠舜望著同樣的花。悠舜嘆口氣，這些事，身在朝廷的旺季當然比自己還清楚。

「……您一直觀望劉輝皇子和清苑皇子，才會錯失良機。不願拆散他倆的心情讓您躊躇了。這種溫柔有時會致命啊，當時不該猶豫的。無論是對清苑或對皇子來說，都已經太遲了。對這個國家來說也是。」

旺季瞪著悠舜。

「……你明明沒有入朝為官，為什麼知道得這麼清楚？」

「因為晏樹那個大嘴巴會說啊。一旦清苑消失，藍家三胞胎見前途無望，一定立刻棄朝廷不顧……這麼一來恐會掀起動亂。還是放棄屏除的想法，放任清苑吧。您自己隱居起來如何？他應該能做得不錯才是？」

「做得不錯？那個內心充滿猜疑的傢伙？」

「就算他只相信自己，剛開始時想必也能好好扮演賢君的角色，累積莫名的自信之後，隨著年齡增長，猜疑心自然更深，打從心底瞧不起臣子的諫言，身邊也沒有像樣的近臣，一旦對誰起疑心就全部處刑……大概會像這樣陷入恐怖政治吧。不過到那時候，旺季大人您也早就進棺材了，不用在意這麼多也沒關係。比起又招惹了什麼倒楣事，不如和我一起隱居吧，好嗎？這樣不是很輕鬆嗎？」

托著下巴欣賞屋外的李花，悠舜的態度隨便得像在跟屋簷下的貓說話，滿不在乎，一臉悠哉的笑容。旺季抓起悠舜的拐杖，敲了他一棍。

「這是『鳳麟』該說的話嗎！什麼跟你一起隱居啊！才二十歲出頭的年輕人說這什麼話！從早到晚過得像個老頭子的生活。給我去參加國試！還有你的頭髮，為什麼不綁起來！」

悠舜轉頭不理，手指纏繞一頭披垂的長髮。

「那個稱號已經和才能一起丟進水溝，沒有了。至於頭髮，夏天一到就會綁起來。根據統計，每天結髮的人容易禿頭……」

「不要講歪理！」

「——太遲了啦，旺季大人。」

悠舜瞪著旺季，以強硬的語氣回應。很少看到他如此控制不了怒氣。

「為什麼您不早點告訴我晏樹從您身邊消失了的事？那樣的話，我早就參加今年的國試了。不……不……就算那樣還是太遲……明年才參加國試更是太遲。原本以為晏樹在，至少可以避免最糟糕的狀況——」

「……悠舜？」

「我從晏樹和皇毅那裡……聽說了朝廷的情勢。雖然死也不願意成為那個國王的臣子，但是只要你要求，我去參加國試也沒關係。不過，請再等一下，還不要對清苑出手。」

這次輪到旺季故意充耳不聞了，氣得悠舜一把火衝上腦門。

下一屆國試的難度之所以可能爆增，是因為旺季若將清苑皇子逐出朝廷，藍家三胞胎一定會帶著藍家眾臣辭官，為了彌補這件事造成的人才流失，必須靠國試嚴格篩選出具備一定實力的新血。這批新血至少必須在幾年內成為戰力，又不會被朝廷的腐敗擊倒，還得能夠在競爭中存活下來支撐政事。必須是這種優秀又具有堅強信念及毅力的人才行。

然而現在，旺季在朝廷中的勢力仍屬微薄，這樣的他若將勢力龐大的第二皇子派系搞垮，接下來會發生什麼事不言可喻。可是旺季卻一副滿不在乎的樣子。

「……你不用擔心那種事。」

「……旺季大人！」

「我在說的是報考國試的事。現在我想要的是能以名列前茅的成績突破會試的人。在我門人之中，有機會通過紫州州試，高分及第的人，除了你之外沒有別人。」

除了你之外沒有別人。

這話動搖了悠舜的心。紫州高官子弟眾多，州試向來是全國競爭最激烈的地方。想要高分及第，確實需要全國排名五名內的實力，而悠舜不是辦不到。

「我知道你不想當戩華的官。」

悠舜輕輕挑眉。聽到那個國王的名字以及旺季硬是轉移話題的事，都讓他心情急速變得不悅。

旺季說得沒錯，悠舜堅決不願成為戩華王的臣子。他曾發誓，不會為戩華付出任何一小片自己。無論是才能、憤怒還是憎恨。和那個國王有關的任何事，都不關悠舜的事。

關我什麼事。想起這句話，悠舜忍不住噗嗤一笑。

過去紅家那個幼子也曾對悠舜說過一樣的話——要毀滅就自己去毀滅。

「要不要為他入朝，你可以自己決定，我不會勉強……不過，只有這次無論如何都要借助你的力量。」

這種說詞太奸詐了，過去旺季從來沒有開口拜託過悠舜什麼。

偏偏現在旺季身邊的情勢不斷惡化，正逢最糟糕的時期，竟然要我一個人去參加國試？只有我嗎？

絕對不要。不，必須承認這是謊言。換句話說，只要旺季拜託……要、要去考也是可以。不過有個條件。明明想這麼說的，話到嘴邊卻說得太快。

「……好、好啦，我、我去考……」

聽到這句話的瞬間，旺季露出燦爛的笑容。

「是嗎！很好、很好。我很高興。那麼，報考手續由我來處理。」

「請、請等一下——我有個條件！」

「嗯？哈哈，報考費用的事你不用擔心！就算借錢也會讓你去考！」

「那樣我才更擔心好嗎！不——不是這樣的。請聽我的條件——」

為了籌措昂貴的報考費用，旺季最近才把那套「紫戰袍」拿去當鋪典當，這件事把悠舜他們都給嚇壞了。

旺季伸出手，撫摸悠舜的臉頰，開心地笑著說：

「悠舜……希望參加這場國試，能對你有所幫助。」

對我？悠舜感到疑惑……這是什麼意思？聽起來就像旺季根本不在乎悠舜的原因是什麼，純粹只為悠舜願意去考國試而大感欣慰。

悠舜表情扭曲……旺季不可能沒有注意到身邊趨勢的變化。

他這麼做，是為了讓一直關在這個小草庵打盹，什麼事都不做的悠舜……在沒有旺季的世界裡也能擁有容身之處。

為了制止他亂來，悠舜重新提出要求。

「聽我說……旺季大人……關於剛才的條件，如果要我去考國試，對清苑皇子就——」

旺季打翻手中的茶杯，推開椅子站起來。

「啊、那我要先走了。今天皇毅做了天婦羅等我回去呢。」

「騙人，不要搞笑了！旺季大人，算我拜託您，請保重您自己——」

「悠舜。」

旺季停下腳步時，悠舜內心已雪亮。不管誰說什麼，他都不會改變決定了。就像當初下定決心闖進紅家拯救悠舜一樣。

旺季回過頭。悠舜咬著嘴唇別開視線。旺季已恢復冷靜的表情，從他的表情就知道，現在說什麼都沒用了。旺季開口，說出一個悠舜遺忘許久的名字。

「我忘了告訴你……朝廷已下通令，無論出身高低，各家各州都要釋出優秀人才參與國試。所以明年的會試……紅黎深或許會來。」

——紅黎深。

風吹動庭院裡的李花，淡紅色花瓣四處紛飛，越過圓窗飄到悠舜身邊，掠過一頭長髮。

將頭髮撩到耳後，悠舜低垂雙眼。

「……這樣啊。」

不去看旺季的眼睛，微微一笑。

毫無一絲破綻，完美的溫柔。

在這個世界上，有誰會知道這個笑容是假的呢。

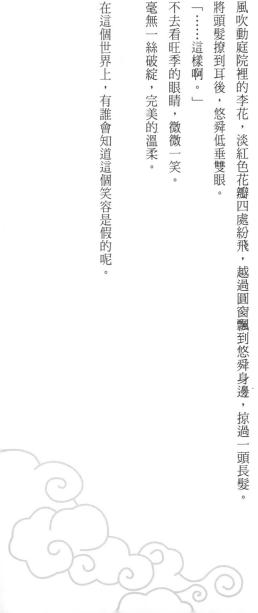

一

——隔年，冬天。

「那個拄拐杖的男人就是鄭悠舜。」

他不以為意地從酒樓上俯瞰「委託人」指出的人物。

或許是昨晚下過雪的關係，整條街都像戴上白帽子。一名青年拄著拐杖走在雪白的路上，長髮在背部中段附近紮成一把，身後是一連串腳印與拐杖留下的痕跡。

真像童話故事的一幕。他在心中喃喃自語。

拄拐杖的青年低下頭，似乎在想什麼。

他始終凝視青年的側臉，凝視的時間可以說已經太長。

吹過一陣風，花隨風飛舞。

剎那，宛如知道他就在那裡似的，鄭悠舜朝這邊抬起頭。

似乎連睫毛的眨動都看得見。

……這時，他決定接受這個「委託」。

❖
❖
❖

踏著新雪前進，悠舜走在王都貴陽的街道上。

傾聽身邊熙來攘往的行人對話，人人口中談論的都是國試的話題。

「喂，今年每一州的州試都是一團混亂啊，而且榜首盡是些沒沒無名的人。」

「我聽說了，所以那些開賭的傢伙很慘吧？」

「對啊，到處都有人破產，不是半夜開溜就是上吊自殺呢。那些人一定被恨死了。賭誰會考過會試的人，現在都急急忙忙抽換了。」

「聽說黃州只有一個人考上？」

「真假？太莫名其妙了吧。我聽說不知道哪一州黑道老大的兒子也參加了會試，結果超驚人。黑道份子夾道接送不說，還同時賄賂要脅考官，說要跺掉人家的手指，就這樣低空飛過考上了。」

「超可怕！」

「藍州這次的狀況也很混亂。你看嘛，三胞胎宗主去年無預警從朝廷帶著大批藍姓官員辭官，會試通過到一半的五個藍家門下考生聽說也放棄了國試。」

「不不不，最混亂的地方應該是紫州吧——」

沒有繼續聽下去，是因為說話的兩人走進了附近一座酒樓。

悠舜用拐杖在雪地上戳洞，一口氣戳了五個。

……想放棄國試的心情悠舜也一樣。旺季已不在現在的朝廷。

將清苑處以流刑的旺季，自己也逃離了王都……那是去年秋天的事了。

悠舜曾造訪旺季宅邸，二度請求他稍等，他卻聽不進去。

偏偏就在悠舜參加國試的期間，旺季下落不明。悠舜之所以繼續參加考試，是因為皇毅和晏樹都不在朝廷，為了從中央官員那裡得到情報，自己必須進入朝廷。此外，受皇毅所託協助飛燕藏匿的悠舜，暫時也無法離開。

兩個月後，旺季回來了。

（……活著……回來……太好了……）

……悠舜什麼都沒能為他做。自己和陵王、皇毅還有晏樹不一樣，拄著拐杖的身體是這麼不自由，無法到他身邊去……雪地上，又多了一個拐杖戳出的洞。

（即使去見他，他也會說報考金都已經付了，把我趕回來繼續應考吧……）

悠舜甩甩頭，想努力甩掉鬱悶的心情，再次向前走。

旺季將各州高分及第者的考卷——似乎是要以御史身分回到貴陽的皇毅弄來的——交給悠舜，要他看看內容。確實，這次的應試者非常有趣。

（黑州榜首來俊臣……白州榜首姜文仲……紫州榜眼劉子美……）

還有那個傳說中的黑道少爺管飛翔。正如傳聞，他以各州應考者中吊車尾的分數勉強上榜，這點毫無疑問。需要死背的項目幾乎能用慘不忍睹形容，令讀著他那份荒誕試卷的悠舜打了個冷顫。不過，自由申論的內容倒是寫得有模有樣。

（還有黃州榜首……黃鳳珠。）

據說他生有顛倒眾生的美貌，似乎同時也顛覆了這場國試。他雖然非常年輕，從試卷上的答案看來，確實有榜首的實力。

還有另外一個人。

店門前那棵樹上的積雪崩落，滲著血色，垂落狀似葡萄串的果實。遠遠就能被那鮮豔的紅色吸引目光，每次都令悠舜想停下腳步攀折一枝。不過，今天也沒有動手，只是看著那果實。那血紅色的果實。

盯著南天竹的時間比平常更久。

——紅州榜首。

（紅黎深。）

寒風吹來，紮在背後的長髮飛舞，耳朵一陣冰涼。紫州的冬天嚴寒刺骨，腿也隱隱發疼。這種狀況到了夜晚還會更加嚴重。

……天上下起細雪。仰望微陰的天空，閉上眼睛，一片雪花落在睫毛上，很快地消融。眨眼抖落雪花結晶時，感受到一股視線。
不經意抬頭的悠舜眼中滿是驚訝。
從二樓凝望悠舜的那個男人。
很快地，悠舜忘了腿上傳來的疼痛。

下一瞬間。
聽見玻璃裂成碎片的聲音。
破掉的玻璃花瓶從悠舜仰望的那座樓閣上飛出，接著是陶器、窗花和椅子的碎片，如雨點般朝站在樓下的悠舜降落。
大馬路上行人發出哀號，紛紛飛奔走避落下的碎片。
不知是誰，從後方拉開拄著拐杖僵立不動的悠舜。窗框與棍棒隨即落在一瞬之前悠舜站立的位置。等等……棍棒？
「——你沒受傷吧？」
年輕男人的聲音，令悠舜眨了眨眼。
「啊……沒有，託您的福我沒事。非常感謝。」
回頭道謝時，對方匆忙轉移視線，那張臉上纏繞著一塊布，只看得見眼睛……這打扮一看就啟人疑竇。

「不……你沒事……就好。」

蒙臉男低聲囁嚅，布料下的聲音模糊。

樓閣上似乎爆發了一場大混戰，傳來叫罵與破壞的聲音。二樓玻璃陸續破裂，桌子、狸貓擺飾，甚至活生生的人不斷往下飛落。

「我們快逃吧，太危險了。手借我。」

蒙面青年拉起悠舜的手，撿起掉落在地的拐杖。這些舉止和他蒙面的打扮相反，顯然是一位好青年。「好——」悠舜正這麼開口時。

一雙手搭在樓閣的二樓欄杆上。

只見那人一個翻身，身輕如燕地著地，正好落在悠舜他們身邊。背上，紮成一把的頭髮一個彈跳。

那人瞄了悠舜一眼。

臉上是抿起的不悅雙唇和依然傲慢冰冷的視線。

和從前一樣，緊緊對外封閉的世界。

即使那時還是個幼兒的他，如今已長成二十出頭的年輕男子。

——紅黎深。睽違了十幾年，悠舜在心中低喃這個名字。

回過神時，一群凶神惡煞的男人已從樓閣上一擁而下，包圍悠舜等人。

「喂，你們兩個也是這個老千的同夥嗎！知道該怎麼做吧！」

……知道什麼？悠舜傻眼地看著男人們。「拿著。」紅黎深卻將手中的「成金木」盆栽扔給蒙面青年，扔給悠舜的則是另一個不知包了什麼的包裹。

「不准弄丟，不然我會生氣。」

語氣彷彿兩人百年前就是他的手下。悠舜望向手中的包裹，裡面裝的竟然是橘子……為什麼是橘子？

接過盆栽的蒙面青年認份地抱著花盆，忿忿不平地展開猛烈抗議。

「你這人是怎樣啦！又不認識你，別把善良市民捲入紛爭好嗎！」

「囉唆。」

冷冷說完，盆栽男嘖了一聲。

「你這傢伙以為自己是誰啦！」

蒙面青年說出了悠舜的心聲，可是，不小心和他對話起來的下場，就是被包圍三人的賭徒認定為同夥，周遭殺氣騰騰。

「果然是同夥！別想賭贏了就逃跑！看我扒光你們！」

「還有那盆錢幣叮噹響的盆栽也是！」

盆栽上確實掛著叮噹響的錢幣。雖說是成金木，長得這麼茂盛的也實在罕見。一提到盆栽，男人就一臉不高興。

「喂，那邊的蒙面男，你要是敢把盆栽交給他們，我會展開讓你後悔一輩子的復仇，最好先做好心理準備。」

「這是拜託別人幫忙時應有的態度嗎！」

蒙面青年嘴上怒吼，手上還是乖乖抱著盆栽。他似乎認為，無論有任何原因，以眾擊寡的圍毆都是卑鄙的行為。

即使那個被包圍的「寡」是個傲慢不遜，活該被揍的「自以為老大」也一樣。

盡可能想平安脫身的悠舜，對「自以為老大」的紅黎深說：

「你誆了對方什麼？」

黎深皺起眉頭。

「我可沒有出老千。」

「那不管，哪一種賭博遊戲？」

寒冷與剛才的撞擊令悠舜的腿隱隱作痛，或許語氣也不高興了起來。

黎深低聲嘀咕。

「……『無尾龍』。」

「啊……這麼說來，你們雙方都沒說錯。」

賭徒們會輸到脫褲也是無可奈何的事。但是紅黎深沒有出老千也是事實。

（懂得計算就會贏……）

只要具備在腦中計算數千種機率的能力，以及懂得運用超過十位數的算式，賭這類遊戲時就絕對不會輸。賭徒們一輩子都別想贏。

「贏來的錢呢？」

黎深指指酒樓。意思是說，已經把錢全部給對方了，還是無法消除賭徒們的怒氣。

（這麼說來，對方最初的目標就是那個盆栽了……）

以為黎深是隻肥羊，沒想到反而被他贏光所有的錢。這樣的話，就是賭徒們單方面的惱羞成怒了。傷腦筋。

（在對方老大抵達或差人接獲通報趕來之前，不是腳底抹油就是硬碰硬，或是虛張聲勢嚇唬對方——）

就在此時，事情朝悠舜完全沒預料到的方向發展，半路殺出個程咬金。

「喂，你們幾個混帳！抓住小事找碴圍毆算不算男人啊！我都看見了喔，這傢伙怎麼看也沒出老千。雖然老子不想在別人地盤上鬧事，仗著人多勢眾欺負人可就太卑鄙了！有本事衝著老子來。讓我

『九紋龍』管飛翔大爺陪你們過兩招！」

回頭一看，一個年輕男人率領十個左右的小弟，正往這邊衝來。

嚴寒冬天裡，他竟裸露上半身，露出橫跨整個背部的九條龍刺青。活靈活現的刺青說明他是貨真價實的黑道。是說——

……管飛翔？該不會是？

「你是『九紋龍』管飛翔？」

「白州龍家莊那個不肖子？」

「來紫州踢館的嗎？膽子還真不小。兄弟，我們上！」

就這樣莫名其妙地，瞬間演變為一場大型鬥毆。

愕然之間，悠舜的拐杖被人踢飛，不知道掉到哪裡去了。隨著怒吼聲，賭徒們像水牛一樣橫衝直撞上來，一切只能以亂七八糟來形容。

「糟糕！差人來了！」

不知誰這麼大喊，四周一片騷動。

一團混亂中，有人抓住失去拐杖又被捲入賭徒鬥毆漩渦的悠舜，將他扛在肩上，靈活地從眾賭徒之間鑽了出去。與此同時，半空中不斷有各種東西飛來飛去，不知為何，其中一個鍋蓋正好打中悠舜的腦袋。

「————唔！」

明明是來考國試，卻被捲入一場黑道鬥毆，還被鍋蓋砸頭——

悠舜按住暈沉沉的腦袋，就這樣昏迷。

「……喂。」

一隻手略帶遲疑地拉扯悠舜的頭髮，令他悠悠轉醒，睜開眼睛。

環顧四周，這裡似乎是一條巷弄，頭上的腫包絲絲發疼。到底是哪個傢伙丟的鍋蓋啊。悠舜抱著自暴自棄的心情摩挲腫包。好痛。

站在眼前俯瞰悠舜的是紅黎深。看似生著悶氣，卻莫名站著不動，也不離去。不久，紅黎深才不高興地開口。

「你——」

「啊、找到了！太好了，還以為你們不見，擔心死我了。」

這時，蒙面青年從巷子另一端跑過來，後面還跟著大搖大擺的管飛翔……這三人竟能在那場鬥毆中毫髮無傷全身而退，到底為什麼。

管飛翔呵呵大笑。

「哎呀，讓我向各位道謝。好不容易趁亂擺脫掉我那些小弟。他們一直嘮叨個不停，說什麼不要在貴陽惹事。這位小哥得到的伴手禮好像只有頭上的腫包是嗎？太好了、太好了。我叫管飛翔，你是——」

管飛翔才問到一半，黎深便從中介入。

「——你叫什麼名字？」

高傲的語氣，聽得飛翔一臉不爽。

「你這傢伙幹嘛啊！不知道問別人名字之前要先報上自己的名號嗎？」

「……誰管你。」

「啥？這個臭小鬼膽子很大唷！看你似乎很會打架，少得意忘形喔鼻涕小鬼，要好好尊敬你大哥。」

「不用你這種人說，我也會很尊敬。」

兩人好像沒有讓悠舜好好休息的意思，正好相反的成長環境更讓他們對「大哥」一字產生不同解讀——悠舜也沒有介入仲裁的意思。

「……你該不會是紫州州試榜首鄭悠舜公子吧？」

蒙面青年略顯猶豫地這麼問。悠舜也知道，紫州榜首是個拄著拐杖的人，這事早已傳開。

「是的，我叫鄭悠舜。」

紅黎深不知為何正式露出不悅的表情，相反地，蒙面青年則高興得雙眼發光。

「果然是你！我一直很想見到你。我——」

悠舜輕輕打了一個噴嚏。

蒙面青年想了想，拿下圍住頭臉的布。

出現的那張臉，令飛翔與黎深驚訝得說不出話。青年本人則將那條也可當披肩的布遞給悠舜，轉過頭，像是不願被人看見自己的長相。

「哈哈哈！那張臉是怎麼回事——」

「想笑的話請你離開。我不認為現在他有哪裡好笑，你笑什麼，我一點都不懂。」

悠舜一邊借用溫暖的披肩，一邊這麼說。飛翔立刻停止大笑。

「……嗯，抱歉。男人看的確實不是臉。」

這種說法悠舜還是第一次聽到。

拿下蒙面披肩的青年有些不知所措地自我介紹。

「不、不……那個，我叫黃鳳珠。是來參加……國試的……我從黃州來……」

「太巧了吧。我也是來參加國試的耶！」

「咦？啊、管飛翔……難道就是傳聞中——」

「……怎樣啦，我才沒有威脅考官呢，可是誰都不相信啊！要是真的那麼做，成績哪還會吊車尾啊！是說，喂，你該不會也是同梯的吧？盆栽男。」

「你才盆栽男，你全家都盆栽男。我叫紅黎深。」

「怎麼又是一個榜首！」

悠舜朝飛翔投以一瞥。

「……你知道得還真清楚。」

「嗯，你們最近在黑社會很出名啊。對了，不好意思喔悠舜，晚上收留我吧。」

笑容瞬間凍結，不知道多少年不曾有過這種事了。

「…………………啥？」

「好不容易擺脫我那群小弟，你就看在大家同梯又同為庶民的份上藏匿我一下嘛。我沒錢啊。好不好？總之先讓我住一晚就好。可以吧？你住哪個旅店？」

「等、等一下──」

「──等等，這樣的話也收留我。」

悠舜轉頭望向黎深。敵人竟然從完全出乎預料的地方殺來。

「這樣的話是怎樣的話啊？紅家在貴陽不是有府邸嗎？你也不是沒有錢。」

別說沒有，根本就是身懷鉅款吧。連盆栽上都有錢。然而，黎深卻雙手環抱胸前說：

「那又怎樣？我已經決定了，君子一言既出駟馬難追。還有，我也不想回府邸。」

悠舜開始頭暈目眩。

「你、你們兩個！這麼多人擠到旅店，會給悠舜公子添麻煩的！」

看在悠舜眼中，黃鳳珠簡直是這世上唯一通情達理的人，感動得都要哭了。

不料黎深從鼻子裡哼了一聲，盯著鳳珠說：

「那你回去不就好了。」

「咦……」

「不想給他添麻煩的人就回去啊。」

鳳珠無言以對。黎深說得簡直像鳳珠才是最給悠舜添麻煩的人。再說，鳳珠也想多跟悠舜說說話，只得無奈地低下頭。

悠舜做出能最早回到旅店休息的選擇。實在太想休息，思考能力已到了極限。天氣這麼冷，腿又痛得受不了。有生以來第一次以「算了，只想早點落得輕鬆」為理由，做出最不予置評的選擇。

「……時候也不早了，各位不嫌棄的話就來吧。招待不周就是了。」

隔天，旅店老闆將四個人一起掃地出門，悠舜也沒有抱怨。

三更半夜——大吵大鬧之後，所有人都睡死了，悠舜終於得以喘一口氣。

許是白天在戶外待了太久的關係，腿痛得幾乎昏厥。拐杖在那場混亂中不見了，今天是管飛翔揹悠舜回來的，明天又該如何是好呢？

（……連思考這件事都提不起勁。）

往旁邊一看，三個大男人睡得像回到自己家一樣安心，又像剛被捕上岸的鮪魚。小房間裡擠得滿滿的，所有人都侷促地蜷縮身體，且不約而同親暱地靠在悠舜身上，不留絲毫縫隙。

雖然不知道為什麼，總覺得他們和自己很親近。希望這只是錯覺。

一不留神，腿上瞬間竄過一陣劇痛。忍著不發出聲音，等待這波疼痛退去，將手巾浸在飛翔用來熱酒的熱水桶裡。

擰乾手巾，敷在腿上。溫熱的感覺滲入肌肉，稍微緩和了疼痛。

低下頭，長髮垂落肩頭。

（早知道該把頭髮綁起來……）

太大意了。明天起一定要記得繫起頭髮。悠舜不喜歡讓人看見自己隱私的一面。

不經意望向熟睡的黎深。深入每個角落探索自己的心情，發出苦笑。

——什麼感覺都沒有，麻木到了可笑的程度。

（還以為至少會有點想見或不想見的心情……）

旺季大人替自己設想那麼多，真是對不起他。

……一直以為不會再見到紅黎深了。這次悠舜也沒事找他。以為彼此的命運頂多像十幾年一樣，只會擦身而過而已。

（沒想到對方自己衝過來……）

對悠舜來說，只是參加國試發生的意外小插曲？算了，無所謂。

托著下巴望向窗外，天上開始下起小雪。

『……希望參加這場國試，能對你有所幫助。』

這時的悠舜，還不知道旺季這句話代表了什麼。

忽然清醒的黎深，凝視著悠舜的側臉。

二

事情不只是意外小插曲那麼簡單。

當悠舜發現這一點時，已經來不及了。

不知為何黎深在悠舜身旁待著不走，因為黎深引起的種種騷動，悠舜被迫不斷更換住處，到最後旅店的人只要看到他的臉就拒絕他們投宿。

更莫名其妙的是，黎深一惹麻煩就來哀求悠舜幫忙。本該負起監護他責任的紅家人一臉不關己事，似乎慶幸可以把為黎深擦屁股的差事丟給悠舜。悠舜只能抽動著臉頰接受。

（……看來紅家內部也培養出一定程度的謀略家了嗎……話說回來，為什麼事情會變成這樣？現在的我應該搬進預備宿舍才對吧——）

忽然覺得不對勁，今天自己竟然有閒工夫想這種事。太怪了。

停下翻書的手，朝黎深望去，他正在給盆栽澆水。

廉價旅店的房間裡，此時只有悠舜和黎深兩人。飛翔最近偶爾才會來住，現在不在。鳳珠也在昨天回黃家宅邸了。

今天黎深難得沒有惹麻煩，是個睽違已久的「正常日」。悠舜一直沉浸在書本中，他似乎也不嫌無聊，沒有外出，只是安靜地待在一旁。

（嗯？今天他心情似乎很好？）

今天和昨天唯一不一樣的，只有兩人獨處這件事。

注意力渙散了，悠舜決定來泡茶。闔上書本。

「黎深，我要泡茶，你也喝嗎？」

黎深冷淡地點點頭。如果鳳珠在的話，一定會生氣罵他態度差，悠舜倒是並不在意。

「如果能拿那橘子來當茶點，我就泡最好的茶給你。」

只是試著開個玩笑，三秒後，黎深真的把橘子丟過來了……心情真是好得驚人。原因則為謎。

「那我來泡柚子茶吧。只要喝了這個就不會感冒。」

儘管不認為黎深會感冒，想像那個樣子，悠舜還是忍不住笑了。

拿出柚子醬的瓶子，搖晃裡面的柚子和冰糖。打開瓶蓋，冒出一股酸酸甜甜的味道。醃漬得恰到好處。用湯匙挖起一勺開始融化的柚子糖蜜，用熱水泡開。

泡好兩杯，悠舜自己捧起一杯喝了起來，繼續看書。

還以為悠舜會把茶端給他，黎深傻傻地瞪大雙眼。若面對的是鳳珠，他早就會說「端過來啊，蠢材」，對腿不好的悠舜肯定說不出口。悠舜這麼想。

無可奈何的黎深只得自己走到桌邊。即使黎深難得主動拉近彼此之間距離，悠舜仍不從書上抬起頭。黎深雖然有點不高興，喝了一口柚子茶之後，心情又好了一些。酸酸甜甜的滋味在舌尖擴散，不會過甜，切碎的柚子皮適度的苦味也很不錯。

「喜歡的話，歡迎自己動手再泡。如果覺得太淡，也可以多加一點柚子醬。」

悠舜嘻嘻一笑。黎深悶悶地想，又沒抬頭看，怎麼會知道。

喝著柚子茶，黎深逐漸適應這令人坐立難安的距離。至今從未和「別人」單獨這麼靠近過，也不知道該說什麼才好。不過，和悠舜在一起好像不用特別說什麼，也完全沒關係。

這裡是黎深中意的空間，什麼都不用做也不覺得無聊。不知道為什麼。

悠舜依然故我，讀著自己的書。與其說無論黎深在不在都和他無關，不如說黎深就像他飼養的貓。任由黎深在一旁走動也不在意。只要不朝他潑熱水就好。

不過，現在就算不那麼做，悠舜的時間也已經屬於黎深。

盯著悠舜看。初次見面那天之後，悠舜就把頭髮束起來了。這讓黎深有種說不出的不滿。哼。

一邊用湯匙攪動柚子茶，一邊看著悠舜時，兩人四目相交。

「……什麼事？一直盯著我看？全身都要被你的眼神戳出洞來了。」

「……沒什麼。」

喝光最後剩下的冷柚子茶時，鳳珠和飛翔一起回來了。

瞬間，黎深產生想立刻潑他們熱水的念頭。

「喔，你們在喝什麼好東西，也給我來一杯。」

「好好好。」悠舜正要伸手去拿柚子醬，黎深就生氣了。

「不是沒有橘子就不能喝嗎？」

「什麼？」

「橘子沒有，拐杖和房錢倒是有的喔。」

飛翔努了努下巴指使鳳珠，抱著包裹的鳳珠一臉憤慨。

「有什麼有……明明是我買的！」

「你這人很小家子氣耶！我不是也把身上有的錢都掏出來了嗎？」

「那些零錢，人家還以為你是零錢捐款！」

鳳珠將全新的拐杖及一包錢遞給悠舜。

「那個……總不能全部讓悠舜自掏腰包……希望你能收下。一直沒去買新拐杖，也是因為你的錢快見底了吧？」

事實正如鳳珠所說，悠舜老實接受了他們的好意。

「謝謝，幫了我大忙。」

不知為何，黎深一臉不悅地踢翻椅子，頭一撇就走了出去。

悠舜不解地睜大眼睛，剛才心情那麼好，現在是怎麼回事？不過，算了。

不理黎深，悠舜開始泡起新的柚子茶。飛翔難以置信地盯著他。

「……啊，我好像知道什麼了。」

「嗯？什麼？」

「沒有啦，黎深那樣你或許無所謂……總之等這杯柚子茶喝完，你就準備收拾行李吧。」

「咦？為什麼？」

「等我們找到黎深帶回來，這裡的老闆一定會拒絕讓你們繼續住下去。」

——被飛翔說對了。

那天，黎深發洩怒氣似的，到處做了不少莫名其妙的事，引發不少事件。

其中最莫名其妙的就是雪人事件。也不知道為什麼，他在路邊到處堆了巨大的雪人，擋住行人通行。行腳商人和開店做生意的人也出入困難，得繞上好遠的路，城裡一片混亂。沒人知道他做出這種事的目的是什麼。

看出端倪的只有飛翔一個人。「……沿路堆雪人是為了方便你找到他，好去接他回來啊。看來他一直在等吧。」這句低聲嘟噥的話，可惜沒有人聽到。

結果，這場雪人事件使悠舜在這條街上再也待不下去。民眾紛紛到官府抗議，差人找上旅店來抓人了。為了不讓黎深留下前科，鳳珠和悠舜趕緊早一步逮住他，趁飛翔當誘餌引開差人注意力時，在千鈞一髮之際衝進預備宿舍。

「……悠舜，你還是多關心黎深一點比較好……」

不想在國試前累壞的飛翔，鐵青著臉收回前言。

後來才聽說，孩子們倒是非常高興。

三

「是，還有空房，沒問題。我看看……那麼黃鳳珠入住一號棟，管飛翔入住三號棟，鄭悠舜入住六號棟，紅黎深是十號棟。」

預備宿舍的管理員這麼一說，飛翔與鳳珠不禁一陣恐懼。

「咦？喂，我們就算了，至少讓悠舜和黎深住同一棟吧？」

「榜首及第者不能住在一起。再說，上面也有交待，彩七家的人需要提供特別守衛——」

才聽到這裡，飛翔和鳳珠就怒上心頭。

「什麼意思啊！才不想靠家族名聲受到特別待遇咧！」

「老子可是為了你著想才那麼提議，否則之後有你後悔的。說話前自己想清楚！」

看到被鳳珠和飛翔夾攻的可憐管理員，悠舜舉起新買的拐杖敲了兩人一記。

「——照人家說的去做啦！不願意的人就回街上去，別的不用多說。」

飛翔和鳳珠都沉默了。鳳珠的確可以回黃家別邸，飛翔也可以回小弟們住的地方，根本不必故意來住這窮學生住的預備宿舍。當然，黎深也是。

被硬是抓來的黎深本來就一臉不高興，聽了這番話更是火大。

「……你明明就是為了我才來住預備宿舍，幹嘛又擅自趕我回去。」

為了你？悠舜傻眼了。黎深每次都會說出非常有創意的話。若要追究差點被官差帶走，不得已匆匆住進來的原因，罪魁禍首應該是黎深才對吧？

「才不是呢。我本來就預計要住進預備宿舍，至於你們要不要住就隨便你們高興。我只是說，連這種程度的規矩都無法遵守的人，還是回去比較好。」

飛翔和鳳珠總覺得，他的意思是在說，「你們不適合當官員」。

悠舜在名冊上寫下自己的名字，同樣住在六號棟的某個名字令他停下手。

「……劉子美……他也在這裡嗎？」

「是呀，你找人家？」

突然被人從背後熊抱，悠舜不由得全身僵硬。那個人力大無窮——與其說是熊抱，不如說是勒住——不是開玩笑的，悠舜覺得自己快要骨折。

（是誰？應該說，是何方神聖？）

勉強轉過頭——同時也可以說是被對方硬扳過去的。

那人有著描得細細的眉毛和濃密的睫毛，頂著精美的妝容，看不出剃鬚的痕跡。身上穿的又不是女裝，頂多只能說是個扮成男裝的美女。年齡不詳。

「聽到傳說中的鄭悠舜來了，人家當然要來看看。能住在同一棟真是太幸運了。人家很擅長烹飪和裁縫喔。」

第一個適應眼前現狀的黎深硬是擠進兩人之間，將他們分開。

「你幹嘛！奇怪的傢伙。」

他（？）立刻爆出青筋。

「……哼！真是不坦率。男人的嫉妒最醜陋，討厭死了！」

「你、你說我嫉妒？」

「是啊，不然你說這還能是什麼？」

「他」抬起悠舜的下巴，凝視悠舜的臉，接著嘻嘻一笑。

「呵呵，完全是人家的天菜！我叫劉子美，請多指教唷。」

「劉子美？」

鳳珠驚訝得反問。

「你、你真的是那個紫州榜眼……？」

「是啊？人家就是名次僅次於鄭悠舜的劉子美。怎麼？有什麼意見？你那張臉……臉……討厭啦，還以為人家是今年最美的考生了呢。」

子美盯著鳳珠的臉上下打量，露出厭惡的表情。鳳珠愕然失語，看到他的臉（而且還用布蒙住）出現這種反應的人，有生以來還是第一次遇到。

「悠舜，你可以叫人家『小子美』喔。『小美』也可以。我帶你去六號棟吧，從今天起我們就要住在一起了呢～」

就這樣，悠舜被不由分說地拉走。

「那、那傢伙是什麼意思啊！」

黎深大叫。

管飛翔不斷撫摸下巴，朝黎深投以一瞥。

「糟了……悠舜腳不好，要是被推倒的話一定逃不掉。」

「你、你說什麼！」

「悠舜會有危險！」

鳳珠立刻在名冊上寫下自己的名字。已經不是計較住哪一棟的時候了。不過，因為太過慌張的緣故，不小心弄掉了蒙面布，閃耀動人的美貌瞬間照亮了四面八方，在他的豔光四射下，管理員和考生紛紛昏迷倒地。

此時，身後又傳來「少爺！」的粗獷齊唱。飛翔回頭一看，黑道兄弟們肅穆地排成兩列，正向他鞠躬。「少爺！我們會等您平安回來！」「一路順風，少爺！」「你們這些人敢對我們家少爺和他的學友不禮貌，就把你們送上黃泉路！」

不知道是第幾次的黑道鬥毆就此毫無意義地展開，連醫生和羽林軍都加入了這場大亂鬥。別說住進預備宿舍，最後三人反而被一起抓進了牢獄。

悠舜聽見背後傳來的聲音——早已習慣的打鬧聲——怒吼與咆哮聽得他冷汗直流。身邊還有大批武官與他們擦身而過。

「事情好像一發不可收拾了呢。」

「……好、好像是呢……」

走到一半，子美就配合悠舜放慢腳步了。

拄著拐杖走著走著，其他考生紛紛開始竊竊私語，有人嫌棄走避，也有人特地從宿舍探頭出來看。

——拄著拐杖，平民出身的紫州榜首。

既不像黎深或鳳珠來自彩七家，也不像姜文仲與來俊臣那樣從小地方官往上爬。第一次有來歷不明的平民參加國試，更別說擠下所有貴族子弟奪得榜首，而且還是在公認競爭最激烈的紫州。

鳳珠雖是發自內心地讚賞悠舜，大多數人還是將參政視為貴族的神聖領域，不容平民參與，對悠舜也展現激烈的拒絕反應。

（……哎呀，難怪旺季大人要我高調及第。）

悠舜忽然停下腳步。在宿舍後方一處人煙稀少的地方，看見滲血般的赤紅。

一起停下腳步的子美也看到南天竹了，露出厭惡的表情。

「紅得真像是血呢。讓人家想起大紅色的苦藥丸，真討厭。」

「這叫南天果，是吉祥物，可以避邪的。」

走向南天竹，伸手折下一枝。

拍掉美麗綠葉與鮮紅果實上的雪，遞給子美。

「送你，請收下，代表我們友好的證明。」

「送人家……避邪的東西？」

「是啊，願你身上發生好事。」

奇妙的沉默。頓了一頓之後，子美微微一笑，高興地收下南天果。

「那就收下吧，人家真是罪孽深重。」

「……不，我不是那個意思。」

悠舜感覺到一股視線。並非來自考生，而是更厭惡的——

「討厭，那不是巡邏的官差嗎？打擾人家私會，真是太沒水準了，我們走吧。」

子美一看到官差就嫌惡地拉著悠舜快步向前走。

（巡邏的官差……？）

悠舜朝那巡邏中的官差看了一眼，隨即走進六號棟。

❖ ❖ ❖

隔天，黎深、鳳珠和飛翔就出獄了。

一聽說紅家少爺、黃家少爺和黑道少爺被關進牢獄，那些高官們嚇得口吐白沫，立刻衝來釋放，可惜還是無法撫平黎深的怒氣。然而，即使他接連幾天惡意捉弄那些官員、武官和考生，心情還是怎麼也好不起來。和住在大街上時不一樣，現在飛奔而來只有下等官差，悠舜連一次也沒來。這讓黎深沒來由的不爽。

同樣不安焦慮的還不只黎深。一次，鳳珠、飛翔與黎深三人巧遇時，鳳珠忍不住低聲咕噥：

「……要不要……去六號棟看看……悠舜腳不好……這裡又是凡事都要靠自己的預備宿舍……很擔心他，不知道過得怎麼樣……」

「是啊，悄悄去探望一下不打緊吧。」

心意已決，兩人帶著依然不爽的黎深，三人一同前往六號棟。

躲在樹蔭下觀察時，正好有考生從六號棟走出來。

「聽說鄭悠舜的拐杖被折斷丟掉了？」

「不是我喔，是別棟的傢伙。我只有在他喝的水裡下瀉藥。」

「勒索了他的錢，丟掉他替換的衣物和鞋子，連筆和書都丟了，哎呀，乾脆折斷那雙手，讓他無法參加考試好了。不過那個劉子美老是會出來阻擋。」

「對啊對啊，真令人火大，平民還敢這麼跩。」

「唉，『幽靈』到底要不要現身啊——」

「你是說每年都會有考生被殺的那件事嗎？不過我聽說那傢伙的真面目是……」

他們沒有繼續說下去，是因為被忽然出現的謎樣三人組狠狠揍了一頓，脫光衣服倒吊在附近樹上。被發現時，已經是傍晚。

而這不過是日後被稱為「惡夢國試組」的他們反擊的序章。

「大家每天都好閒喔——」

「就是啊。」

為悠舜帶飯來的子美頭上，插著搖搖晃晃的紅色南天果。他似乎很喜歡，後來每次送他時，總是仔細欣賞後便分成小枝插在頭髮或腰帶上。

「你那是什麼回答啊！拐杖被折斷的人可是你耶，稍微生點氣好嗎。」

「這種程度的事早在意料之中。」

國試雖然標榜實力主義，真實情況不過是如此。

更何況眼前悠舜最重要的事，並不是那些考生出自嫉妒的陰險霸凌。

「好吧，吃吃人家煮的美味餐點，打起精神唷。今天煮的是炒蔬菜和豬肉湯。呵呵。」

「……非常謝謝你。」

悠舜勉強維持臉上的笑容。自稱擅長烹飪的子美，味覺卻是一片混沌。簡直就像天地正在成形，或許哪天造物主會創造出偉大的事物，但現在離那天還差得很遠。

悠舜戰戰兢兢地捧起今晚的豬肉湯，啜飲一口，一個停頓之後，這才鬆了一口氣。

（啊、今天的還可以……）

明明是豬肉湯卻加了砂糖，即使如此，還是比前天辣椒滿滿的麻婆豆腐好多了。說是麻婆豆腐卻不知為何沒有放豆腐，看起來就像一盤鮮血。悠舜暗自在心中為那道菜取了個名字——「渾身是血的麻婆」，吃的人也是要賭命的。

上天在這場國試中要考驗自己的究竟是什麼呢？耐力？運氣？義氣？唯一可以確定的是，反正一定不是智力。智力悠舜多得是，偏偏一點也派不上用場。

「最喜歡悠舜都會把飯菜吃光，和某個人一起靜靜吃飯真的很不錯呢。」

最可怕的是，子美都會把自己做的「怪石料理」全部剷平。

喀吱喀吱啃著露出魚頭的詭異炒蔬菜（？），悠舜歪了歪頭。

總覺得，有點怪。六號棟住了至少二十個人，現在這種吃飯時間卻連一點聲音都聽不到，只有夜梟的聲音聽起來怪不舒服。

「……子美……你不覺得最近太安靜了嗎？好像沒什麼人的氣息，也聽不到聲響，感覺很詭異，彷彿人都不見了……」

子美噗嗤一笑。

「討厭啦悠舜，你現在才發現喔？」

「咦？」

「安靜是一定的啊，這五天預備宿舍裡好多考生連行李都沒收拾，雙手空空地哭著跑掉了呢。算算少了將近一半的人。附帶一提，還住在六號棟的人只剩下你和我啦。」

「……………什麼？」

「這麼嚇死人的一場大騷動，你完全沒察覺？」

完全沒察覺。一方面是沉浸於閱讀，另一方面似乎是拜前陣子深受黎深茶毒所賜，自己對「大騷動」的判斷標準，似乎已經高過天花板了。

「只剩我們兩個，好像新婚夫妻喔，呵呵。」

誰要在這不但有蝙蝠出沒還被奇怪太空食物環繞的一坪半大房間裡跟一個男人過新婚生活啊！

「才不是咧！為、為什麼大家都跑出去了？」

「是個謎啊。大家都像見識到地獄油鍋一樣精神錯亂，屁股著火——哎呀討厭，人家怎麼說出這麼不文雅的話，是像臀部爆炸一樣跳起來逃出去了啦。」

臀部爆炸是什麼鬼啊……

「一定是被討債集團或黑道之類凶神惡煞盯上了啦。因為他們可是連比性命還重要的准考證都丟下了喔。他們遇到的那幾個傢伙，肯定是披著人皮的牛頭馬面！要不然就是乘觔斗雲來的黑道猴子軍團。」

不管那個降臨現世的是獄卒還是孫悟空，悠舜能想到符合條件的只有一個人。不過──

「……你說『幾個傢伙』？不只一個人？」

「說是有三個呢。兩天前羽林軍全力出動才好不容易逮住裡面最難搞的一個，關進牢裡去了。所以最近宿舍裡還算風平浪靜？不過這次那傢伙好像在牢房裡大鬧了一場，就算人家急著想放他出來他還不肯，大搖大擺地坐在裡面吃便當。看來只有召喚閻羅王，或是讓他戴上頭箍唸個緊箍咒才行了。官員們哭著說，再這樣下去世界就要毀滅了。官差也真不好當。」

「…………………………」

沒想到，在自己充分享受晴耕雨讀之樂的這段期間，世界已經瀕臨毀滅危機了。

「然後啊，國王竟然說『那就把閻羅王叫出來，一起關進牢裡好了』，真不知是什麼意思。」

悠舜有股不祥的預感。

隨後，湧入一陣吵雜的腳步聲，老舊的六號棟立刻為之搖晃，喝到一半的神祕豬肉湯快要潑灑出來時，高官率領的一群近衛武官已一擁而入。

近衛們將悠舜團團包圍，悠舜愣在原地，神祕的豬肉從筷子上掉下來。高官走上前來，露出嚴肅的，宛如宣告死刑的神情。

「──鄭悠舜，雖然與你無冤無仇，但是為了拯救這個世界，必須犧牲你的力量！」

到底是誰寫出這麼老掉牙的台詞。

不給悠舜開口的機會，眾人扛起手裡還拿著筷子的他，又一陣旋風似的離開。半路上還遇到以同樣姿態被扛著走的飛翔──出動了兩名羽林軍大將軍架住他──以及鳳珠──架住他的是羽林軍將軍。

當手裡還拿著筷子的悠舜看到坐在牢房裡大口吃便當的黎深，理智終於無聲斷線。憑甚麼自己吃著「渾身是血的麻婆」、「神祕豬肉湯」和「淺漬蕈菇」等怪石料理的時候，黎深竟然在這裡吃便當。隨心所欲幹盡壞事不說，還能光明正大地吃這麼美味的便當。

黎深發現悠舜，故意轉過頭。

「是悠舜啊，還有柚子茶嗎？」

「……黎深。」

「要、要是有的話，吃過晚飯我也是可以陪你一起喝茶啦。」

「黎深？轉頭看這邊。」

不當一回事朝悠舜轉頭的黎深，整個人都僵住了。

盛怒的閻羅王悠舜魄力驚人。被悠舜破口大罵，說教了一番，再遭到他冷淡無情的對待之後，黎深當天就乖乖離開牢房了。

可喜可賀的是，眾人終於得以一起被丟進肯定從一百年前就已搖搖欲墜的破爛宿舍——第十三號棟。

四

黎深令悠舜佩服的只有一件事。

身為有錢人家的公子哥，住在這棟搖搖欲墜，狀似枯骨，彷彿受到詭異詛咒的十三號棟裡，過著只有仙貝一樣的棉被可蓋，風不斷從牆縫吹進來，沒有換洗衣物，蝙蝠飛來飛去，只能靠自己打理的生活，他雖然滿口抱怨，卻也確實適應了。

另一方面，則出現了許多因為無法適應紅黎深而放棄國試的考生。

「找幽靈？」

悠舜一邊縫補東西一邊反問飛翔。用牙齒啪擦一聲咬斷縫線。

屋內除了飛翔，鳳珠與子美都在，連黎深都在一旁滾來滾去。

被丟進十三號棟已經十天了，所有人都順利成為這棟受詛咒的宿舍居民。子美雖然沒被丟進來，但每天晚上都會來玩，儼然這裡的第五名住戶。

十三號棟比別棟宿舍寬敞，加上飛翔不但整修了這棟破爛宿舍，還自己釘了木桌與書架——連悠舜的拐杖都一起做了——住起來倒是頗為舒適。只是不知為何，明明還有其他空房間，其他人總自然而然聚集在悠舜房裡。

「喔，悠舜也聽說了嗎？出現在預備宿舍的幽靈的事？」

無論預備宿舍或國試本身都有許多相關鬼故事。落榜上吊自殺的鬼魂是一定要的，說這種地方沒有任何怨念和不甘導致鬼魂出現才奇怪。說起來，預備宿舍本來就是貴陽有名的鬧鬼場所。

「聽說有人在會試應考時夢到閻羅王對他說『你成績雖佳但品行不良，必須接受落第的判決』，結果真的落榜了！」

如果這是真的，十三號棟的人除了鳳珠外都要落榜了。

「還有一個考生在應考時忽然發狂，別人拿起他的考卷一看，上面畫著以前被他姦淫而自殺的下女穿的鞋子！」

和悠舜一樣正在縫補東西的鳳珠聽得入神，雙眼圓睜。

「還聽說考試時突然出現一名年輕僧人，咻地消失在隔壁房間，接著隔壁傳來哭著道歉的聲音。隔天一看，發現某某考生凍死在隔壁房間！」

「那個某某一定是做了什麼壞事，才會引來變成僧人的妖怪。不知羞恥，死了活該！」

鳳珠憤慨地說，論點卻莫名其妙。看來鳳珠也不太正常。

子美和針線纏鬥了一番，還是無法將線穿過針孔。悠舜將穿好的針線交給他。

「每年都會出現神祕離奇的死亡，自殺、發瘋的人更是沒少過。肯定有惡靈棲宿在預備宿舍裡沒錯。根據我的調查，九號棟北側似乎有鬼。那裡有一間『打不開的房間』，據說裡面放著一副棺材——」

「既然是打不開的房間，為什麼會知道裡面有棺材啊。」悠舜嘆了一口氣。「飛翔，別找什麼幽靈了，正視現實吧，你的兜檔布到現在還沒縫好。」

「嗚嗚……」

大家聚在一起縫縫補補的東西正是兜檔布。前幾天，因為黎深誤將馬糞當成竹碳肥皂，用來洗了大家的兜檔布，結果全部不能穿了。預備宿舍的生活原則是自給自足，想要新的換洗衣物就得自己動手做。

從城裡跟人要來用舊了的碎布，幾個臭男生開始拼接碎布，縫製兜檔布。飛翔不願正視如此悲慘的現實，用力將縫到一半的兜檔布丟在地上。

「囉唆！男人怎能穿這種縫縫補補，花不溜丟的東西！穿了這麼娘砲的兜檔布，原本考得上的人都要落榜了！」

「就算穿上再硬派的內褲，會落榜的人就是會落榜，不想穿的話，你就靠一件草裙過日子好了。」

如果可以的話，悠舜也不想穿用破包袱巾、舊帆布或破抹布作成的內褲啊，刺刺的多不舒服。可是，有總比沒有好。子美一邊喀嚓喀嚓剪布一邊嘟起嘴巴。

「飛翔，身上那件不拿去洗也不可以喔！不要跟我說什麼沾到大便也沒關係的蠢話。不穿會著涼，還會因為不知廉恥被御史台抓走，那樣你就再也回不了老家囉。」

「我才不會做這麼丟臉的事！喂，鳳珠！你還真認真縫！你家不是很有錢嗎？聯絡家裡，叫人送一百條兜襠布來不是難事吧！」

「既然住進預備宿舍，就要遵守自給自足的規定。不能依賴父母和家人。」

老實的鳳珠說得斬釘截鐵。其實鳳珠並不討厭和大家一起做女紅，至今少有像這樣和誰一起做什麼的經驗，所以有點開心。

「～～～～～唔！喂，混帳黎深，追根究柢還不都是因為你把馬糞放到洗衣桶裡！上次不是有個女孩帶了好吃的飯糰來找你嗎？你去慎重拜託人家，請她幫每一個人做一件吧！」

聽到這話的瞬間，鳳珠的指頭被針戳傷，他卻面無表情繼續縫製，看來可以完成一件血跡斑斑的超硬派兜襠布了。悠舜嚇得動彈不得。關於這件事現在可是各種敏感，拜託你就別再火上加油了吧飛翔——！

黎深表現出一點也不內疚的態度，高傲地打從鼻子裡哼了一聲。

「你是笨蛋嗎，怎麼可能拜託她。」

「你踐什麼！就算是黑道也懂得什麼叫自責，你呢？自己先縫一件出來吧！連一件都縫不出來還在那打滾，你以為自己是誰啊！」

悠舜的目光落在子美全力以赴完成的得意大作上。

「喔，子美。不錯嘛。」

「是不是？想說既然都要拼湊布塊了，不如做得可愛一點吧。像是星星啊、小熊啊、小兔子啊，人家縫了好多上去喔，是不是超可愛！」

那是一件縫滿各種森林小動物的熱鬧傑作。

「是啊，這件就給黎深穿吧。黎深的內褲全毀了嘛，沒有換洗衣物會很傷腦筋，既然沒辦法也只能穿上它了。」

躺著打滾的黎深猛地跳起。

「討厭啦，光想像就超好笑！可以喔，這件就送給黎深吧。」

子美拍著桌子，笑得東倒西歪。鳳珠和飛翔也噗嗤出聲。達到最低限度的報復，飛翔心情也變好了，似乎願意繼續縫製兜檔布。

「悠、悠舜……你……」

悠舜冷冷地將針線丟給黎深。

「針線拿去。這裡不是你家，再怎麼等也得不到任何東西。」

「對啊黎深，想要什麼就得自己努力獲取喔。」

黎深不悅地挑了挑眉。不過——「我來做超美味的飯菜給你吃，快打起精神吧。」子美接下來這句話，令黎深立刻抓起針線。在場所有人都領教過子美做的菜了。

於是，眾人一起再次展開縫製工作。

不過。子美縫到一半就把東西丟在一旁，隨手拿起旁邊的書開始翻閱，不一會兒，又閒無聊似的闔上書本。子美很沒耐性，在六號棟的時候不管裁縫還是烹飪，都常半途而廢，老是定不下心。

悠舜從旁觀察子美，等到他丟出第十一本書時，站起來抽出一本書。那是一本挺薄的書。

「看這本如何？」

子美翻了翻，難得專心地讀了起來。

對沉默與埋頭苦幹沒轍的飛翔，一邊嘀咕一邊閒聊起來。

「可是我說悠舜啊，關於剛才的幽靈話題，好像是真的耶。聽說人數對不起來。」

「……人數對不起來？」

「實際考生人數比名冊上的數字多。你們去洗衣服時我聽下級官員說的。」

「什麼意思！有身分不明的傢伙混進來嗎？」

子美從書上抬起頭，咧嘴一笑。

「那一定是『第九十八號幽靈』啦。」

「『第九十八號幽靈』？」

「對，不知何時混入考生之中，等到考試一結束立刻消失，因為這樣數字才會對得起來。有這樣的傳說喔。這個傳說的結局是，看到『第九十八號幽靈』的人一定會在考試時死於考場。」

飛翔和鳳珠聽得瞪大眼睛。

「……真的嗎？聽起來好像真有那麼回事耶！」

「得去拜拜避個邪才行了！考生裡不是有人原本在寺院打雜嗎？請他念經好了！」

眾人聽得差點暈倒。

「原本在寺院打雜的人念的經有效嗎……不用擔心那麼多，十三號棟不會出現幽靈的。因為這裡住的都是比幽靈還恐怖的人。」

飛翔完全被挑起興趣，津津有味地對幽靈話題窮追不捨。

「噯噯悠舜，我看還是來辦個試膽大會好了。九號棟那間打不開的房間絕對有問題！」

「別把悠舜拖下水，要去你自己一個人去啦，飛翔。」

飛翔傻眼地掏挖耳朵。

「呆子鳳珠，一個人的試膽大會有什麼樂趣，試膽大會的精髓就是要大家一起玩啊。」

「是啊，常常聽說試膽大會是感情加溫的好機會呢，藉機和心上人拉近距離。那個平常總是冷淡無情的人也會變得溫柔，促進親密關係！這就是精髓！」

悠舜心想，飛翔和子美的「精髓」顯然意義不同，卻不知道為什麼，他們兩人說的話卻引起原本對幽靈毫無興趣的鳳珠和黎深反應。

「……這、這樣嗎？大家一起去才叫試膽大會嗎？既然如此……」

「要去一下也是可以。是吧？悠舜。」

鳳珠和黎深忽然想去參加試膽大會了。真是謎。

「不，我留下來看家，明天大家一起去——」

感受到不平靜的氣息，悠舜閉上嘴巴。所有人都盯著悠舜看。

——悠舜無法拒絕。

「太棒了！就決定明晚舉行試膽大會吧！」

……一陣吵吵鬧鬧之後，夜也深了，一到丑三時刻，子美就站起身來。子美雖然會在這裡待到深夜，每天晚上一定按照規矩回六號棟。

其他三人已經睡了，還醒著的只有悠舜。

「噯、悠舜，這本書借我一下？」

「請。明天再來也沒關係喔，一個人住在六號棟很寂寞吧？」

「明天再來也沒關係喔」這句話，令子美露出開心的樣子。

短暫沉默後，子美摸摸最近很愛插在髮上的南天果。剛才鳳珠告訴他南天果有「克服困難」的意思，讓子美更喜歡這種果實了。

「……悠舜，關於剛才『第九十八號幽靈』的事，我有個想法……」

笑容從臉上消失，子美喃喃低語。

「……有沒有不是自願成為幽靈的幽靈呢？」

在悠舜回答之前，子美放開撫摸南天果的手指，恢復平日的笑容。

「隨便說說的啦。你要小心點喔，如果我是幽靈，一定第一個找上看起來最弱的悠舜啊。」

晚安。這麼說完，子美轉身離去，消失在深夜的黑暗中。

子美離去後，悠舜獨自走出十三號棟。

寒氣令他縮起脖子，走在雪光明亮的夜晚，對悠舜而言不是問題。出色的夜視能力，是悠舜從梨花盛開的故鄉帶走的少數遺產之一。

走進十三號棟旁的蒼鬱林子，背靠在離宿舍不遠的一棵樹上。

「……你在那裡嗎？皇毅？」

「在啊，怎麼了。」

正後方傳來回應。旺季還無法回貴陽，但皇毅與其他少數部下已經回來了。正因如此，御史台看起來似乎仍正常運作，不過也維持不了幾年了。

「有個人想請你調查——名字是，劉子美。」

「知道了。有可疑人物混入宿舍是確實無誤的事，最好注意一下身邊的狀況。你可是州試榜首，只要殺了你，肯定能多出一個錄取名額。」

悠舜呼出白色的氣息。

「我會注意，不過，如果有人為了得到什麼而不惜殺人，這樣的人我贏不了。」

「……純粹出於好奇問一下，這一個月來的你是『假的』嗎？」

如果悠舜回答「是假的」，皇毅或許反而能看透他的真偽。

然而，悠舜的回答卻是「不」。臉上或許還掛著非常溫柔，彷彿真實不假的微笑。

「真的啦。」

……有時皇毅會想，可能連悠舜自己都不知道他有沒有說謊。而且，就算不知道，對他的人生也不會造成障礙。在必要時說必要的話，然後離開，簡直就像說著台詞的戲子。

沒錯，悠舜只是在作戲。扮演的是鄭悠舜這個角色，演出的內容就是他的人生。

『悠舜看來正在放一個長假。放棄為自己的人生做選擇或往前走，就只是停在那裡。』

皇毅想起曾幾何時，旺季說過的這句話。

『……可是，我希望悠舜能「活」下去，活出自己的人生。』

預備宿舍裡，黎深看著悠舜往回走。

（腳明明就會痛……到底在做什麼。）

就算叫他不要去，悠舜一定也不會聽，所以剛才他離開時，黎深沒有吭聲。悠舜絕對不會聽黎深的。飛翔和鳳珠雖然會生氣抗議，到最後往往還是會聽黎深的，只有悠舜一句話都不聽。和悠舜在一起，黎深總是焦慮煩燥。如果是兄長也就算了，悠舜只不過是無關的他人，憑甚麼黎深得為了他忍耐？

天上又下起了小雪。然而，別說加快腳步，悠舜甚至停了下來，轉頭不知凝視著什麼。天這麼冷，他的腳一定很痛，卻動也不動站在雪中。

黎深忍不住走出戶外。開門的聲音令悠舜轉身。回頭看到黎深，卻只是微微眨眼，一副剛從睡夢中醒來的樣子。

似乎有些疲倦，悠舜閉上眼睛，像是想將眼中的黎深趕出自己的世界。

悠舜不看黎深，明明站在那裡，卻像世界上只有他自己一個人。說不定朝現在的悠舜潑熱水，他也不會有反應。這裡站著兩個人，黎深卻是孤單一人。悠舜的世界在另外一側，就像過去黎深對待別人那樣。

——這令他沒來由的火大。

黎深不客氣地邁步走向悠舜，抓住他冰冷的手腕。

悠舜驚訝地睜開眼睛。

「……黎深？咦？真的是黎深？」

「廢話！你是怎樣，這麼冷的夜晚還跑出去。」

「咦？啊……是啊。」

「別對我視若無睹！」

「……我有嗎？」

黎深仔細回想……悠舜確實沒有對他視若無睹過。

「你、你完全都不聽我說的話。」

「我的事我自己決定，如此而已。和你一樣。」

一如黎深的為所欲為，悠舜也只是做他自己喜歡的事。

悠舜露出謎樣的眼神，歪著頭回望黎深。

「……黎深，我應該沒有硬想闖進你的世界吧？」

黎深這才發現，沒錯，鳳珠或飛翔都曾試圖改變黎深，唯有悠舜從不干預他。即使他願意接受黎深的所作所為，確卻未主動踏入黎深的世界一步。

儘管不像黎深那樣頑固地封閉心門，悠舜也只是把門打開而已。只是站在門內望著別的世界——望著黎深，一臉與己無關的表情。

對方既不曾擅自闖入也不多嘮叨什麼，對黎深來說本該是一件清心的事，事實卻是如此煩躁。

「黎深，你太用力了，很痛。」

黎深望向自己抓住的手腕。即使放手，悠舜也不會逃跑，他的腳不好。黎深放開手。

悠舜呼出白色的氣息，摩挲自己的手腕，再次望向林子深處。黎深生起氣來。

「你在看什麼。」

「沒什麼……我們回去吧。」

腳上傳來剛才忘卻的陣陣痛楚。傷腦筋。這次是黎深說得對，不該在這麼寒冷的夜晚外出。在戶外待的時間太長了。

黎深再次抓住悠舜的手腕，這次是輕輕的。悠舜連說話都嫌麻煩，就隨他去了。

任性的黎深在悠舜的世界裡走來走去，等他心滿意足就會離開了。放著不管才是最好的方法，反正和黎深的交往，也只限考國試這段期間罷了。

任由黎深拉著，悠舜再次轉頭望向林子。

……總覺得在那座林子裡看到了子美。

五

不知是否因為前一天，飛翔千叮嚀萬交待「試膽大會等天黑之後才開始！」隔天子美出現在十三號棟的時間比平常晚，到的時候已經是下午了。

「噯，飛翔，九號棟的傳聞是怎樣的？只是一間打不開的房間嗎？」

「不，剛開始大家好像以為是門鎖壞了所以打不開，後來發現白天絕對打不開的門，到了夜裡卻傳出開門的聲音，還有四處徘徊的腳步聲——」

「呀啊，悠舜！好可怕！」

子美抱住悠舜，用力過頭的臂力將他推倒。黎深開始不高興。

「你叫什麼叫啊，少騙人了子美！不要黏在他身上。」

「一下子而已嘛，有什麼關係。誰教悠舜長得和我初戀情人那麼像——」

氣氛當場凝結，悠舜臉上的笑容也凍僵了，戰戰兢兢地問：

「……子美？你剛才說什麼？」

「說你和我的初戀情人長得很像啊，所以我才這麼中意你。」

鳳珠冷汗直流。

「等、等一下子美！你、你、你的那個初戀情人是女人嗎？」

「怎麼，是男是女有差嗎？我不會強迫喜歡的人，只會遠遠看著對方，頂多偶爾像這樣抱一下而已。」

「不准抱！」這麼說的是黎深。

子美笑得不懷好意。

「說得也是，你比我還需要呢。你與人的接觸完全不足，就像冬天皮膚容易乾燥，你就是缺乏滋潤。你應該多跟人接觸一點才好。」

黎深愈來愈不高興，踢翻椅子就走了出去。

「搞不清楚怎麼跟他相處，黎深真像個小孩。」

「黎深之謎」是「百合之木」，子美也有「子美之謎」。鳳珠試著詢問。

「子、子美你幾歲了？」

「哎呀，你覺得看起來像幾歲？」

「……三、十三……？」

「呵呵呵呵。」

鳳珠不敢再繼續問下去了。

「嗯？外面怎麼吵吵鬧鬧的……林子那裡聚集了好多人。」

看著窗外的飛翔說句「我去看看」，也離開房間了。

子美放開悠舜，從袖子裡取出藥盒。或許是手指凍僵了的緣故，顫抖著打不開盒子。好不容易用指甲撬開，裡面放著外觀就像南天果的藥丸，還有裝著藥粉的藥包。鳳珠不解地問：

「子美，你身體有哪裡不好嗎？」

「這個嘛，不知道是哪裡不好，總之有哪裡不好。」

「啥？」

在子美把藥放入口中前，被悠舜連藥帶盒一起拿走。

「子美，這邊的比較有效。請吃。」

子美默默看著悠舜遞出的另一個藥包。

「……有效嗎？」

「是啊，你最好相信。」

「……好，那我相信。畢竟是喜歡的人說的話嘛。」

打開悠舜給的藥包，配著溫水吞下去。

咔啦一聲，有什麼紅色的東西落在地上。不是剛才的藥丸，是從子美髮上掉落的南天果。

子美以顫抖的手指撿起那個，喃喃說道：

「我說悠舜……上次你折枝送我的南天竹，我每天都去看，覺得好奇怪喔。果實一天比一天少，卻沒看到掉在地上。」

悠舜在一個束口袋裡裝入很多剛才給子美的藥包後，整袋交給他。

「是鳥，鳥會去吃。」

「鳥？」

「對，寒冬之間，鳥每天會去啄食南天果，所以才會一點一點減少……等紅色果實全部消失，就會有好事發生喔。」

「……好事是什麼事？」

子美抬起頭問，悠舜閉起一隻眼睛微笑。

「……期待吧，等果實全部消失就會知道了。子美。」

這時，飛翔從外面快步走回來，表情罕見地嚴肅。

「——試膽大會，停辦。」

「飛翔？怎麼了？嗯？外面怎麼這麼吵鬧——」

「官差來了，還有從別棟過來看熱鬧的人。那邊林子裡發現屍體，還不只一具。」

當飛翔說「不知道是自殺還是他殺」時。

地上傳來「咔啦」的聲音。

那紅如鮮血的顆粒到底是南天果還是藥丸，悠舜也不知道。

六

子美好幾天都沒出現在十三號棟了。

「鳳珠，一大早就沒看見飛翔，他去哪了嗎？」

「去六號棟找子美了……最近不太安全，想叫他搬過來。」

悠舜朝看得見林子的窗戶轉頭，嘴上回答「這樣啊」。

從最初在林子裡發現考生屍體後，死者一天比一天增加。

事情並沒有鬧大。巡邏警說這是每天都會發生的事，也不調查死因就把屍體收走了。其他考生因為考期逼近，根本不關心別人的死活，甚至不少人還為能減少競爭對手而竊喜。

鳳珠放下手中的書，皺著秀氣的眉頭靠過來。

「……悠舜，姑且不論是不是真有『幽靈』，因為每年都發生一樣的事就放著不管的朝廷態度實在令我想不通。如果死因是凍死，那就該增加取暖的器具，如果發生過爭執，也該採取應對的措施，如果真的有鬼，就不該繼續把宿舍設在這裡啊。」

悠舜只說了聲對啊。鳳珠很聰明，只因個性耿直所以還沒發現自己話中的意義。只要把他的話反過來解讀，就能找到真相。

為什麼朝廷不那麼做？

這時，伴隨聽慣的腳步聲，飛翔回來了。

「喂，子美不在這嗎？」

飛翔一開口就這麼問，朝室內看了一眼。鳳珠歪著頭問：

「子美不在六號棟嗎？」

「……是啊，好像上街去了。我留了紙條，要他搬到十三號棟來。」

飛翔難得露出鬱鬱寡歡的表情，接著突然轉向悠舜。

「喂悠舜，正式應考之前你不要一個人到處亂走。如果要上哪去，一定要叫鳳珠和黎深帶你去，外面太危險了。」

盯著飛翔觀察了一會兒，悠舜才裝作若無其事的樣子問：

「……飛翔，發生了什麼事？」

飛翔確實有半個瞬間說不出話來。

「……什麼都沒有。」

但是，就在那之後，子美從預備宿舍中失蹤了。

❖ ❖ ❖

之後，考生的死亡人數還是不斷增加。

每次聽到消息，十三號棟就會有人出去打探狀況，這天出去的是悠舜。

話雖如此，悠舜一出門，其他人就會全部跟著他，結果等於所有人一起出門。

聽說案發地點在另一棟宿舍後方，那裡是個杳無人煙的場所，已經死了十幾個人之後，看熱鬧的人也提不起勁了。

平常迅速被收走的屍體，今天還放在原地。官府人手似乎不夠，擔任巡邏警的官差也還沒來。

悠舜跪在地上，近距離檢視屍體。確實沒有外傷……不過——

「紫州榜首的驗屍結果如何？」

飛翔與鳳珠回頭，一看到說話的人，立刻嚇得往後跳。

「看那張面有土色的臉！一副倒楣像！應該是惡靈吧？一早就出來嚇人，真有殺力。喂，等我考完試再陪你一起喝酒，聽你訴苦，到時候早點成佛上西天。要是有什麼纏著你，就用我的鐵拳把那東西強制打回冥土！」

「笨、笨蛋！別說那種不吉利的話！這位一定是來自冥土的差人，帶著閻羅王的生死簿來把這男人拘回陰間的啦！不要惹怒他，等一下連你一起被帶走怎麼辦！」

「來自冥土的差人」沒有生氣。不過，看到他臉上的陰鬱笑容，兩人還寧可他生氣……

鳳珠和飛翔都嚇得背脊發冷，打從心底想著「要被附身了！」

冥土差人掀開手上的冊子，用沒有抑揚頓挫的冰冷聲音唸著：

「咯咯……管飛翔君。白州人。十五歲就因暴力事件被逮進官府，之後總共被逮捕過幾十次，因為討厭行賄，寧可不被釋放。一年有半年吃的是牢飯。」

飛翔跳起來。

「你、你怎麼知道！」

「生死簿裡寫的啊，我可是負責白州的冥府官員。」

「您、您說的是真的嗎？慘了……」

說話突然恭敬起來的管飛翔。

「……怎麼可能是真的啦你這呆子！」

來自冥土的差人雙眼炯炯有神，用捲起來的簿子朝飛翔腦袋連打。

「你說誰是惡靈啊，臭小鬼！管飛翔，你知道自己給還是菜鳥官員的我添了多少麻煩嗎？每天每天跟人打架，不是被嫁禍就是為他人強出頭，再不然就是看不慣貪官污吏，上門大鬧官府——每次要讓你從牢裡出來都累死我了！今天會長這樣還不都是你害的！」

「咦？難道你就是老爸指定『負責我』的那名官員？無論老爸親自上門拜託還是派一百個小弟包圍你家，始終堅持拒絕的那個二十歲青年才俊？」

「當時啦！我千不該萬不該，在你被嫁禍那次為了保釋你出獄而忤逆上司。從此就開始走霉運了。」

飛翔連一次都沒見過負責自己的保釋官，只有聽過名字。

「姜文仲？原來你長這樣？」

「什麼？你腦袋裡的螺絲鬆掉了嗎？我們少說也見過一百次面！」

「咦咦咦咦……真的嗎？」

……一點也不記得……飛翔冷汗直流。連恩情還到下輩子也還不完的大恩人長相都不記得，自己竟然是這種爛人嗎？鳳珠輕輕拉扯愣住的飛翔袖子。

「喂、喂飛翔，如果是負責的保釋官，你應該有向對方交待過家世背景吧？」

「是有……但對方是個幽靈啊！」

姜文仲的太陽穴爆出青筋。

「那個幽靈常常在牢房裡走來走去，頂著一張陰陽怪氣的臉跑來說『怎麼又是你』，先是盡情挖苦我一頓，然後又追根究柢地問一大堆……啊！」

啊——……

飛翔用力抓了抓頭，臉上露出遇到十年老友的笑容。

「嗨，好久不見了，文仲！」

「給我老老實實道歉！」

沒有人要同情飛翔。

很快地，幾名武官趕到，推開悠舜，俐落地收走了屍體。

文仲盯著悠舜握拳的手。手裡握的是剛才屍體被收走前，悠舜迅速撿起來的東西。小小的紅色顆粒。

文仲以陰沉的聲音低喃，那是只有悠舜聽得見的悄悄話。

「真虧你能注意到，了不起，鄭悠舜公子……這麼年輕，知道的東西還真多。」

悠舜睜開眼，文仲聳聳肩。

「我曾在地方上當過小官……那種東西牢房裡常見。既然你知道那是什麼，事情就簡單多了。小心點，全國榜首。你確實具備各種容易被『幽靈』襲擊的條件……幸好那個臭小鬼在你身旁，他的臂力確實是不錯。」

說完，文仲一臉陰沉地離去。

「……子美……到底去哪裡了？」

悠舜朝這麼說的鳳珠望去。

「為什麼不說一句話就消失了呢。那樣……簡直像個幽靈。」

六號棟裡的子美房間結滿蜘蛛網，裡面沒有任何一項私人物品。不，看起來甚至像是那裡從來沒有放置過私人物品。宛如他從一開始就不存在。

子美依然下落不明，死人則不斷增加。

每次看到遺體不是子美，鳳珠就會鬆一口氣，但表情卻也開朗不起來。

「……不管子美是誰，你都想見他嗎？」

一陣沉默之後，鳳珠點頭。沒有猶豫，可見他早已思考過許多次。

「如果他做了什麼錯事，那就阻止他，如果有什麼苦衷，那我也想幫助他。這就是……朋友啊。」

子美沒有對我們做什麼，我們也還沒一起舉行試膽大會。」

悠舜望向鳳珠的目光溫柔。鳳珠是正確的，沒有絲毫可反駁的地方。能真心這麼說的人很少。

那時，宿舍裡傳來某個考生惡狠狠聲音：「既然要殺，幹嘛不殺鄭悠舜，他一死就多出一個及第名額了。」

「管他頭腦多好，充其量只是個平民，還有那雙腿，根本不可能好好當官。」

「他幹嘛不安分點，過著閉門不出，避人耳目的生活不就好了。」

鳳珠簡直懷疑自己的耳朵。環顧四周也分辨不出剛才說話的人是誰。

想對悠舜說點什麼，卻發不出聲音。不敢去看悠舜的臉，只能低下頭。瞬間，眼眶一熱，眼淚流了下來。悠舜似乎很驚訝。

「鳳珠……我不要緊，對這種事很習慣了。你沒有必要為我哭泣。」

悠舜的聲音一如往常。他說自己「很習慣了」，這令鳳珠更加悲傷——不甘心。

悠舜的腳確實有障礙，也有必須借助別人幫忙的時候。可是，每個人都有這樣的時候吧。一想到他一直承受這些無情的話語，鳳珠就不甘心，眼淚停不下來。明明自己被冷言冷語的時候絕對不會哭。

回過神來，才發現自己抱著悠舜。

「我討厭那樣，不甘心得要死……！」

悠舜慢慢眨眼。「不甘心」的感覺，自己已經遺忘許久。從腿無法自由行走之後一直放在遠處的心，被出其不意地撼動了。

越過鳳珠的肩膀，看得見黎深的表情。飛翔掄起拳頭衝進宿舍大喊「剛才那是誰說的」，黎深卻只帶著奇妙的表情站在原地。那表情就像他知道現在有非常重要的事應該去做，卻不知道到底該做什麼。一直都是這樣。

——那天一整天，鳳珠的情緒都很不穩定。即使想好好讀書，一思及白天的事，又會突然掉起眼淚或生氣。

「我一定要比那些傢伙更高分上榜！把他們全部擊敗！才不讓出名額呢！我們一起上榜，成為官員吧，悠舜。」

瞬間，來不及反應的悠舜不由得為之語塞。他答應旺季的只是「應考國試」而已。

「……嗯，可以那樣就太好了。」

那天，黎深始終沒說話。晚上，回到自己房間時，忽然塞給悠舜一樣東西。是一顆橘子……黎深竟然會主動送人東西，大殺界可能要展開了。

身旁都沒人之後，悠舜將那顆神祕的橘子放在桌子上。

從身邊的手巾裡，取出白天那具屍體上偷來的紅色顆粒凝視。

隔天，天還沒全亮時，悠舜一個人悄悄走出十三號棟。

天明時分的微光中，滲血般鮮紅色的南天果叢生。

比起和子美在這裡一起看到時，數量少了許多。

「……會有好事發生，是什麼事？」

無預警地，背後傳來聲音。悠舜並不驚訝。

「還沒喔，子美。得等全部消失才行。」

回過頭，相隔五步之遙處，子美就站在那裡。

好久沒見到的子美，臉上沒有往常的開朗笑容。陰暗的表情，不知究竟是想見還是不想見。

「今天，你把頭髮放下來了呢。好久沒看到你這樣，我比較喜歡這樣。」

悠舜應該從未在子美面前放下頭髮。從遇到黎深他們那天起，除了就寢時，悠舜一定把頭髮紮起來。拉拉披垂肩頭的髮絲，放下頭髮時總是比較暖。

「因為今天早上又更冷了。」

「那你又何必專程跑出來呢？腳還會痛不是嗎？再說，現在外頭這麼危險，他們不是叫你別一個人出來亂跑？」

「他們是說了，但我的原則是只在自己喜歡時做喜歡的事。」

子美凝視悠舜，低聲詢問。

「為什麼？」

為什麼一個人到這裡來——悠舜沒有回答。

「飛翔去了六號棟喔。因為他擔心你，想叫你搬到十三號棟。」

「……我知道。即使看到結滿蜘蛛網的房間，飛翔還是給我留了紙條。字醜得要命，寫著『過來我們這邊吧』。然後到處找我，最後頂著一張一點也不適合他的沮喪表情回到十三號棟。」

子美說得像是他全部看在眼裡。

「我們約好要舉行試膽大會，也還沒舉行喔。鳳珠到現在還在期待。」

「……真是傻瓜。」

子美的臉頰莫名抽搐，大概是想笑吧。

「……噯、悠舜。世上沒有自願成為幽靈的幽靈喔。可是一旦變成這樣了，就只能這樣活下去。」

「如果能活下去，就是人了喔，子美。」

盯著悠舜伸出的手，子美的臉依然抽搐，微微顫抖著別過頭。

悠舜看著一切表情從子美臉上消失。面無表情的子美從身旁的南天竹上摘下一顆果實，放入口中。

「不行啦，人家可是幽靈。悠舜給我的南天果就快沒了。可以用來避邪的說。人家一直盡量忍著少吃，可是就快沒了。一切都要結束了。」

像人偶一樣緩緩眨動長長的睫毛。

「全部吃完之後，我一定會去殺你。」

悠舜燦然一笑，毫不介意地背對子美。

「……好啊，子美。隨時歡迎。我會泡好柚子茶等你。」

七

數日後——

「喂你們聽我說，現在動身去找幽靈吧！去九號棟那間打不開的房間！」

聽到邁著大步走進來的飛翔這麼一說，悠舜無奈地垂下肩膀。

「飛翔……九號棟……是本來要去辦試膽大會的地方吧？為什麼突然要去？」

「每一棟宿舍我都找過了，子美能躲的地方只剩下那裡。」

飛翔到處找尋子美的事，大家早就察覺了。

鳳珠擱下筆，站起來。

「好。我陪你去。」

「很好！做好心理準備喔，鳳珠。我白天去的時候，門真的打不開。」

「……咦？」

「而且，晚上似乎也真能聽到聲響。某個熱愛怪談的考生豁出去，從門縫往內窺看……真的看到一副棺材……棺蓋還抬起來，發出詭異的聲音……」

「萬一不是子美怎麼辦！還是叫原本在寺院打雜的考生來吧！」

「原本在寺院打雜的傢伙靠不住啦！我們自己去綁他回來！別擔心，我會帶文仲去，只要有那傢伙在，連元祖幽靈都會怕得讓路！」

悠舜打從心底同情文仲，不過，比起讓這兩人自己去，理性派的文仲同行確實比較好，於是鐵了心不多說什麼。

「悠舜不能去喔，你和黎深一起待在這裡。不准到處亂跑！」

「……好啦好啦。」

和外表給人的印象相反，悠舜根本不聽人說話，只做自己想做的事，這一點眾人早就發現了。所以，誰也不相信悠舜隨口回應的「好」。不管是鳳珠還是飛翔。

飛翔掏出一副手銬，喀嚓一聲套在悠舜手上，驚訝的悠舜還來不及說什麼，另一頭已經被飛翔套在黎深手上了。簡直就像命運的紅線。

「……等等飛翔，你做什麼？」

「少囉唆。黎深，看好悠舜！好，我們出發吧！」

就這樣，飛翔和鳳珠帶著鹽，隨意扯下貼在十三號棟裡的驅魔符咒——作用是封印住在這棟受詛咒宿舍裡的人——兩人一起出去了。

「飛翔，手銬太誇張了吧？」

「沒事啦。」

飛翔說得不當一回事……那似乎知道什麼的口吻，引起鳳珠的好奇心。

「黎深那傢伙，該不會又給悠舜添什麼大麻煩吧……」

「我說你啊，想想看，剛才不是還跟黎深一起在房間裡安安靜靜用功嗎？」

被飛翔這麼一說，鳳珠歪著頭想了想。和悠舜在一起時的黎深，確實特別安靜。

「那傢伙失控的原因和小孩或動物一樣，大概都是在表示『看我這邊』、『理我』、『陪我玩』的意思。也是子美口中的『心缺乏滋潤的時候』。完全就是個小鬼。只要得到想要的東西，黎深就會很安分了。」

「……我懂，在悠舜身旁時，我也覺得連呼吸都變輕鬆了。」

「因為那傢伙誰都不會拒絕啊。」

悠舜的世界對每個人敞開，任何人都可以隨時進去打滾。

然而飛翔也有個感覺，與其說那是悠舜的寬宏大量，不如說他把一切都視為與自己無關的事，自然也不認為有拒絕的必要。飛翔總覺得，哪天悠舜說不定會突然消失。對飛翔他們來說，現在正站在人生的重要叉路上，對悠舜來說卻像漫長假期的延續。從十年前開始休的長假。正在休假的悠舜，現在只是陪迷路的流浪貓玩一玩，等到哪天他的假期結束了，就會毫不猶豫地返回自己的人生。

到時候，一定誰也無法拉住悠舜。飛翔有這種感覺。

「和子美說他喜歡悠舜的意思一樣嗎？」

鳳珠美麗的臉上籠罩一層悲傷的陰霾。

「喂，別擺出那種衰臉啊！陰沉的人有文仲一個就夠了好嗎！」

「真沒禮貌。」

突然從背後發出陰沉的聲音，嚇得飛翔和鳳珠發出哀號，不知道該不該拔腿就跑。

「哇啊啊啊啊超嚇人！不要從黑暗中無聲無息地冒出來啦，文仲！」

「對啊，至少先拍一下肩膀……不對，那樣也很嚇人！回頭看看──嗚哇嚇死人！」

「最不想被你說這種話啦黃鳳珠！我的臉比你好多了，絕對好多了。」

文仲這麼一說，鳳珠以異於平日的自信反駁：

「不，怎麼可能。我這張臉至少還被當成人類。」

姜文仲理智斷線，臉上浮現瘟神般陰沉的笑容。

「……關於這件事，我們以後再找時間好好談一談，有必要分出個勝負。」

「只有這件事我是不可能輸的，這張戰帖我收下了！」

飛翔歪著頭想，這場比賽到底要怎樣才算「贏」？

「搞什麼，是你們找我來的還這麼跩。說吧，找我來幹嘛？」

「擊退幽靈。」

「我回去了。」

「喂文仲，憑你跟我的交情，應該幫這個忙吧？」

「我跟你什麼交情啊！」

不過，飛翔當然不肯答應。

「呵呵，有鳳珠在就能閃瞎活人的眼珠，有文仲在就能嚇跑鬼魂。太好了，天下無敵！本大爺真是聰明絕頂！惡靈退散，我們走吧！」

強行拉著文仲，飛翔朝九號棟展開突擊。

八

窗外靜靜下起雪。

「黎深……這副手銬，拿得下來嗎？」

想拿下這副原始的手銬，需要的不是智力而是腕力，悠舜很快就投降了。

黎深一拉手銬，悠舜的右手就被牽動。黎深咧嘴一笑，似乎很滿意。為什麼？

「不好好看著你，一下子就會輕舉妄動，還是銬起來好。這樣好。」

「……竟然被你說這種話，我打擊好大。」

好像失去某種身為人的資格了。

悠舜完全失去讀書的動力，只是望著雪。

過了一會兒，發現黎深盯著自己看。悠舜也試著看回去，為了掩飾自己的狼狽，黎深狠狠瞪了他一眼，又很快別開視線，一臉不悅的樣子。真有趣。

「怎麼啦？黎深。」

悠舜一點也不在意沉默，耐心等候。黎深終於忍不住嘀嘀咕咕起來。

「……我不討厭你拐杖的聲音。」

「……喔？謝謝。」

悠舜知道黎深口中的「不討厭」，就是「很喜歡」的意思。不過，完全不懂他為什麼這麼說。

「像貓脖子上的鈴鐺，很方便。」

「……喂。」

「人還沒到，就知道是你來了。很好。」

悠舜重新望向黎深，黎深看似不高興地轉過頭。

「你走得慢，要追上你不費工夫。腳的狀況不好的時候，你就不會到處亂跑了，這樣很好。對泡柚子茶也一點影響都沒有，不管你的腳有多不好，都跟我無關。」

要是鳳珠聽到他這麼說，可能會氣得火冒三丈。悠舜只是托著下巴。黎深口中的「不討厭」，指的大概不是拐杖的聲音。悠舜想起他把平常那麼不願與人分享的橘子塞給自己的事。

都已經是好幾天前的事了，沒想到自己還放在心上。

「不過，我很討厭那些八竿子打不著關係的人批評你。」

「……為什麼？」

為什麼？黎深皺起眉頭。過去的他根本不在乎別人，現在為什麼會說出這樣的話，自己也不明白——為什麼。

是介意嗎？還是不耐煩？只要聽到人家罵悠舜，自己就會沒來由地火大。

「那當然是因為喜歡啊。」

說這句話的人，並不是黎深。

「黎深已經會為別人努力，還懂得安慰人了，這是很大的進步呢。真驚人。」

子美忽然出現在門口。

「九號棟北側最角落……是那邊！」

「那邊……？完全感覺不到人的氣息耶！為什麼九號棟半個人都沒有啦！」

別說沒開燈了，連個人影都看不到。只聽見自己的腳步聲噠噠作響，感覺就像來到廢墟。文仲陰沉地嘟噥：

「聽說全都逃光了啦。有人好像看到了……會作祟的東西。」

「哇！拜、拜託您，可以用開朗一點的聲音說話嗎，文仲大人！」

文仲摸摸下巴，考慮鳳珠的要求。

「開朗的聲音……我笑看看好了。人家都說笑聲迎福嘛，呵呵……呵呵……」

咧嘴一笑的表情，在燭光照耀下恐怖得就連鬼看到都會逃跑。文仲想用「呵呵……」的笑聲掩飾詭異感，卻連飛翔聽了都要用盡最大努力才能忍住不尖叫，跟著口水一同嚥回肚子裡。

「……鳳珠……你不要多嘴……」

「抱、抱歉……真的抱歉……」

不管笑或不笑，文仲的臉還是一樣恐怖。兩人簡直像跟妖怪一起參加試膽大會，鳳珠已經搞不清楚自己現在是正常人還是被鬼纏上了。

「早知道應該叫那個原本在寺院打雜的男人來才對！」

「原本在寺院打雜的人？那不就是——」

文仲正想說什麼時，九號棟深處傳出奇特的聲音。低沉的，像從地底爬出來的呻吟。鳳珠全身打顫。

「這是詛咒，我們要被詛咒了！飛翔除厄的符咒呢！鹽呢！快把你的終極武器文仲大人裝備起來啊！」

「冷靜點鳳珠！」

要是黎深在，逞強的鳳珠打死也不會這麼激動，現在和比自己年長的兩人一起，本性就按捺不住了。

文仲忍不住咯咯笑，鳳珠開始發出毫無意義的叫聲：「寺院打雜男——」

「話說回來，竟然真的是幽靈……真正的幽靈不是我這次要找的對象啊？」

「啥？不是說要來找幽靈嗎？」

「不，其實我是來找人的。就當作是幽靈在找的人吧。我再怎麼亂來，也不會放著賭上人生的重要考試，不務正業地跑來擊退幽靈。就算不這麼做，我的成績在全州都已經是吊車尾了啊。」

文仲瞥了飛翔一眼。同為白州人，認識的時間也長，有些話還是會傳到文仲耳中。

「……聽說你答應父親，國試只考這麼一次。如果落榜就回去繼承家業，是吧？」

原本戰戰兢兢往前走的鳳珠，這時也忘了害怕，大聲追問：

「真的嗎？飛翔！」

飛翔伸出小指掏挖耳朵。

「是啦。我這個黑道首領的兒子竟然想當官，這種與家族為敵的事，一般是要斷絕親子關係的耶！」

「如果落榜了怎麼辦？」

「不會違背約定啊，落榜就回去繼承家業。就算落榜，我的人生頂多和原本計畫的不太一樣，不算什麼。但是，要我眼睜睜看著麻吉失蹤，那我沒辦法忍受。」

文仲一臉厭煩的表情。飛翔這種個性，正是造成自己擺脫不掉他的原因。這件事必須儘快解決，這才是和飛翔相處的訣竅。算命婆對文仲說，參加這場國試是他「人生中第二幸運的事」，文仲只能一心祈禱認識管飛翔不是自己「人生中最幸運的事」。

「……我想應該不是幽靈啦。你聽不出那傢伙在說什麼嗎？」

鳳珠和飛翔面面相覷。

「完全聽不出，不是呻吟嗎？」

「我只覺得是在詛咒什麼。」

「是誦經啦。」

兩人瞠目結舌……誦經？

不過，仔細一聽，那低沉平板的唸咒感，確實很像誦經。

「……喂，最近的幽靈流行給自己誦經喔？」

「如果不是的話，那就是活人囉？雖然不知道是不是你在找的人。」

鳳珠和飛翔加快腳步。然而已知那是誦經而不是詛咒，為何還是放不下心。

一靠近那扇門，誦經聲戛然而止，取而代之的是門「嘰噫」一聲打了開來，像在對他們招手。

「喂文仲！那真的是活人嗎？」

抓著文仲搖晃，他卻緘默不語。好可怕。

戰戰兢兢地朝兀自打開的門內窺看，手燭的另一端，看得見某個形狀不祥的物體。

「……是棺材……除此之外沒有人啊……喂，剛才誦經的到底是誰？」

此時，棺蓋錯開了，鳳珠的精神也緊繃到了極點。

「寺院打雜男！寺院打雜男在哪？」

在鳳珠「呀啊啊啊啊」的尖叫聲中，一隻蒼白的手從棺材裡伸了出來。

「嗨，歡迎光臨，我的第一位客人——嗯？」

棺材主人的目光停留在尖叫的鳳珠身上，發出詭異的光芒。

「喔唷？那邊那位尖叫青年，有沒有興趣當個在寺院打雜的型男？現正熱烈招募中喔。你很煩惱對吧？為了那張臉。我懂我懂。在寺院打雜最適合這樣的你了，用挖掘墳墓的方式來消除你的煩惱吧！如此一來每天都會陷入自己是否正在自掘墳墓的自我反省。無論多笨多傻的孩子，只要來寺院打雜就懂得思考人生的大道理，這可是一份大受好評的工作喔。雖然偶爾會陷入太深難以自拔就是了。和人生一樣啊。在跌入谷底之前抬頭仰望天空向前走吧。別再叫了，現在來就成為寺院打雜男吧！」

……鳳珠停止尖叫，飛翔浮現不妙的預感。

「喂鳳珠……你該不會因為現在工作不好找，就真的想去寺院打雜吧？」

「呃……不、不會啦，怎麼可能！太誇張了……我又不是什麼型男……」

鳳珠輕聲咕噥。到底是哪句話打動他的心了啊，飛翔不由得全身發麻。我要是不好好看住這傢伙，很可能真的跑去寺院打雜，這麼一來拿什麼臉去見鳳珠的爸媽。

「喂，你個殭屍詐欺師！我警告你，別想用花言巧語拐騙純樸好青年去寺院裡打雜喔，混帳東西！嗯？寺院打雜男？……該不會你是那個原本在寺院裡打雜的……？」

「就是我本人。不過我在寺院打雜是小時候的事了。嘖，難得有前途無量的型男可能願意去寺院打雜的……喔，好久不見啦文仲，我的地方小官同伴，你還是一樣那麼陰沉啊？和棺材真搭。如何？有塊不錯的墓地喔，最適合你了。看了一定會迫不及待想進棺材唷！」

「你這個雞婆到有剩的棺材男。」姜文仲不屑地拋下一句，指著棺材男說：「他就是原本在寺院打雜，後來轉行成為黑州地方小官的黑州榜首，來俊臣。你們要找的人是他嗎？」

飛翔大失所望。這輩子或許從來沒有這麼失望過。

「不……完全不認識……」

看到睽違許久的來客，來俊臣似乎很高興——根據文仲的說法就是高興到「自己興沖沖地來開門」，還端出剉冰招待，把飛翔與鳳珠看得張口結舌。大冬天裡吃剉冰？

「……是說……這是雪吧?外面的。」

「……去外面舀進來的?」

講道義重人情的飛翔豁了出去，個性老實的鳳珠也抱定必死決心，只有文仲以一句「這是整人嗎?」堅決拒吃。一邊喀哩喀哩地吃冰，飛翔一邊嘀咕：

「是說，聽到誦經的時候我就該發現了啊，子美哪裡會誦經。」

「對、對耶……真想快點去找他。子美身體不知道哪裡不好，還在吃那種紅色藥丸，真擔心他。」

聽到這句話的來俊臣與姜文仲神情忽然變得嚴肅。來俊臣裝作不經意的樣子問：

「……這樣啊。你們要找的那個男人，有沒有什麼地方不太正常?」

「你說子美?他是個超怪人，沒有一個地方正常啊。超難吃的飯也能不當一回事地全部吃光，做什麼事都半途而廢，無論讀書或裁縫總是一下子就膩了。連穿針引線都是悠舜幫他做好的……這樣的他卻自稱擅長烹飪和裁縫。明明是個超級夜貓子，應該也喜歡和大家一起熱鬧，卻每天晚上都要回空無一人的六號棟。」

「年紀多大?」

鳳珠和飛翔沉吟了半晌。子美的年紀……

「……好像超過三十了……可是……」

「那傢伙真的是年齡不詳，加上化了妝，更是看不出來……」

文仲與俊臣交換了一個眼神。

「……症狀惡化得相當嚴重了。」

「是啊，味覺已完全失靈，對事物失去專注力，想讀書也讀不下去。說不定已經惡化到連書本內容都不能理解的地步了。」

「無法順利穿針引線是手的顫抖狀況導致……夜裡失眠，注意力渙散，安靜不下來，喜歡獨處，如果年紀已過三十五歲也勉強有可能。還有，紅色藥丸——是這個嗎？」

乍看之下，鳳珠差點以為是南天果。紅色藥丸，和子美拿的藥很像。

「……應該是這個沒錯。裝在藥盒裡，被悠舜拿走了就是……」

「這東西嚴格來說並不是藥，而是用特殊方法調和了鴉片及其他藥物的毒品。」

「……毒品？難道……子美有毒癮？」

「不，正好相反。為了抑制病狀，不得已才會使用毒品。」

這句話令人不解。如果是食用毒品成癮造成身體出現障礙還能理解，先有障礙才使用毒品是什麼意思？

「不過，可以肯定的是他現在已經有毒癮了。一個不好，還有可能為藥殺人。」

想起陸續死亡的考生，鳳珠不由得倒抽一口氣。飛翔卻嘖了一聲。

「喂，你想說子美因為這樣犯下連續殺人事件嗎……那是不可能的事。舉行國試時期，的確有黑道介入，毒品買賣的情形也增多了，甚至有人花了大錢卻落榜，結果跑去自殺。考生使用毒品也不是什麼稀奇的事。不過，一個有毒癮的人怎麼可能州試及第？」

「你說得沒錯，要通過州試，對一般人來說都不是容易的事，更何況一個毒癮患者更不可能。可是，你們看過『劉子美』好好讀完一本書的樣子嗎？你們認為他真的考過州試嗎？」

這麼一說，飛翔才發現自己從沒看過子美用功讀書的樣子。連一本書都無法專心讀完的人，怎麼可能在州試中及第？

「話是這麼說沒錯，子美可是在紫州拿到榜眼，成績僅次於悠舜的及第考生啊。傳聞滿天飛呢，競爭超級激烈的紫州州試，榜首和榜眼竟然都被平民拿下。這應該是真的吧？」

「是啊，平民出身的劉子美，確實參加了紫州州試，也拿下榜眼。問題是，有證據證明這個人就是你們認識的『劉子美』嗎？」

飛翔發出呻吟。

「……你是說，他是替身？」

「只要持有正本准考證，這不是沒有可能發生的事。尤其紫州的應考生規模高達幾千人，哪個考生長什麼樣子，除非真的很特殊的長相，否則誰也搞不清楚。」

「等……等一下，這太奇怪了吧。如果子美是毒癮患者，調包他來做什麼呢？一個無法在國試中及第的替身，住進預備宿舍又能幹嘛？目的是什麼？」

鳳珠顯得有點混亂。

「對，目的不同。調包的目的不是為了在國試中及格。」

文仲如此低喃，來俊臣點頭同意。

「沒記錯的話，傳聞中的劉子美是個孑然一身的平民。這種隨時可能窮死的窮學生，怎麼可能僱得起替身。更別說是個能以第二名成績通過紫州州試的替身。不可能。倒不如說，劉子美才是符合了種種條件。畢竟這次情形還特別嚴重。」

文仲陰鬱地瞥了飛翔一眼。

「……鄭悠舜現在人呢？」

「……和黎深綁在一起。」

「喔，這樣倒還好。和紅家少爺在一起的話，就不容易下手了。」

「等等，我完全聽不懂。請用簡單易懂的方式說明。」

相較於發出哀號的鳳珠，飛翔表情嚴肅。

「……現在，每年的國試背後都是一場大賭局。從庶民到權勢貴族都有人下注，投入其中的賭金儼然天文數字。而這次的賭局大翻盤，跌破所有人的眼鏡。很多人輸到流落街頭。」

「最令人跌破眼鏡的就是紫州州試了。榜首和榜眼都是沒沒無名的平民，因為他們而輸到破產的大有人在，想必也對他們兩人恨入骨髓。按照預定計畫，原本不該是這樣的。」

「預、預定計畫——誰的計畫?」

來俊臣拍拍手。

「完全正確,正中紅心。問題就出在『誰的計畫』。有人想搞『和諧』啊——讓誰及第,讓誰落榜,成績順位如何,這些都是可以操作的……很奇妙吧,國試明明講求實力,為什麼至今還沒有平民考上過?每年都有考生紛紛離奇死亡,從地方到貴陽應考的路上『意外身亡』的人也多如過江之鯽,官府卻大多不聞不問。專供窮學生入住的預備宿舍死了再多人,也沒有認真調查,丟著不管。最後以被他們被『幽靈』咒死的理由結案。不覺得莫名其妙嗎?可是啊,這種事就是能強行過關。你認為那是為什麼?」

這時,鳳珠終於明白來俊臣想說什麼。

「……有貴族和官員插手,把大事化小、小事化無了……?」

「是啊,這麼想是最符合邏輯的吧?尤其是現在,朝廷採取優遇國試組的做法,國試及第者得到的好處遠遠高於其他人。既然如此,不管怎樣都要考上,妨礙者死,花再多錢也要想辦法及第……會有人這麼想也很正常吧?」

——妨礙者死。

鳳珠眼前一片血紅,腦中浮現各種加諸悠舜身上的惡意。

「……哪裡正常了?不管怎樣都要考上,用的不該是這種方法吧?這麼做……一點都不正常……！」

姜文仲和來俊臣都沉默了一會兒。

「……你擁有很珍貴的感受力呢。不過，朝廷裡有太多不正常的事了。」

「除了當事人之外，身邊的人也是。無論如何都想讓孩子及第的人，有親戚關係的人，受人賄賂的人……還有，不想讓平民名列金榜的人。」

最後那句話，令鳳珠瞪大雙眼，明白了所謂「劉子美才是符合了種種條件」的意思。

「終於走到這一步了嗎？競爭激烈的紫州州試，偏偏第一名和第二名被平民給拿走，而且分數還遙遙領先。肯定有誰想在背後動手腳，想讓這兩人在會試中落榜，但就是不成功。既然已經無法不讓他們參加國試……剩下的就只有殺了他們。」

住進預備宿舍的不是及第的劉子美本人，而是另有其人，為了什麼？

鳳珠打起冷顫。

和劉子美一樣同為沒沒無聞平民的紫州榜首，拄著拐杖的鬼才。

仔細回想，子美打從一開始就迅速接近了悠舜，簡直像早在這裡等他落網似的。

鳳珠發出嘶啞的低喃：

「……殺手……」

「有這個可能性。那種藥現在沒有管道獲取，只能用大錢去換……我猜那個『劉子美』從前可能是個士兵。他一定熟知殺人的方法，也接受委託。」

「其他還有很多可疑的地方。比起國考當天，潛入預備宿舍要容易多了。住在宿舍的人增增減減，也很方便各種指使者混進來。死掉的人有一半是自殺或自然死亡，在我看來，剩下的一半就很可疑了。」

「……黃鳳珠，有件事我很好奇。你剛才說鄭悠舜拿走了那男人的藥盒？當時他是否還對那男人說了其他的話？」

文仲這麼問。鳳珠頂著一片空白的腦袋思考。悠舜對子美說了什麼？

「……紅色的果實……全部消失時，就會有好事發生……」

來俊臣吹了一聲口哨，接著拍起手來。

「哎呀，真是帥氣呢，鄭悠舜。想正面對決是嗎？不過有點危險。」

飛翔恍然大悟。失蹤的子美。「紅色果實全部消失時就會有好事發生」。

「原來如此！糟了！喂鳳珠，我們得馬上回去！」

目送飛翔拉著鳳珠奔出房間，姜文仲壓低聲音。

「原來是『幽靈』啊……不過我們也沒資格責備他。造成他們出現的罪魁禍首……是國家。」

「只能做我們能做的事了吧。第一步就是到那混帳國王身邊抱怨他做的所有事。我和你不就為了這個，才來參加這場考試嗎？」

「……嗯……是啊。」

姜文仲這次笑得不太陰沉了。棺材裡的來俊臣也顯得很欣慰。

「像那兩人一樣的官員，將出現在接下來的時代。真不希望他們被朝廷給弄髒……啊、不過，或許他在棺材裡才是最美的呢。下次做個大棺材，當作友好的證明擅自送給他吧。」

「……你這種情感的表達方式最好收斂一點。」

「咦？為什麼？」

「對方只會解讀成『呵呵……下次死的就是你』，害怕到沒辦法過安穩日常生活了吧。被你送過棺材的我來說這句話準沒錯。」

文仲如此嘀咕。後來，他又想起關於「第九十八號幽靈」的傳聞。可憐的幽靈。

來俊臣似乎也想著同樣的事。撿起棺材裡釘上五吋釘的小草人，輕輕撫摸。

「其實，最有資格埋怨的，應該是那些『第九十八號幽靈』吧。」

明明還存在這世上，卻被所有人遺忘。可憐的幽靈。

九

悠舜望向站在門口的子美，臉上的笑容一如往常。

「歡迎，子美。外面冷，請進。」

「……噯，你們為什麼被銬在一起？」

「請坐，別介意。黎深去坐那邊床上。」

黎深一臉不高興，還是照悠舜說的去做。

悠舜拿起子美慣用的茶杯，子美也在平常坐慣的位子坐下，彷彿沒有中間這段空白時光。黎深安分地坐在床上。

「……只要和悠舜在一起，黎深就很安靜呢。」

「什麼？喔，他好像也厭倦惡作劇了，總算令人放心。」

悠舜泡起柚子茶。子美仰頭嘆息，看來黎深的徒勞無功沒完沒了，一點也看不到成果。

子美想拿起茶杯，手指卻不斷顫抖。悠舜幫他壓住手指，試了三次才總算抓住杯子。為了不打翻茶杯，子美小心翼翼地啜飲柚子茶。這一定是最後一杯了，所以要愛惜著喝。喝下酸酸甜甜的茶水，冷徹心扉的身體似乎也暖和了起來。

……子美很喜歡在這裡度過的時光。只要待在這裡，總覺得自己似乎也變得正常起來。不過，那是錯的。

剩下最後一口不喝，似乎想將茶水永遠留下，子美率先打破沉默。

「……噯，悠舜，你從一開始就察覺我的底細了嗎？」

悠舜沒有回答。

「我煮的菜，你總是全部吃光，太奇怪了吧？」

「是啊。」

「我穿不好針線時，你也什麼都沒說就幫我穿好。」

「黎深也經常穿不好啊。」

「讀到一半的書攤開不收拾，你也什麼都不說。即使深夜來訪，你仍毫無怨言相陪。總是這樣——就好像我很『正常』似的。」

子美表情扭曲，深吸一口氣。

「……悠舜，我是異常的。不過，連自己也不知道哪裡不正常。大夫只說『因為你太脆弱了才會這樣』，我、我真的——」

「子美。」

「我原本真的擅長烹飪和裁縫。朋友教會我寫字，我也讀了很多書。這是真的，相信我。為什麼會變成這樣？我做錯了什麼？是我不好嗎？」

「不是的。不是你的錯。就因為你太正直，所以才會承受不了。只要接受治療，你一定會好起來。」

子美的表情似哭又像笑。

「……悠舜，你知道我哪裡有問題啊。大家都不知道，連我自己都不知道。」子美的聲音哀傷又低微。「可是啊，沒救了。我努力過，還是不行。不知道該如何在這個世界上活下去。」

瞬間，子美的雙眸變得像玻璃珠。不過，很快又恢復原本那雙充滿痛苦的雙眸。看起來就像子美心中有兩股勢力正在拉扯。子美發出夢囈般的喃喃低語。

「戰場上的銅鑼已不再鳴響，也不用再聽從長官的命令，為什麼我卻無法適應這個世界。不管走到哪，都沒有我的容身之處，到最後只能像這樣活下去——」

忽然之間，子美的眼神陰暗得像個陌生人，面無表情地盯著悠舜。

「……悠舜，把藥還給我。我雖然只是下等兵，在軍隊裡還是很強的。以我們現在的距離，我可以在黎深趕過來之前殺了你。」

「這就是委託你的任務？」

子美撇了撇嘴，嘲弄地笑著說「對」。

「那你就動手吧。想要的話就殺了我，從屍體上奪回你的藥。」

子美雙唇顫抖。彷彿身體還記得當年的一切，指間自然而然出現暗器。

「子美，你還記得嗎。我說當紅色果實全部消失時，就會有好事發生。」

「好……好事？」

「春天會來臨喔。子美，就快了。」

屋內陷入一陣苦澀的沉默。各種神情在子美臉上閃現又消失，最後只留下一抹嘲弄的冷笑。

「…………春天？」

和臉上的表情完全相反，嘴裡低聲吐出這個詞彙。接著，子美的眼睛完全變成玻璃珠，伸手抓住悠舜後腦的頭髮。

就在刀光一閃，刀刃抵上喉嚨的剎那。

「——到此為止。」

男人的聲音在室內響起，武官們從門口湧入，迅速制伏了子美。

「帶走，要他供出背後主使者。」

皇毅——悠舜當然沒有這麼叫他。眼前發生的一切就這麼平淡而迅速地結束，兩人連一句話也沒有交談，子美就被帶走了。乾淨俐落到令人傻眼的程度。

皇毅靠近悠舜，做為調查用的證物，從衣領底下抽走子美的藥盒。看了錯失搭救悠舜機會的黎深一眼，發出嘲弄的笑聲：

「……紅家少爺也真無能，還以為你至少能盡護衛之責呢。」

「————唔！」

悠舜只問皇毅一件事。

「……他會被怎麼處置？」

「你並非官員，恕無可奉告。」

丟下這句話，皇毅就走了……一切恢復原狀。如果沒有子美喝剩的茶杯，簡直要懷疑是一場白日夢。

黎深被皇毅譏諷無能也沒有反駁，要說意外，這一點也教人意外。

轉過頭去，只見他正在瞪悠舜。

「……為什麼要說那種話？」

「哪種話？」

「你剛才不是說『那就動手吧』？如果那名御史沒有趕來……你真的會死。」

黎深雖曾學過護身術，絕對贏不過有實戰經驗的子美。如果那個御史沒有來，悠舜現在已經是一具屍體了。

另一方面，悠舜則忍不住想笑。眼前這人年幼時，明明對自己說過「要死就去死」的話。想不出什麼好的回應，只好說些一般人在這種時候會說的話：

「……抱歉讓你擔心了。我和子美說話的時候你也沒有輕舉妄動，這點我向你道謝。」

後半句是真心的，悠舜泡了一杯柚子茶，親自端到黎深身邊。

黎深睜大雙眼。悠舜從來沒有主動為自己做過什麼。這才學會，原來只要做些什麼，就能得到對方的「道謝」。悠舜的毫無自覺與貫徹到底的放任政策，就在這時默默開花結果了。

伸手去拿柚子茶，黎深不高興地發出疑問。子美的行動有說不通的地方，黎深早有察覺，也猜到可能是毒品。只是，他的身體障礙又不像是毒品的後遺症。

「……子美到底是何方神聖？」

「『第九十八號幽靈』啊。」

「所以，那到底是什麼。」

悠舜說出答案。在任何時代都被忽略——不、被抹滅的病。

「是後遺症……從多年悲慘戰爭中存活下來的士兵罹患的病症。」

「戰爭？」

黎深顯然對這話題不感興趣，畢竟戰爭是他出生前發生的事，儘管那距今不過數十年。

「戰時與太平時期的差異太大，他們的心無法適應。心在長年的悲慘戰爭中所受的傷，到了太平時期浮出表面，難以承受……正因原本的個性正直，所以更無法負荷，精神出現異常。只會打仗的他們，在和平的世界裡成為人們的眼中釘。沒有人關心他們，他們也害怕自己的異常，不靠毒品慰藉就活不下去。」

身心的齒輪逐漸無法咬合，被驅趕到世界角落，沒有人伸出援手。

「已經過了幾十年還這樣？」

「殺死許多人的罪惡感，只過幾十年是不會消失的。就算當時殺人是正義。」

黎深悶不吭聲，想起疲倦至極的大哥，如果沒有大嫂和秀麗，他恐怕早已消失。

『我努力過，還是不行。不知道該如何在這個世界上活下去。』

每個人都裝做不知情，明明他們就在那裡，卻假裝他們不存在。

就像可憐的幽靈。

鳳珠和飛翔回來後，聽到子美被逮捕的消息，露出哀傷不甘的表情。

「……子美會怎麼樣？」

面對鳳珠的問題，悠舜沒有回答。

❖　❖　❖

……國試正式開始前，日子過得相安無事。

國試共需耗時七天，期間曾有一度，從某棟試場傳出鬧鬼的騷動。以為這次出現真正的幽靈了，黎深拖著悠舜和鳳珠前往察看，遇到的卻是站在廁所的姜文仲。「什麼嘛」，黎深失望而歸，被擅自瞧不起的文仲倒是傷心了很長一段時間。

在筆試結束後，只剩最後一關的「殿試」——與國王的最終面試。

然而當天，聚集在殿試考場的考生中，不見悠舜的身影。

十

聽見「喀、喀」的聲音。

子美躺在牢房裡，聽著那聲音，總覺得和悠舜的拐杖聲很像。飛翔做的拐杖，其實和悠舜的身高不合，一聽聲音就知道了。不過悠舜沒說，子美也就沒提。

（……他真的很體貼啊。）

不過，悠舜不可能到牢裡來。子美不理那聲音，望著珍惜收藏著的南天竹的小樹枝。茂盛的果實，已經只剩幾顆了。因為想留著果子，只好啃樹葉。不管是啃還是舔，今天的自己依然沒有味覺。

『子美，等紅色果實全部消失，就會有好事發生喔。』

「喀、喀」的聲音停在很近的地方。

「……是不是？我說得沒錯吧？發生了好事呢，子美。」

三秒後，子美翻身跳起。牢欄外，悠舜站在那裡。真的悠舜。

「悠舜！你、你怎麼會在這裡？現在不是考殿試的時間嗎？」

「是啊，我蹺掉了。」

「蹺掉？」

「我沒什麼話想跟那個國王當面說。」

悠舜喀嚓一聲打開門鎖，把子美看傻了眼。

「……你怎麼會有鑰匙？」

「沒有我辦不到的事。」

悠舜這麼一說，好像就真的是這樣。子美苦笑。

「你真是亂來啊，悠舜，做的事和那張臉一點都不搭。」

拿走藥盒不還，取而代之的是給了一個裝了別種藥的束口袋。袋裡裝的只是南天竹的小樹枝。

想治好毒癮時，又想殺人時，想要那種紅色藥丸時，隨時來找我，我會幫助你。

我會陪你到最後，直到你不再需要紅色果實，不再需要那種紅色藥丸。

開始服用悠舜開的藥，不再吃那種紅色藥丸後，很快就沒辦法再好好扮演子美的角色，所以才會離開十三號棟，消失蹤影。

「一想到會被大家當作異常的人我就想死，所以無法去見你們了。」

「你太小看我們了。鳳珠說『如果他做了什麼錯事，那就阻止他，如果有什麼苦衷，那我也想幫助他。這就是朋友啊』。」

子美啃著南天竹葉，忽然發現自己覺得苦。小聲向悠舜道歉。

「好像真的……有避邪作用。吃下紅色的果實，騙自己已經吃了那種藥……不過，最後還是輸了。抱歉悠舜，對你做了那麼過分的事。」

睡不著，嚴重的目眩與頭疼，幾乎要使人發瘋。太痛苦，太痛苦太痛苦了。

「不，你已經很努力了。我不是說了嗎？還差一點了。」

還差一點，冬天就要結束——

看在子美眼中，悠舜宛如仙人。正如他所說，從最後見面的那天起，子美身上那種強烈飢渴的渴望感逐漸稀釋，雖然還沒有完全消失。

低下頭，子美喃喃低語。

「……森林裡的屍體……那許多屍體……不是我幹的喔。」

「我知道呀。你早就沒有回六號棟過夜，都住在那座林子裡對吧？」

子美睜大眼睛。

「……為什麼你知道？」

「因為子美的狀況一點一點地變好了啊。煮的飯愈來愈正常，也能縫出可愛的內褲。雖然還無法和人待在一起太久，但也已出現想看見燈光與朋友的欲望——這麼一想，待在那座林子裡最適合了。我想，你應該是擅自在哪裡挖了壕洞過夜吧？」

「……你說對了。曾是士兵的我很擅長這種事……」

「子美，你為什麼沒有殺我？明明有很多次機會下手的。」

子美盤腿而坐，抬頭望向悠舜。

「……我說長得和悠舜很像的，那個初戀的女孩……是我親手殺死她的，在戰爭中。」

對方是敵將的女兒。身為少年兵的子美依照上級指示，化身為侍女潛入敵營，跟在敵將女兒身邊。某天，將軍看上了他，命他入夜後侍寢。當天晚上，敵將的女兒驚慌地趕來，為的是搭救子美。然而，映入她眼簾的是父親的首級與子美。

既然被看見了，只能殺死她，所以那麼做了。掐住初戀女孩的脖子。

「對士兵來說，再不合情理的命令也絕對不能違抗。軍隊的規矩就是絕對服從。」

戰爭中，子美建了許多「功勞」，然而……怎麼也忘不了那個女孩。或許就是從那時，開始察覺自己不對勁。

「我出生時已是戰爭的年代，不知從何時起，死亡隨時近在身邊。從小到大一直是這樣。可是，從某天起，忽然可以不用再過『這種生活』。他們說『你可以過幸福平穩的生活了』，給了我一筆小錢，然後就什麼都沒有了。可是，我所知道的只有『那種生活』，領到的錢一轉眼就花光了，除了參戰之外，我不知道還有什麼謀生方法。夥伴們也紛紛跌到谷底，整天在大街上或賭場遊蕩，背上前科，等待我們的只有一路走下坡的人生。」

悠舜默默傾聽。

「我啊，也是有朋友的喔。他頭腦很好，我一邊從軍一邊請他教我讀書寫字，也跟他借書來讀。戰爭結束後，我完全不知該如何是好，他卻擁有目標。努力再努力用功學習，終於在紫州州試中及第，拿下榜眼。他的名字叫做劉子美。」

聽到這裡，就連悠舜也不由得瞠目結舌——劉子美。

「可是，紫州州試及第後不久……他就自殺了。」

「…………」

「……我啊，一點也不驚訝。也沒想過會是誰殺了他。因為，我有差不多一半的夥伴都自殺了。當時心裡只覺得『啊，連子美也……』」

子美看著自己發抖的手。

「戰爭結束後，過了一陣子普通的生活……沒想到，身體某處開始出現異狀。夥伴們大家都一樣，像壞掉的馬車一樣，隨時可能解體。醫生說身體沒有哪裡出問題。為什麼？我不懂。子美也安慰我沒問題，現在回想起來，其實他也遇到一樣的狀況了，我卻只顧著抱怨自己的問題。」

觸發的原因是什麼不清楚，只知道某天，那死命維持的線突然就斷了。

「他一定是很努力……想克制那個念頭……最後還是不行了……」

連子美都不行了嗎？站在他的墳前茫然若失，最後緩緩伸手拿起他的准考證。這位孑然一身的朋友留下的唯一遺物。

「……某個大貴族好像認為是誰委託我殺了子美，於是跑來找我，說能把我弄進預備宿舍，要我殺了鄭悠舜，還給我了我一大筆錢。那是……我感覺自己像是回到了戰場上，內心興奮了起來。」

同時也領悟到，我果然是異常的，只有在那種環境下才能活下去。無論怎麼努力，都恢復不了正常的生活，成為一個只會為人帶來不幸的人。

「明明在軍隊裡時覺得長官最爛了，覺得自己的人生窩囊又不正常，發誓再也不要從軍，對那樣的生活厭倦到了極點……」

子美閉上眼睛。

「那種藥丸是我們這種下等兵之間流行的廉價劣等藥。為了想逃開對死亡的恐懼，大家只好吃那種藥，現在外面已經買不到了。所以，持有這種藥的，只有像我這種退伍士兵。戰爭結束後，明明應該不再需要吃這種藥，結果又因為承受不了和平的日子而開始吃。」

子美說，在預備宿舍裡看到好幾個身上帶著這種藥的人。

和子美接受類似委託的人潛入宿舍，也在宿舍裡兜售藥丸，接受暗殺任務——他們只懂得這種生存之道。即使已是太平盛世仍不能沒有那種藥丸，只能過著接受殺人委託的日子——這種生活到底要

「喔？衝著這個國家的國王說這種話，你還是一樣有膽量。虧我還親自來接你這個蹺掉重要考試的大騙子。」

三秒後，子美整個人跳起來。

「咦？國王？戩華王？殿試呢？」

國王瞄了子美一眼。光是這一眼就令子美害怕地縮起身子。那壓倒性的支配力，令人情不自禁敬畏。同時，一股懷念之情油然而生。

——戰場的血腥味，令人頭昏目眩。沒錯，就是這種感覺。

子美懷念的，戰場上的空氣。

牽動嘴角，子美曾想過……如果哪天見到國王，一定要向他盡情抱怨。夥伴們的事，走上絕路的子美，自己的事，和悠舜說過的事……有太多話想說……但現在，他明白了。

這個國王的戰爭還未結束，就和自己一樣。

子美只小聲提出一個請求，代替那許多死去的友人。

「國王，請別忘了，請好好看清楚，我們的存在。別把我們當作幽靈，別對我們視若無睹。別利用完了就把我們丟進垃圾桶。」

戩華王無聲走入牢房內。

「你希望什麼？」

「……希望我的戰爭在此終結。」

「——這樣啊。」國王說。

悠舜連他何時拔劍都不知道。

劍尖已毫不遲疑地貫穿子美的身體。

子美苦笑。他竟然真的下手。沒有一絲躊躇。沒錯，戰場上不容躊躇，這是鐵則。

這位血霸王仍停留在真正的戰爭中，程度更甚於自己。

（可憐的國王……）

無論世間多和平，他一定還是無法適應。可是他卻一副無所謂的樣子，維持著世間的平穩。至今，子美一直認為他是戰亂之王。然而，結束漫長的戰爭，維持和平盛世至今的人，毫無疑問確實是他。願意維持這個自己無法接受的世界這麼久，或許是受了哪個重要的人所託吧？子美忽然出現這個念頭。

國王為子美終結了他的戰爭，誰來為國王終結他的戰爭呢？

意識漸漸模糊，好像一直在夢裡似的。

好不容易醒來，子美微微一笑，閉上眼睛。

——這年的國試及第者中，沒有劉子美的名字。

十一

悠舜、飛翔、姜文仲與來俊臣四人來到墓園。

「這次我真的受不了你了，竟然搞錯殿試的時間？開什麼玩笑！幸好御史台正好同時舉發罪證，得以臨時錯開殿試日期，要不然看你怎麼辦！」

一邊左耳進右耳出地聽著飛翔斥罵，悠舜一邊將花供在墳前。

舉發舞弊考生，將涉案貴族與官員一網打盡的葵皇毅一舉成名，成為朝廷裡無人不知無人不曉的有能官員。換來的是悠舜此後每天動不動就被罵得狗血淋頭。

「這次的棺材，連我自己都覺得是一大傑作。」怪人來俊臣滿意地從各種角度眺望墳地，不斷點頭自我佩服。

「話說回來，真是教人難以置信，管飛翔竟然考上了！真是跌破眾人眼鏡！」

「哪裡難以置信！」

姜文仲用力點頭，看起來和在墓碑間遊走的地縛靈沒什麼兩樣。

「不能怪我這麼說啊。鄭悠舜考上榜首沒人會覺得奇怪，你通過國試卻是天下紅雨啊。一個在州試吊車尾的人竟然能贏過百餘人，通過殿試金榜題名，哪裡不驚人？」

「聽說小弟們哭著把你拋起來歡呼啊？畢竟他們為了支持沒人看好的你，勇敢地把僅有的賭金都投注在你身上，不料結果是大爆黑馬，讓他們贏得超高倍率的賭金，當然要把你拋起來歡呼了。」

「別說得那麼現實！你這個棺材男！他們是講道義好嗎！」

在墓碑上澆水，上過香後，曾在寺院打雜的男人來俊臣掏出念珠。

「噯噯噯，你們比較想聽我昨天發明的型男誦經，還是普通的誦經就好？」

「型男誦經？是說昨天發明是怎樣？突擊誦經喔？」

「我有預感會是一大傑作啊～」

如果是平常，一定會希望他誦普通的經就好，但是今天——悠舜與飛翔看看彼此。

「好吧，今天就來個型男誦經吧。」

來俊臣聞言咧嘴一笑，意氣風發地拿出木魚和銅缽，展開他口中的「型男誦經」。平常具有療癒性質的木魚與銅缽，在他手中變成激烈的打擊樂器，節拍飛快，誦起經來不知為何成了尖叫吶喊。喔耶！

悠舜面如死灰，文仲則裝成不認識的路人（或地縛靈）。只有飛翔似乎很喜歡，聽到一半跟著手舞足蹈起來。最後以一句「再見了子美永別了，咚咚鏘鏘咚咚鏘」結束誦經。

結束時，旁邊來慎終追遠的一般掃墓者消失得一個不剩。

悠舜第一次在掃墓時感覺丟臉得想拔腿就跑。

「如何？我的新作品『型男誦經』，很有時下年輕人的感覺吧。」

「對啊，我對殭屍你改觀了！很有一套嘛！很久沒這麼過癮了，超讚！」

「呵呵，真等不及你進入棺材那天為你誦經了！」

「……喂。喔唷？鳳珠、黎深，你們來得真慢！剛才誦經都誦完了。」

鳳珠猛力衝刺上前，不知為何，揹起悠舜拔腿就跑。

「快逃！有人通報巡警，說墓園裡有年輕人製造噪音妨礙他人，不快溜的話，會被正牌寺院打雜男還有和尚和差人抓走！」

「站住！！！你們幾個該遭天譴的小鬼！不准跑！」

生氣的老住持張牙舞爪地拉著衣襬逼近，眾人掉頭就跑。

總算一路逃到能俯瞰劉子美墓地的高地上時——

耳邊傳來噗嗤笑聲。

「好陽光的誦經聲啊，連我這裡都聽得到呢？墳墓裡的子美一定也聽得傻眼了，現在大概正在陰間哈哈大笑吧。」

「志美，傷勢不要緊嗎？」

「笑的時候肚子還會有一點痛，不過不要緊。沒想到他會真的說刺就刺啊。是說，位置正好是內臟與內臟中間，完全沒傷到內臟噢，太強了吧？這什麼特技？」

飛翔搔搔頭。

「劉志美……名字差不多真是太好了，否則要記一個新名字也挺麻煩。」

「我們之所以認識，就是因為名字太相像，劉子美與劉志美……我想，子美大概是察覺到自己身上的異狀，才下定決心參加國試的吧。他經常說『一切結束後，我才真正明白戰爭是多麼糟糕的一件事』……」

無名小兵為了金錢或食糧上戰場，為了生存而戰鬥，只要接受命令就得殺人。從軍前原本務農，與家人過著安穩生活的夥伴，在戰爭結束回到家鄉後卻發狂殺死家人，這種事志美聽說過許多次。原本愈是「普通」的正常人，愈容易發生這種事。

會把殺人當功勳宣揚的人太少了。事實上，士兵中「擁有正常人感受力」的人更多。只是，他們被國家利用完就丟掉，陷入這種痛苦之中時，卻誰也不去看他們一眼。

就這樣被遺忘。一般人遭到社會忽視時，往往流於志美這種下場，最後從世界上默默消失。可是，子美一定對這種事感到很憤怒吧。

「他曾說過『只要知道還有許多我們這種人的存在，戰爭就會輕易消失了。如果國王不把我們當一回事，我決不認同他』……呵呵，其實啊，我或許是想來看看，可能和子美成為同事的官員候選人都是些什麼樣的人。其中是否有和子美一樣的人呢？結果完全和我想的不一樣。要當官員的人，沒有幾把刷子是不行的呢。」

「……不、志美……我想今年應該是例外……」悠舜低聲嘟噥。

「志美，你接下來怎麼打算？」

「這個嘛……」志美喃喃地說。劍插入身體時，戩華王曾在他耳邊輕聲這麼說：

『你的戰爭你自己終結，期待我做什麼，是不會有任何改變的。』

清醒之後，志美一直思考這句話的意思。最後，他得出了一個答案。

「悠舜，我會痊癒吧？」

「是啊，當然。只要好好休養，幾乎能完全康復。」

「這樣啊，我知道了。噯、悠舜，我想喝柚子茶，你先慢慢走回去幫我準備好嗎？」

悠舜凝視志美，輕輕微笑。

「……我知道了。當然可以啊。」

「悠舜，謝謝你。」

「不客氣。」

悠舜緩緩從高地走下，志美只拉住黎深。

「黎深等一下，你一個人留下來扶我下去。」

黎深雖然露出不悅的表情，還是為志美留了下來。可是，不管怎麼等，志美就是不動，依然坐在

「我自有打算，你不必擔心。」

黎深只是沉默不語，卻不離開。志美苦笑：

「連跟我分離都這麼不開心，悠舜消失的時候，可有你好受的了。」

志美站起來，抱住黎深，雙手在他身上搔癢。

「謝謝你捨不得和我分開，黎深。要好好過日子喔，再見。」

……黎深離去後，志美看看自己的手。已經幾乎不會發抖了。

接受那份委託前，拄拐杖的青年每天都在同一時刻走過那裡。

雪地上的足跡宛如童話場景，在身邊快步走過的人群中，宛如被時光丟下一般緩緩行走。不知從何時起，志美開始擅自認為，其他人因為走得太快而看不到的東西，如果是他或許看得見。當委託人指著他，志美才知道他就是鄭悠舜。因為想接近他，所以接下委託。

在宿舍裡無法好好讀完一本書時，悠舜借給他的是一本以小孩為對象的童話書。講述一隻狐狸在雪地留下足跡的故事。普通人哪會借這種書給州試榜眼。

那時，志美就知道悠舜已經發現自己不是劉子美。

誰也沒有察覺的異狀，只有悠舜察覺了。從此，自己再也不是幽靈。

南天果完全消失，季節已是春天。

漫長的冬天總算結束。

志美俯瞰高地下方，好友的墳墓，展顏一笑。

「子美，等我健康起來會再回來，到你墳前探望，請等我到那時候喔。」

——回來見這些比自己年輕的重要朋友。

終

志美離去幾天後。

在分配給及第者的小房間內，悠舜一點一點地整理行李。

（等狀元獎金進帳，就能買新拐杖了……）

感嘆地回顧這場國試，姑且不論有沒有收穫，肯定是留下了一段回憶。

和黎深分開後，暫時一定會覺得身旁安靜得形同世界毀滅。

這時，耳邊傳來熟悉的黎深腳步聲。毀滅世界的聲音。

「——悠舜，你在吧！」

看到悠舜，黎深露出鬆了一口氣的表情，看到空蕩蕩的房間又皺起眉頭。

接著，把他抱來的三個氣派桐木箱堆在桌子上。

「新的拐杖，我買給你的。原本的拐杖折斷後一直沒買新的吧？從這裡面選你喜歡的。」

與悠舜內心正在想的事不謀而合，令他有點吃驚。

黎深得意洋洋地打開最上面的箱子，眼前立刻出現耀眼聖光般的光芒。

悠舜打從心底無言。

「純金的拐杖！這樣就永遠不用怕腐朽，也永遠不用買新的，很省錢。」

確實永遠不會腐朽，但是與其說省錢，不如說把它拿去賣了就能一生不愁吃穿，再說，問題根本不在這裡——

見悠舜不是很開心，黎深打開第二個箱子。

「……怎麼，你討厭金子喔？也是啦，比起金子，我也認為悠舜更適合這個。純銀拐杖！雖然不耐高溫，但兼具試毒功能，是我特別推薦的一點。」

閃閃發光的銀拐杖，對黎深來說也只有「最適合用來試毒」的價值。

悠舜更加無言以對，黎深只好打開最後一個箱子。

「那這個怎麼樣！手把是金剛石打造的喔。世界上最硬的石頭，遇到看不順眼的傢伙就用這個打他，即使是悠舜也能造成對方受到致命傷。」

不知他是去哪找來這麼大顆的原石，但是就連金剛石拐杖，對黎深來說似乎也只有「絕對摔不碎，最適合當凶器」這一點值得宣傳。

永遠不會腐朽的金拐杖，兼具試毒功能的銀拐杖，全世界最硬的金剛石拐杖。

簡直就像仙人的拐杖。耳邊彷彿出現「你的斧頭是金斧頭還是銀斧頭」的幻聽。

原本不知道，原來只要有黎深等級的財力，連仙人的法寶都能用錢買到。

「……黎深……我很感謝你的心意，我收下這份心意就夠了。」

「哪、哪裡讓你不滿意了？給我收下！」

就算硬是收下了。

「……這太重我拿不動。」

「……咦？」

儘管黎深能輕而易舉地一次扛來三根拐杖，悠舜只要拿起一根，肩膀就會脫臼。

黎深似乎也忽略了「太重」這個盲點，不住地在房內來回踱步。

「……還有什麼事是能換來謝禮的？最好是可以主動幫我泡柚子茶那種謝禮。」

他似乎有什麼想要的東西。唔嗯，悠舜突然產生了不必要的佛心。事實上，對於黎深能想到送拐杖的事，已經足夠令悠舜感到佩服。

「好啊，既然收下你的心意了，我就回送你什麼做為謝禮吧。」

黎深倏地停下腳步。

「真的嗎？你說了喔，我聽到了喔。那好，我要你和我一起去當官。」

「……什麼？」

「雖然並不想，但我決定去當官了。不過，悠舜也要一起去才行。不准擅自失蹤。下次我帶你到兄長府邸去，鳳珠也可以一起來沒關係。」

悠舜托著下巴，望著黎深的眼珠顏色比平常更深。

「……你想和我在一起是嗎？」

「才不是！我、我的意思是，可以跟你在一起也沒關係！」

過去連看也不看悠舜一眼的那個小孩。

那時，悠舜根本不存在黎深的世界。

沒錯，即使人就站在他眼前……到底有什麼改變了？

悠舜做出回答。

❖　❖　❖

「『是誰說不要當官的啊？』之前抗拒成那樣，現在呢？」

黎深離去後，皇毅冷淡地望著房門說。

悠舜瞪了皇毅一眼。

「……要不是因為你不釋放志美，我才落得得和戩華王交易的下場。」

「到手的功勞怎麼可能放掉。倒是你竟然會接受殿試，真是出乎意料。」

「……我原本想蹺掉殿試，結果被找到了啊。說什麼如果我敢違背承諾，就要再把旺季大人貶職。爛透了。再加上某人還幫忙錯開了殿試日期。」

「你待在國試組裡，做起事來比較方便。」

收拾行李、整理房間其實是為了入朝為官做準備，黎深似乎誤會成別的事了。

房間裡堆著三個桐木箱。黎深正想帶回去時，屏風後的皇毅散發出一股殺氣。悠舜趕緊留住黎深，說是要當擺飾，硬是把三個箱子都收下了。這不算說謊，明天這三根拐杖就會成為當舖裡的擺飾了吧。三根都賣掉的話，多少能為貧窮的旺季增添一點資金。

「你這麼關心志美也很難得。」

「……嗯，他讓我想起從前……曾有個人對無法走路的我說『等南天果全部掉光了，就會有好事發生』。」

「……誰啊，旺季大人？」

「對。結果你猜他口中的好事是什麼？是『春天』啦。傻眼。春天來了我還是一樣不會走路，只有看來悠閒又愚蠢的景色而已。還以為他說的好事是會帶來醫術高超的名醫，結果竟然是春天？」

『要是明年春天還能一起欣賞就好了。』

和身為一般士兵的志美不同，對旺季來說，春天就是戰爭的季節。冬季停戰，春季開戰。

……能再次一起迎接春天，這麼悠閒的事，也只有在和平時代能享受得到。

看到志美讓悠舜想起，總有一天自己或許得迎接沒有那個人的春天。

「……為了旺季大人應考國試，也要為了旺季大人入朝為官。」

「廢話。話說回來，這次你扮演的好人真是好到讓人背脊發涼。」

「這樣他們才更容易上鉤啊。一個滿是破綻需要保護的好人，釣到了不少人呢……不過，當個好人其實滿有樂趣的喔。只要願意去做，我也能做到的嘛。」

「…………」

皇毅離開靠著的牆……年紀比自己小，得讓他作作夢才行。

「……暫時隨你高興吧。不過，最後你能選的只有一個人，反正位子也都填滿了。」

悠舜救了劉志美，反過來說，也只能救劉志美。即使有一百種喜歡的東西，最後仍毫不猶豫地選擇一種。只選擇一種。

悠舜輕聲一笑，做出再過百年也不可能改變的答案。

「是啊，正有此意。」

不過，在那之前，配合某個誰的人生或許也不錯。
在回到自己的人生之前。
最後，皇毅問悠舜：
「你到底是怎麼馴服紅黎深的？」
這個日後被問了一百萬次的問題。

❖ ❖ ❖

怎麼做的？
悠舜並沒有特別對黎深做什麼。
只不過是黎深闖進了他的世界又不離開，如此而已。
不知道原因是什麼。
不過，再配合他一下也沒關係吧。在這段假期之中。

©Honey Works 2014

Kadokawa Light Novels

告白預演系列 1

告白預演

Kadokawa Fantastic Novels

原案：HoneyWorks　作者：藤谷燈子　插畫：ヤマコ

以青春酸甜搖滾曲聞名的HoneyWorks，
最強的怦然心動單戀打氣歌，完全小說化！

HoneyWorks成名曲「告白預演」、「嫉妒的答覆」、「初戀繪本」小說化！高三的夏樹單戀著青梅竹馬的優。無法坦率的她，向優表示自己只是把他當作告白的「練習對象」。夏樹掩飾真正心意的行動，卻讓事情變得越來越複雜！她能好好「正式告白」嗎？

NT$180/HK$55

台灣角川

Kadokawa Light Novels

喜歡☆討厭

Kadokawa Fantastic Novels

原案：HoneyWorks　作者：藤谷燈子　插畫：ヤマコ

HoneyWorks超高人氣的代表曲「喜歡☆討厭」，獻上眾所期待的小說化！

我，音崎鈴，是個愛好平穩與和平的女高中生。某天，逢坂學園輕音社的主唱，被吹捧為「王子☆」的加賀美蓮，竟然當著全校師生的面突然向我告白啦——！而且，我還誤打誤撞地加入了輕音社……！為了鈴＆蓮＆未來所準備的舞台，即將開演！

台灣角川

NT$180/HK$55

國家圖書館出版品預行編目資料

彩雲國秘抄：願乞骸骨 / 雪乃紗衣作；邱香凝譯
. -- 初版. -- 臺北市：臺灣角川, 2017.10
冊；　公分
譯自：彩雲国秘抄：骸骨を乞う
ISBN 978-986-473-917-2(上冊：平裝). --
ISBN 978-986-473-918-9(下冊：平裝)

861.57　　　　106014865

Kadokawa
Fantastic
Novels

彩雲國秘抄

願乞骸骨（下）

（原著名：彩雲国秘抄 骸骨を乞う 下）

2017年10月23日 初版第1刷發行
2024年4月30日 初版第2刷發行

作者：雪乃紗衣
插畫：由羅カイリ
譯者：邱香凝

發行人：台灣角川股份有限公司
總監：呂慧君
總編輯：蔡佩芬
主編：林秀儒
編輯：黎夢萍
設計指導：陳晞叡
美術設計：宋芳茹
印務：李明修（主任）、張加恩（主任）、張凱棋

發行所：台灣角川股份有限公司
地址：104台北市中山區松江路223號3樓
電話：（02）2515-3000
傳真：（02）2515-0033
網址：www.kadokawa.com.tw
劃撥帳戶：台灣角川股份有限公司
劃撥帳號：19487412
法律顧問：有澤法律事務所
製版：巨茂科技印刷有限公司
ISBN：978-986-473-918-9